Stephen Hill

TRÄNEN ENTZÜNDEN EIN FEUER

Entdecke die Kraft der Buße,
die Erweckung bringt

Stephen Hill

Tränen entzünden ein Feuer

Entdecke die Kraft der Buße, die Erweckung bringt

Verlag R. Hassmann, Fürth

Titel der amerikanischen Ausgabe:
„Time To Weep“ by Stephen Hill

Übersetzung: Eike A. Martens
Covergestaltung: Jero-Design, Nürnberg
Druck: Schönbach-Druck GmbH, Erzhausen

Die Bibelzitate sind, soweit nicht anders vermerkt, der revidierten Elberfelder Übersetzung entnommen.

ISBN 3-932491-14-9

INHALT

Meiner lieben Frau Jeri,
der liebenden Mutter unserer Kinder,
meiner ständigen Begleiterin und
Mitarbeiterin im Erntefeld.

Für meine Mutter, Ann E. Hill, die den Kampf mit heißen Tränen gekämpft hat. Danke, daß du deinen Sohn niemals aufgegeben hast. Besonderen Dank an Larry Art, Veronica Rosas und Tomi Davidson für eure schreibtechnische und redaktionelle Unterstützung. Herzlichen Dank an Leonard und Martha Ravenhill, die beide weinende Krieger sind, für eure Gebete und ständige Ermutigung. Danke, daß ihr nicht nur den Weg gewiesen habt, sondern ihn auch geführt habt. Reverend Ravenhill hat seine Belohnung vor Erscheinen dieses Buches erhalten. Seine Grabinschrift faßt das Leben dieses wertvollen Dieners des Herrn zusammen: „Sind die Dinge, für die du lebst, es wert, daß Christus dafür gestorben ist?“
Danke, Winkie Pratney, für deine einfachen Regeln, was das Schreiben betrifft, und für die Zeit, die du dir genommen hast, um einem Kriegskameraden zu helfen.
Besonderer Dank an Scott Sawyer für die Stunden der Korrekturen und dafür, daß du immer ein freundliches, ermutigendes Wort hattest. Reverend John Kilpatrick und der Gemeinde von Brownsville Assembly of God, Pensacola/Florida, für eure fortwährende Fürbitte mit mühevollen Tränen. Ihr habt das Herz Gottes berührt.
Jedem, der uns in unserer Mission in der Welt unterstützt, senden wir ein herzliches „Gott segne dich!“

VORWORT VON J. LEE GRADY

Ich habe die Brownsville Assembly of God Gemeinde zum ersten Mal im März 1996 besucht, neun Monate nachdem dort die Erweckung ausgebrochen ist. Ich hatte die begeisternden Berichte darüber gehört, wie die Gemeinde – eine typische Pfingstgemeinde in Pensacola/Florida – den Besuch des Heiligen Geistes im Juni 1995 erlebt hatte.

Das *Charisma*-Magazin hatte bereits einen Bericht darüber herausgegeben, in dem sie erklärten, daß die ungewöhnliche Bewegung während eines Vatertags-Gottesdienstes begann, bei dem ein junger Evangelist namens Steve Hill predigte. In der Gemeinde, in der 2300 Personen Platz finden, wurden für vier Abende in der Woche Gottesdienste geplant, und innerhalb von Wochen mußte man für die Mengen weitere Räumlichkeiten mit Video-Monitoren bereitstellen. Tausende von Menschen – einschließlich Mengen von Teenagern, die in Drogen, Straßenbanden und Zauberei verwickelt waren – entschieden sich am Altar der Brownsville Assembly für Christus.

Auf dem Flug von Orlando nach Pensacola war ich darauf vorbereitet, einen weiteren Bericht für das Magazin zu schreiben, erkannte aber ein tiefes Verlangen in meinem Herzen, mehr zu tun, als nur ein Zeuge einer Erweckung zu sein oder anderen davon zu erzählen. Ich wollte es selbst erleben. Daher brach ich die fundamentalen Regeln des Journalismus und entschloß mich, bei Ankunft in der Brownsville Assembly nicht nur ein objektiver Beobachter zu sein. Ich wollte in der Geschichte mitwirken.

Im Flugzeug betete ich still: *„Herr, bitte berühre mich, ich selbst brauche Erweckung.“* Nur zu schnell durfte ich erfahren, wie sehr der Heilige Geist darauf brannte, das Gebet zu beantworten.

An diesem Abend elektrisierte eine greifbare Gegenwart Gottes die Versammlung. Ich erfuhr, daß einige schon um 14 Uhr nachmittags gekommen waren, um einen Platz zu bekommen. Sie kamen und hungerten nach einer Berührung Gottes. Einige kamen aus Kanada und Indiana, um eine geistliche Erneuerung und Erfrischung zu bekommen. Später erfuhr ich, daß die sieben langhaarigen Teenager in der ersten Reihe die „Gnadenkette" genannt wurden, da jeder von ihnen im Laufe eines Monats zu Christus fand, nachdem ein Freund ihnen Zeugnis gegeben hatte.

Ich sah mich im Auditorium um und sah Tausende von Händen, die in Anbetung erhoben waren, und sagte zu mir selbst: *„So muß wohl echte Erweckung aussehen."* Nachdem ich die die Seele zerreißende Botschaft von Steve Hill über die Dringlichkeit der Stunde hörte, und als ich Zeuge wurde, wie Hunderte von Menschen zum Altar strömten – von denen viele in Tränen aufgelöst waren –, war ich sicher, daß die Erweckung begonnen hatte.

Ich wußte, dies war echte Erweckung; nicht nur, weil ich die Heiligkeit Gottes in dem Raum spürte, oder weil sich die Menschen buchstäblich schüttelten, als sie vor dem Podium auf den Boden fielen. Ich wußte es, weil mein eigenes Herz von einem unsichtbaren Schwert offengelegt wurde, während Steve demütig aus der Schrift lehrte. Seine Botschaft war nicht herausragend; es war auch kein eloquenter Versuch, die Menschen in eine emotionale Aufregung hineinzubringen; er manipulierte die Menschen mit seiner Botschaft nicht. Seine Worte badeten einfach in der Kraft Gottes, und diese schmolz jeglichen menschlichen Widerstand. Einschließlich meinen eigenen.

Später an diesem Abend fiel ich in einer Ecke des Auditoriums in Brownsville auf meine Knie. Durch unkontrollierbares Schluchzen hindurch bat ich den Herrn, mich auf eine neue Weise mit seinem Geist zu erfüllen. Ich lud vor ihm eine schwere Last einer in der Vergangenheit zerbrochenen Beziehung ab. Und ich sagte Gott mit einem frischen Verlangen jeden Teil meines Seins ihm unterzuordnen, daß er mit meiner Karriere, meinen Talenten, meiner Ehe, meinem Einkommen, meinen Kindern und sogar mit meinen Schwachheit tun könnte, was er wollte.

Dies war ein neues Kapitel in meinem Weg mit dem Herrn. Nach zwei weiteren Tagen in Pensacola kehrte ich nach Hause zurück, mit der Überzeugung, daß in mir etwas Ewiges entzündet worden war, das zu einer Flamme heranwuchs.

Kurz nachdem ich nach Hause zurückgekehrt war, hatte ich in der Mitte der Nacht ein ungewöhnliches Erlebnis. Ich erwachte mit dem unheimlichen Bewußtsein, daß ich in meinem Schlaf für meinen Pastor und seine beiden Söhne im Teenageralter gebetet hatte. Gleichwohl wußte ich, daß sich diese Gebete nicht in meinen Gedanken entwickelt hatten oder von irgendwelchem Wissen, das ich über die Familie des Pastors hatte, entstammten. Die Gebete kamen aus tiefster Tiefe, aus meinem Geist – als ob es die tiefsten Sorgen des Heiligen Geistes selbst waren. Als ich dies erkannte, erinnerte ich mich an die Worte des Apostel Paulus in Römer 8,26: *„Ebenso aber nimmt auch der Geist sich unserer Schwachheit an; denn wir wissen nicht, was wir bitten sollen, wie es sich gebührt, aber der Geist selbst verwendet sich für uns in unaussprechlichen Seufzern."*

Im Verlauf der nächsten Wochen bemerkte ich, daß Gott mich aufgrund meiner Begegnung mit ihm in Pensacola etwas Fundamentales über Gebet lehrte. So viele Jahre meines Christenlebens hatte ich Gebet als eine vollkommen menschliche Aktivität betrachtet. Ich hatte meine Liste mit Wünschen und Nöten erstellt. Ich hatte Gott gebeten zu tun, was er tun wollte. Ich hatte meinen Willen und nicht seinen gebetet.

Plötzlich erkannte ich, daß es eine tiefere Ebene des Gebets und der Gemeinschaft mit dem Vater gibt – eine Dimension, von der er möchte, daß wir alle sie erleben. Ich verstand, daß er durch mich beten wollte. Er möchte, daß seine eigenen Leidenschaften, Lasten und heiligen Wünsche ausgedrückt werden, wenn ich Fürbitte mache. Als diese Wahrheit für mich zu einer Offenbarung wurde, veränderte sich mein Gebetsleben hin zu mehr Zuhören, weniger Sprechen und einer Suche nach wahrer Demut. Ich erkannte, wenn ich in Gottes Gegenwart bin, muß man ihm nicht sagen, was zu tun ist; es geht darum, mit ihm in den Dingen übereinzustimmen, die er bereits tut.

Als ich im Juli 1996 einen zweiten Besuch in Pensacola machte, saß ich in der Nähe einer Gruppe von Fürbittern, die ganz typisch für die Verlorenen beteten, die jeden Abend in die Versammlungen kamen. In der Mitte des Gottesdienstes saß eine Frau still, vornübergeneigt mit ihrem Kopf zwischen den Knien, und ich könnte hören, wie sie leise stöhnte. Eine andere Frau, die in der Nähe saß, weinte leise, während sie nach vorn und hinten schaukelte. Schließlich rutschte eine dritte Frau aus ihrem Sitz auf den Boden, während sie intensiv betete.

Hätte ich nicht selbst damit meine Erfahrungen gesammelt, im Geiste zu stöhnen, wäre ich wohl zu dem Schluß gekommen, daß diese Frauen eine emotionale Show abreißen. Ich verstand jedoch, was geschah. Sie hatten sich dem Heiligen Geist untergeordnet und er betete durch sie. Sie fühlten sein Erbarmen für die verlorenen Seelen; seine Tränen wurden zu den ihren; vielleicht empfanden sie zu einem ganz kleinen Prozentteil den Schmerz, den Gott empfindet, wenn sich jemand bewußt von ihm abwendet, und sich entscheidet, Jesus abzulehnen.

Genau wie diese Frauen in Brownsville an diesem Abend hatte Steve Hill Gott gebeten, durch ihn zu weinen. Er wurde von einer übernatürlichen Empfindung von Gottes Liebe für die Gemeinde und für die Ungläubigen ergriffen. Und er möchte, daß alle Christen den Heiligen Geist in der tiefst möglichen Weise erleben. In dieser wesentlichen Stunde hoffe ich, daß alle von uns auf die Botschaft hören, die Gott diesem Mann aufs Herz gelegt hat. Und ich bete, daß wir alle es dem Heiligen Geist gestatten, durch uns zu weinen.

J. Lee Grady,
Chefredakteur der amerikanischen *Charisma*

EINLEITUNG

Dies ist ein Buch über Tränen. In einer zynischen und herzlosen Kultur wie der unsrigen haben wir vergessen, wie man weint. Unsere Hightech-Gesellschaft ist in dringender Not nach einem übernatürlichen High-touch. Ich war in Haight-Asbury dabei am „Tag, als die Musik starb" – als die Hippies selbst einen großen Sarg die Straßen hinunterzogen und die Hippie-Bewegung offiziell beerdigten. Es kam das Zeitalter des Wassermanns, der „Mond befand sich im siebten Haus, und Jupiter war auf einer Ebene mit Mars" und nichts geschah! Der Traum fiel an den Nahtstellen auseinander. Was lief falsch? Die jungen Leute der vorherigen Generation wußten, wie man tanzt, sie wußten, wie man lacht, und sie wußten, wie man singt. Aber sie lernten niemals, wie man weint.

Autoren der alten Rock-Klassiker hatten es verstanden. Liebe kann Schmerz bedeuten; Liebe kann Trennung bedeuten; und Liebe kann ganz bestimmt Tränen bedeuten.

Jedoch ist die zentrale Metapher der Generation X Schmerz. Trauerndes Schwarz ist die von der größten Generation in Amerikas Geschichte gewählte Farbe – die dreizehnte Generation, die ein schwarzes Loch zerbrochener Versprechen, zerbrochener Hoffnungen und zerbrochener Träume geerbt hat. Wenn es jemals eine Welt gab, die die erlösende Kraft der Tränen erfahren sollte, ist es diese.

Stephen Hill ist kein Mann von Traurigkeit. Er ist einer der passioniertesten und hingegebensten Evangelisten, die ich kenne. Er ist jemand, der mit einer Liebe für Christus und für Menschen brennt. Diese freudige Intensität strahlt aus seinen Augen, wenn du dich mit ihm über Christus unterhältst und wenn Steve von den erstaunlichen Besuchen des Herrn in seinem Leben und in seinem Dienst spricht. Aber Steve hat auch die andere Seite der Erlösung gesehen. Er, wie sein Meister, kennt den Preis, der vor der Freude kommt. Stephen Hill ist ausgezogen, „weinend und kostbare Saat tragend“, und die erstaunlichen Ernten in seinem Leben sind ein Beweis für dieses starke und sanfte Geheimnis, das er mit dir in diesem Buch teilt.

Dem Propheten Hesekiel wurden unaussprechliche Worte gegeben „... der ich ihr hurerisches Herz zerbrochen habe“ (Hesekiel 6,9).

Es ist der kürzeste Vers in der ganzen Bibel: „Und Jesus weinte.“ Lies dieses Buch, und du machst einen riesigen Schritt vorwärts, zu erkennen, warum.

Winkie Pratney

VORWORT

„Der Herr hat die Stimme meines Weinens gehört.“
(Psalm 6,9b)

Wir wurden bis zur Empfindungslosigkeit schockiert. Die Bilder, die wir in den abendlichen Nachrichten und in den Morgenausgaben sehen, flackern in unseren müden Augen und ermatteten Gedanken. Irgendwann einmal waren wir bis ins Tiefste durch diese Grausamkeiten erschüttert. Jetzt drücken wir einfach die Fernbedienung oder blättern die Seite um. Genug ist genug!

Die fortwährende Ablehnung der Menschheit gegenüber dem unausweichlichen Gericht und das konstante Spucken in das Angesicht Gottes hat sein Tribut gefordert.

Mit einem ausgeleierten Gewissen wie ein Saison-Sünder treiben wir in ein Stadium der Vergessenheit – wir fühlen nichts mehr, sind nicht mehr berührbar, ignorieren Verantwortung. Die Gemeinde Gottes wurde unvereinbar desensibilisiert. Während wir uns absichtlich mit feuchten Augen in dem neuesten Fantasy-Bestseller verlieren, spielen sich vor unserer Tür wahre Geschichten von Schmerz, Kummer und Tod in lebendigen Farben ab.

In der heutigen Zeit hat die Abhängigkeit unter den Christen ihr Hoch erreicht – nicht Abhängigkeit von Pillen und Drogen, aber von Papier und Gedrucktem. Wir haben uns in der Vorstellung verloren und werden ohne Widerstand gefangengehalten. Wie Junkies kommen wir von einem Hoch herunter und verzehren uns nach dem nächsten. Gerade rechtzeitig – ein weiterer Blockbuster, eine weitere Illusion! „Nimm mich aus dieser Welt!“ schreit es tief in uns.

Aber das wird niemals geschehen – das erlaubt der Herr nicht. Und während die Realität um unsere Reaktion bittet, kriecht die Gefahr noch näher. Tod und Zerstörung befinden sich beinahe vor unserer Haustür. Schmerz und Elend lassen nicht von uns. Gott zwingt uns, uns mit all diesem auseinanderzusetzen.

Beinahe jeder stimmt dem zu: „So wie jetzt war es noch nie zuvor." Guten Menschen passieren schlechte Dinge. Um es genauer zu sagen, noch einmal in anderen Worten: Sehr guten Menschen passieren sehr schlechte Dinge.

Ich denke an die vor mehr als dreitausend Jahren von König Salomo gesprochenen Worte: „Und ich wandte mich und sah all die Unterdrückungen, die unter der Sonne geschehen. Und siehe, da waren Tränen der Unterdrückten und sie hatten keinen Tröster. Und von der Hand ihrer Unterdrücker ging Gewalt aus, und sie hatten keinen Tröster" (Pred 4,1).

Laßt uns Salomos herzzerreißende Aussage einen Moment betrachten. Hört sie sich nicht bekannt an? Beschreibt sie, wie du dich fühlst, wenn du Nachrichten siehst oder die Titelzeilen überfliegst? Genau in diesem Moment werden unschuldige Opfer des Krieges vergewaltigt, geschlagen und zum Sterben zurückgelassen. Kleine Kinder weinen an einer Pinienkiste, während Mama begraben wird. Plötzlich kommt die Grimmigkeit der Todesrealität in dein Wohnzimmer – in deine Seele – wie eine schwarze Wolke. Und du erkennst, daß sich in dreitausend Jahren nichts geändert hat.

Wie alle anderen bin auch ich entsetzt über den Zustand unseres Planeten. Die Tagesgeschehnisse sind herzzerreißend: chaotische Mordtaten; sinnloses Leiden; gestörter Zerfall, Meinungen werden durch Sprengkörper bekundet, Unschuldige werden in einem Wutanfall zerschmettert; der monatliche Koller von Tyrannen wird von ihrer gewalttätigen Passion nach immer mehr gefüttert; Kinder spielen mit Waffen und plündern ihre Nachbarschaft, indem sie die „territorialen Rechte" ihrer Banden „schützen".

Gossen, Krankenhäuser und Sterbehallen laufen über mit Märtyrern des Alkohol- und Drogengottes. Unter Druck gesetzte Politiker schnappen in einem verschmutzten See der Korruption nach Luft. Regierungsbeamte fallen um wie Dominosteine. Das Essen für die Hungrigen wird gestohlen oder vergammelt. Unverfrorene Perversionen ziehen die Hauptstraßen hinunter unter dem Deckmantel „alternativen Lebensstils". Ungeborene werden bedeutungslos dahingeschlachtet. Millionen gottesfürchtige Gläubige werden durch jeden Doktrinenwind hin-und hergeworfen. Haß ist am Siedepunkt und wartet nur nach einer Entschuldigung, um zu explodieren. Junge Menschen nehmen sich das eigene Leben, weil sie nicht mehr mit dem täglichen Druck umgehen können. Diese Liste geht unendlich weiter.

Die Wahrheit an der Sache? Es gibt eine sehr reale geistliche Ebene und wir werden von einem sehr realen Feind in die Irre geführt. Das Gute und das Böse befinden sich im Krieg. Unsere Herzen sind das Schlachtfeld. Unsere Seelen sind die Kriegsbeute.

Es gab schon immer Ungerechtigkeit und Aufruhr. Beginnend mit dem eifersüchtigen Zorn von Kain, der seinen Bruder Abel tötete, bis zu dem entschlossenen Geist eines Adolf Hitlers in diesem Jahrhundert. Die Menschheit hat fortwährend im Blut gebadet. Das Gesetz des Dschungels ist das Gesetz des Asphalts – es ist einfach das Überleben des Stärksten.

Verletzungen und Schmerz folgten den Menschen und werden ihnen lebenslang folgen. Ein ungewollter, aber ständiger Begleiter des Menschen, der Fürst der Dunkelheit, geht geduldig an seiner Seite, führt jeden Schritt, verführt, bestiehlt und zerstört ihn allmählich. Der Erfolg Satans sollte für dich keine Überraschung sein. Immerhin, der von ihm am meisten angestrebte Besitz ist das Rohmaterial des menschlichen Herzens – und es ist bereits trügerisch bösartig, noch bevor er daran wirkt. „Trügerisch ist das Herz, mehr als alles und unheilbar ist es. Wer kennt sich mit ihm aus?“ (Jer 17,9).

Ich selbst kann die Fähigkeiten Satans als Manipulierer bezeugen. Schon früh war ich in seinen Lügen verfangen und wurde den Pfad der Zerstörung geführt. Die Saat der Irreführung wurde während meiner Kindheit perfekt gepflanzt, während meiner Jugend sorgfältig begossen und brachte einen gesunden, aber nutzlosen Garten von Unkraut hervor. Gott wurde von dem Bösen erwürgt. Schon bald war ich im Griff der Rebellion, des Alkohols und der Drogen. Das Gefängnis wurde zu meinem zweiten Zuhause.

Mein Herz war hart – ich lebte in Schmerzen. Der Boden meiner Seele war vom Krieg zerrüttet und fruchtlos. Ich wollte hinaus, aber konnte die Tür nicht finden.

In der Tat war meine Geschichte eine der totalen Bindungen. Und doch endete sie, wie die von Millionen anderer, mit der begeisternden Erfahrung der Freisetzung und mit neuem Leben. Jesus Christus kam, um die Verlorenen zu suchen und zu retten. Er fand mich, verband meine Wunden und setze mich auf den Weg des ewigen Lebens. Und jetzt, nachdem ich mehr als zwei Dekaden als freier Mensch gelebt habe, schreibe ich dieses Buch.

Ich schreibe es, um eine Frage zu beantworten, mit der ich mich auf meinen ausgiebigen Reisen als Evangelist auseinandersetzen mußte. Überall auf der Welt wissen die Christen um das Wer, Was, Wann, Wo und Warum der Evangelisation – und doch beklagen wir uns immer noch über den mageren Erfolg. Die immer wieder auftauchende Frage lautet: „Wie kann ich in konfrontierender Evangelisation effektiver sein?"

Ich habe in vielen Ländern gearbeitet, wo ich das Evangelium in den Heiligtümern bis zu den Slums der Städte gepredigt habe, und dabei bin ich zu einigen Schlußfolgerungen gelangt. Durch die vielen Erfolge und Mißerfolge habe ich unzählbare Lektionen gelernt.

Ich mußte mich durch Tausende komplexer Probleme hindurchkämpfen und mit unzähligen verletzten Individuen beten. Ich war Zeuge, wie der Herr die Unerrettbaren rettete, die Unheilbaren heilte und die Ungeliebten liebte.

Ich sah, wie auf Sünder Gnade ausgegossen wurde und wie die Selbstgerechten streng gerichtet wurden. Ich lernte, egal, wie überwältigend einem die eigene Situation erscheinen mag, es gibt Hoffnung. Ich habe gesehen, wie „Berge in der Gegenwart des Herrn wie Wachs schmolzen" (Psalm 97,5). Wo Gott auftaucht, verschwindet Niedergeschlagenheit!

Nach Jahren, in denen ich erleben mußte, wie das Evangelium akzeptiert und abgelehnt wurde, kam ich schließlich zu dem Schluß, daß die Menschen unabhängig von ihrem äußeren Erscheinungsbild völlig allein sind. Nach außen scheinen sie kühn wie ein Löwe, aber innen sind sie sanft wie eine Taube. Die Hand, die in unerbittlicher Rebellion Steine wirft, könnte zu einem Herzen gehören, daß nach etwas schreit, an das es glauben kann. Ein Mann mag erscheinen, als sei er vollständig von seiner Glücklichkeit überzeugt und habe alle Sinne beieinander, jedoch ertrinkt er innerlich in einem Meer der Verwirrung. Das Wort Gottes erklärt ausdrücklich, daß „sogar beim Lachen das Herz Kummer haben kann" (Spr 14,13).

Ich wurde aus erster Hand Zeuge, wie viele Zornige, vom Leben auf der Straße verhärtete Bandenmitglieder Tränen der Buße vergossen, als ihre Einsamkeit offenbar wurde. Die Maske wurde von einem Strom der Tränen hinweggewaschen.

Ich habe gesehen, wie Geschäftsfrauen und -männer um Vergebung baten und ihre Leere und ihr Verlangen nach einer Berührung durch den Schöpfer bekannten. Ich habe erlebt, wie dämonenbesessene

Menschen um Befreiung geschrien haben und bei dem Nennen von Jesu Namen dahinschmolzen. Und ich habe staunend erlebt, wie Teenager eingehüllt in die Kraft Gottes mit einer Stimme bitten: „Was können wir tun, um gerettet zu werden?"

Vom erfolgsgetriebenen Menschen der Wall-Street hin zu dem Menschen, der in Kolumbien in einer Hütte lebt, haben beide ein gemeinsames Charakteristikum. Es taucht bei den Armen und den Reichen gleichermaßen auf, bei den Intellektuellen und den Unvernünftigen, bei jenen, die in der Todeszelle warten, und der süßen Oma nebenan, den Angestellten und den Arbeitern, den Melancholischen und den Jubilierenden – ein entscheidendes Bedürfnis.

Weißt du, hinter all diesen Perplexitäten, unter den so gut bemalten Fassaden, vorbei an den unzähligen Barrieren religiöser Theologie, bleibt doch die menschliche Seele, die Gott geschaffen hat mit dem Verlangen, ihn zu kennen. Unabhängig von dem, was eine Person sagt oder tut, solange sie von ihrem Schöpfer getrennt lebt, fühlt sie eine schreckliche Leere. Erst wenn sie geistlich mit Gott vereint ist, wird sie wahrhaft glücklich sein.

Es wurden Hunderte von Büchern darüber geschrieben, wie man eine Person von Punkt A – einem gottlosen Leben, das von selbstsüchtigen Wünschen und Ambitionen angetrieben ist – zum Punkt B bewegt, einer neuen Schöpfung in Jesus Christus, von Liebe motiviert und die fortwährende Gemeinschaft mit dem Schöpfer genießend. In der ganzen Bibel wurden Frauen und Männer von diesen Elementen motiviert und bewegt. Und Jahrhunderte haben Prediger und Evangelisten staunend beobachtet, wie etwas so Unschuldiges und Zartes so mächtige und effektive Veränderungen im Leben von Menschen bewirkte. Evangelisten haben es mißbraucht, und Pastoren haben es durcheinandergebracht.

Ich spreche von der Sprache der Tränen, vom Weinen vor Gott über einen sündigen Zustand und über das Stadium des Verlorenseins des Menschen. Dies ist kein umfassendes Studium zu diesem Thema, sondern eher eine Zusammenfassung von Jahren der Forschung und der persönlichen Erfahrungen. Du wirst von detaillierten Vorkommnissen bei Veranstaltungen lesen, in denen die souveräne Gegenwart Gottes Wogen des Weinens bewirkte. Du wirst durch die Tagebücher und in die Herzen und Gedanken von David Brainerd, George Whitefiled, Charles Finney, Dwight L. Moody, Evan Roberts, Robert Murray McCheyne und anderen hineinreisen, auf die die Gegenwart

Gottes fiel und in ihnen Schluchzen und Tränen der Buße bewirkte. Du wirst entdecken, warum einige Menschen glauben, daß sie physisch keine Tränen vergießen können und was man tun kann. Die medizinische Wissenschaft erläutert den physiologischen Aufbau von Tränen – wie sie entstehen und was uns zum Weinen bringt. Habe ich das Trockene-Augen-Syndrom, und wenn ja, wie kann es geheilt werden?

Wir werden gemeinsam mit dem Herrn über den gegenwärtigen Zustand der Menschheit weinen. Wir werden die trockene, krustige Oberfläche der Herzen besuchen, wo eine in Tränen getauchte Botschaft oft den Boden erweichen kann, die Saat pflanzen und zu einer reichen Ernte anwächst. Hoffentlich entdecken wir die Wahrheit hinter den Worten von General William Booth, dem Begründer der Heilsarmee, der einer frustrierten ineffektiven Gruppe von Evangelisten schrieb: „Versucht es mit Tränen! Versucht es mit Tränen!"

Ich bete, daß du am Ende des Buches zusammen mit Jeremia weinst: „O daß mein Haupt Wasser wäre und mein Auge Tränenquelle, dann wollte ich Tag und Nacht die Erschlagenen der Tochter meines Volkes beweinen!" (Jer 8,23). Und ich hoffe, daß du gemeinsam mit dem Psalmisten bekennst: „Meine Tränen sind mein Brot geworden Tag und Nacht, da man den ganzen Tag zu mir sagt: „Wo ist dein Gott?" (Ps 42,4).

Wir sind in eine harte Zeit hineingekommen. Die Bibel sagt, daß das Leben, so wie wir es kennen, nur noch schlimmer wird. Diese ganze Schöpfung ächzt dem Ende entgegen. Bösartigkeit hat Hochkonjunktur. Böse Menschen und Irreführer gibt es immer mehr, und wir leben in einer bedrohlichen Zeit, genau wie Paulus es vorhersagte (2 Tim 3).

Viele Menschen sind verhärtet, aber es ist nicht hoffnungslos für sie. Die Verwirrten können beruhigt werden. Die Verlorenen können gefunden werden. Die Hassenden können geheilt werden. Der Herr versichert uns: „Alles hat seine Stunde. Für alles gibt es eine bestimmte Zeit: … Zeit fürs Weinen und Zeit fürs Lachen, Zeit fürs Klagen und Zeit fürs Tanzen" (Pred 3,1+4).

1. Persönlicher Hunger

Um den Weg für die lebensbewirkende Saat Gottes vorzubereiten, müssen ernstgemeinte Tränen auf den ausgedörrten und aufgebrochenen Boden des menschlichen Herzen fallen.

Auf dem Plaza fühlte sich jeder tief überführt, und Gottesfurcht spiegelte sich in jedem Gesicht wider. Tränen durchtränkten den Boden. Ein Regierungsbeamter verließ sein Büro und kam von der anderen Straßenseite auf den Platz und brach vor dem Herrn zusammen.

Ein Teenager, Mitglied einer Sekte, brach in Freudentränen aus, als er seinem wahren Erlöser begegnete. Scharenweise kamen Schüler der Highschool. Sie blieben stundenlang – eine Person stellte dazu fest: „als ob sie auf dem Asphalt angewachsen waren". Weit über zweihundert Teenager, von denen viele aus der Mittelklassenschicht bis zur Oberschicht waren, wurden an diesem Tag errettet. Eine Geschäftsfrau bekehrte sich und lief los, um ihre Freunde zu holen. Auch diese nahmen den Herrn an.

Mit einer Überzeugung, die ich bei wohlhabenden Menschen nicht oft erlebt habe, sagte diese Frau: „Verlaß Curico nicht. Bitte verlaß unsere Stadt nicht. Gott sucht uns heim. Du mußt bleiben!"

Andere erzählten, daß sie versuchten, den Plaza zu überqueren, sich aber nicht bewegen konnten, weil etwas sie anzog. Geschäftliche Verabredungen wurden storniert, Mittagspausen vergessen und Termine geändert, während die Sünder stundenlang blieben.

Diese Versammlung wurde von keinem Hyper-Gefühl umgeben. Während durch die Lautsprecher ruhige Anbetungsmusik klang, ging unser Team durch die Massen. Jeder Sünder, der fragte, wurde direkt mit seiner Sünde konfrontiert.

Das Resultat? Ich habe in solch kurzer Zeit noch niemals zuvor auf einer persönlichen Ebene so viele Menschen zum Herrn geführt. Tränen liefen über unser Gesicht. Ein Vers aus der Bibel klang als Wahrheit in uns: „Er geht weinend hin und trägt den Samen zum Säen. Er kommt heim mit Jubel und trägt seine Garbe“ (Ps 126,6).

An diesem Tag in der Stadt Curico in Chile haben wir erstaunliche Ergebnisse gesehen. Die Ernte war tatsächlich reichlich, aber es sollte noch viel mehr kommen. Ich glaube, es war das direkte Ergebnis unseres Gehorsams dem Herrn gegenüber.

Laß es mich erklären. Kurz zuvor brachte Gott mich durch eine der schwierigsten Zeiten meines Lebens. Jemand sagte einmal: „Gott kann dich durch alles hindurchziehen, wenn du das Ziehen ertragen kannst.“ Die Dusche vom Himmel, die ich jetzt erlebte, kam nach einer bitteren trockenen Hungerszeit.

Einige Jahre zuvor, auf dem Höhepunkt einer geistlichen Trokkenheit, handelte der Herr in einem ganz bestimmten Bereich intensiv an mir: Tränen. Ich hatte treu auf den Erntefeldern Argentiniens gedient. Mein Gebetsleben war intakt und ich führte eine gute Ehe. Ein Aktivitätenwirbel sorgte für wunderbare neue Gemeinden.

Bis zu diesem Punkt hatten meine Frau und ich unseren Teil an Verfolgung und Trübsal erlebt. Wir erlebten hautnah Angriffe des Feindes. Jeri durchlitt viele physische Probleme. Einiges wurde durch Gebet geheilt, anderes durch Operationen, die von Gebet getragen waren. Während einiger finanzieller Rückschläge fasteten und beteten wir – und sahen die Wunder des Herrn, der auf unsere Bedürfnisse reagierte.

Jahre zuvor hatten wir erfahren, daß den erstaunlichsten Siegen immer genauso erstaunliche Kämpfe vorangegangen waren. Der amerikanische Evangelist Dwight L. Moody (1837–1899) sagte einmal: „Der Teufel wartet immer am Fuß des Berges auf dich.“ Wie wahr. Oftmals wartet er geduldig im Hinterhalt auf eine Gelegenheit.

Viele unserer Siege wurden durch ein Wort des Herrn vor Kampfbeginn gewonnen: „Fürchtet euch nicht und seid nicht niedergeschlagen vor dieser großen Menge! Denn der Kampf ist nicht eure Sache, sondern Gottes! Morgen zieht gegen sie hinab“ (2 Chr 20, 15-16).

Andere Siege wurden davongetragen, indem wir in der Mitte des Kampfes einfach dem Herrn vertrauten: „Und sie führten Krieg mit den Hagaritern, mit Jetur und Nafisch und Nodab, und es wurde ihnen im Kampf gegen sie geholfen, und die Hagariter wurden in ihre Hand gegeben samt allen, die mit ihnen waren; denn sie hatten im Kampf zu Gott um Hilfe geschrien und er ließ sich von ihnen erbitten, weil sie auf ihn vertraut hatten“ (1 Chr 5,20).

Nun ritten wir auf dem Wellenkamm einer großen Erweckung in Argentinien. Zu diesem Zeitpunkt begann der Herr, mein Herz tief zu durchleuchten. Während dieser Zeit der geistlichen Abenteuer wurden viele unserer Mitarbeiter verstimmt. Die Arbeit war eine extreme Last. Sie verlangten mehr Geld. In dem Camp machte sich ein Geist der Unzufriedenheit breit. Der Herr begann, den Segensfluß zu durchtrennen.

Plötzlich waren die Haltungen verkehrt. Motive waren verdreht. Die Arbeit des Dienstes war zu einem Beruf geworden – und Gott hatte mit ernsthaftem Durchsieben begonnen. In unglaublicher Geschwindigkeit mußten wir harte Lektionen lernen.

Ich erinnere mich an den Spruch: „Wir alle sind in der Schule Gottes – und wir erhalten niemals einen Abschluß.“ Jetzt war Prüfungszeit. Jeder wurde befragt. Wir alle wurden ausgelotet, und viele befanden sich auf der Wollen-Seite. Ich selbst hatte den Eindruck, daß ich dem Druck nicht mehr standhalten konnte. Also versteckte ich mich an meinem Geheimplatz, um Zeit mit dem Herrn zu verbringen.

Diese Abgeschiedenheit in jenen Morgenstunden bewies sich als unschätzbar. Joseph Caryl (1602–1673) sagte einmal: „Dein Schreien zu Gott hängt ab von dem Gewicht, das dich belastet.“[1] Meine Motivation, ihn zu suchen, lag in seiner Offenbarung der Gefahren, die unsere geistlichen Abenteuer umgab. Immerhin, wer waren wir, zu denken, daß Satan uns Tausende seiner Gefangenen ohne einen großen Konflikt überlassen würde? Es war an der Zeit, den Herrn wie niemals zuvor zu suchen. Es wurde mein oberstes Verlangen, in unserem Dienst mehr von Gott und weniger von Menschen zu sehen. Ich wollte eine frische Berührung, eine neue Salbung. Ich sehnte mich nach inniger Verbundenheit mit Jesus.

Eines Morgens öffnete ich mein Tagebuch und las einen Abschnitt, den ich Jahre zuvor geschrieben hatte. Diese Worte wurden für meine Seele zu einer frischen Offenbarung:

> Ich spüre ein Verlangen in meiner Seele, ihn zu kennen, die Kraft seiner Auferstehung, die Gemeinschaft mit seinen Leiden.
>
> Dies ist solch eine kostbare Zeit für Jeri und mich. Wir haben jetzt einige Tage gefastet, um näher zu unserem Herrn zu

> kommen. Er erlöste uns beide vor Jahren, aber jetzt möchte er uns in eine neue Dimension des ihm Ähnlich-Seins bringen.
>
> In dieser Welt gibt es so viel zu tun. Ich habe Angst, nicht vor Menschen oder dem Tier, sondern vor mir selbst. Ich weiß, daß ich in meiner eigenen Stärke Großevangelisationen abhalten und Gemeinden bauen kann. Aber es darf nicht in meiner eigenen Stärke geschehen.

Meine Gefühle zu der Zeit spiegelten einen Gedanken wider, den ich später bei dem Vater der Reformation um 1600, Martin Luther, las. Er sagte: „Ich habe mehr Angst vor meinem eigenen Herzen als vor dem Papst und all seinen Kardinälen. In mir selbst ist der größte Papst – ICH SELBST.“[2] Die Schriften von Robert Murray McCayne fügen den letzten Funken Wahrheit hinzu: „Es gibt nichts Trügerischeres, als wenn du deine eigene Stärke einschätzt.“[3]

Meine Tagebucheintragungen gehen wie folgt weiter:

> Nur die Werke, die aus dem Thronsaal Gottes heraus getätigt wurden, werden Fortbestand haben. Manchmal kann meine Energie mein schlimmster Feind sein. Mein Arbeitseifer, meine Leidenschaft für die verlorenen Seelen, meine Hingabe für das Werk des Herrn vernebeln oftmals den wahren Zweck des Lebens.
>
> Christus ist das Leben. Meine Karriere muß Christus sein. Nichts auf dieser Welt ist wichtiger, als von dem Brunnen von Gottes Wort zu trinken; zu den Füßen Jesu zu liegen; von meinem Herrn und Meister gelehrt, unterwiesen, geführt und geleitet zu werden.
>
> Ich sehne mich nach dem Wesen Christi. Ihn zu kennen bedeutet, ihn zu lieben. Ihn zu kennen bedeutet, mit ihm zu sprechen, zuzuhören, zu gehorchen.
>
> Was für eine Freude, in seiner Gegenwart zu sitzen und von ihm zu lernen. Seine Wege sind nicht unsere Wege. Seine Gedanken sind nicht unsere Gedanken. Ich gehe sogar noch etwas weiter, zu sagen, daß seine Pläne, Techniken, Methoden und so weiter nicht unsere sind. Ich muß mich immer wieder in die Gegenwart Gottes eintauchen. Von Gott und nur Gott allein muß ich meine Anweisungen für den Tag erhalten.
>
> Ich habe das Gefühl, daß das Problem nicht die Zahl der

Arbeiter ist, sondern es mangelt ihnen an Tiefe im Wandel. Der Herr braucht Arbeiter, die bereit sind, ihre Anweisungen vom Herrn der Ernte entgegenzunehmen. Es ist so einfach, mit all dem Wissen und Verständnis der Menschheit, in das Werk Gottes hineinzuspringen. Wir pflügen, drehen und wenden die Saat, düngen, gießen und ernten, ohne einmal zum Herrn der Ernte zu sehen.

Was sagt er? Wie ist sein Timing? Wo sind seine Felder? Wen bewegt er? Ich muß wissen, was meinem Jesus am Herzen liegt. Täglich muß ich an seinen Tisch kommen.

Ganz tief in uns stimmen wir alle mit Salomo überein. Auf dem Höhepunkt einer großen Verantwortung bekannte er: „Ich aber bin ein kleiner Knabe, ich weiß nicht aus- noch einzugehen … so gib denn deinem Knecht ein gehorsames Herz" (1 Kö 3,7+9).

Hier war ich nun einige Jahre später, zu den Füßen des Meisters sitzend mit einer Sehnsucht nach den Krümeln, die vom himmlischen Tisch fielen. Wider einmal ging ich durch ein trockenes, geistliches Tal. Inzwischen bin ich dazu gekommen, diese schwierigen Zeiten zu schätzen. Sie sind nicht Zeiten des Zweifels an Gott, sondern eher, um ihn zu suchen. „Alles, was für das Volk Gottes zum Trauern führt", sagt John Flavel, „ist kein ausreichender Grund, die Echtheit ihres Christseins zu hinterfragen. Was immer der Grund für ihren Kummer sein mag, es sollte sie zu Gott und nicht von ihm wegtreiben."[4] Auf seine gnadenvolle Art begann der Herr, mir seine Gedanken zu offenbaren.

Zuerst führte er mich zum Kreuz – und gab mir Zeit, wieder hinaufzuklettern. Laß es mich erklären, bevor ich weiterschreibe. Wir alle stimmen darin überein, daß das Werk des Herrn am Kreuz vollendet wurde. Genau wie Christus starb, glaube ich, daß wir auch unseren Weg zum Hügel Golgatha beschreiten müssen und die Schmerzen und Demütigung durchleben müssen, um in ein erneuertes Leben zu kommen. Haben wir diese Erfahrung hinter uns gebracht, können wir zusammen mit dem Apostel Paulus verkünden: „Ich bin mit Christus gekreuzigt, und nicht mehr lebe ich, sondern Christus lebt in mir, was ich aber jetzt im Fleisch lebe, lebe ich im Glauben, und zwar an den Sohn Gottes, der mich geliebt und sich selbst für mich hingegeben hat" (Gal 2,20). Wir sind jetzt lebende Tote. Der Sünde gestorben, aber für Gott lebendig. „So auch ihr, haltet euch der Sünde für tot, Gott aber lebend in Christus Jesus" (Röm 6,11).

Nach der Auferstehung in ein neues Leben hören wir die herankommenden Hufschläge des Feindes. Lies mehr über die folgenden Kriege in Römer, Kapitel 6, 7 und 8. Wir geben unsere Leiber jetzt täglich als lebendige Opfer (Röm 12,1-2) und sterben täglich der sündigen Natur. Dies ist für die meisten Gläubigen elementar, aber schwierig.

In der *Ministry-Serie* von J. B. Stoney finden wir diese kühne Ermahnung: „Ich wurde mit Christus gekreuzigt. Versagst du, belebst du das Fleisch wieder; ich habe kein Recht, das Fleisch wiederzubeleben, und wenn ich es tue und es nicht richte, wiederbelebe ich, was Gott gerichtlich im Tode seines Sohnes beendet hat. Nicht nur, daß ich etwas Falsches tue, es ist eine schmerzliche Sache, das wiederzubeleben, was Gott aus seinem Blick entfernte."[5]

Weißt du, das einzige Problem damit, ein „lebendiges Opfer" zu sein, ist der lebendige Teil; das heißt, wir können uns willentlich auf den Altar legen und wieder wegkriechen. Leonard Ravenhill sagte oft zu mir: „Der einzige Grund, warum du heute wieder auf den Altar mußt, ist, weil du gestern hinabgestiegen bist. Wir sollten damit aufhören, zu singen: „Es ist Platz für dich beim Kreuz" und zu singen beginnen: „Es ist Platz für dich am Kreuz."

Vom Kreuz herab erhalten wir eine ganz neue Perspektive. Festgenagelt, unfähig, sich zu bewegen, bar jeglicher physischer Stärke und Kraft, aller selbstsüchtigen Wünsche und Ambitionen entledigt, sind wir wehrlos. Dort lernt die wahre Frau oder der wahre Mann Gottes etwas über Vertrauen. In den Worten unseres Meisters: „In deine Hände übergebe ich meinen Geist" (Luk 23,46).

Vom Kreuz herab sah ich die verlorene Menschheit durch die Augen Christi. Zwischen Himmel und Erde hängend, wird die Ewigkeit deutlicher. Wir sehen die gewaltige Trennung zwischen Mensch und Gott. Wir sehen verlorene, hungernde Schafe ohne Hirten. Blinde Menschen tasten in der Dunkelheit herum – ohne Hoffnung, der Zerstörung bestimmt.

Wahres Erbarmen entsteht durch ein tiefes Verständnis des gesamten Bildes. Er ist ihre einzige Hoffnung. Ich habe diese Lektion schon einmal gelernt – es ist Zeit, sie noch einmal zu wiederholen. Es ist Christus, und nur Christus allein.

Vom Kreuz – hoch genug, um eine bessere Sicht zu haben, jedoch niedrig genug, um zu kommunizieren, verstehen wir langsam das Lebensschema. Es ist ein Dampf, ein Nebel, eine verwelkende

Blume, ein Atemzug. Aus dem Blickwinkel der Ewigkeit beträgt das Leben nur Sekunden.

Mein persönlicher Hunger kam zu einem Ende. Je länger ich dort hing, desto deutlicher wurde alles. Als das Fleisch starb, kam der Geist empor. Noch einmal wurde die Aussage von Paulus lebendig: „Ich bin mit Christus gekreuzigt, und nicht mehr lebe ich, sondern Christus lebt in mir, was ich aber jetzt im Fleisch lebe, lebe ich im Glauben, und zwar an den Sohn Gottes, der mich geliebt und sich selbst für mich hingegeben hat" (Gal 2,20).

Am Kreuz wurde das Verlangen nach himmlischer Flüssigkeit stark: „Ich habe Durst, Herr. Ich bin so durstig." Vom Kreuz sah ich, daß Jesus den Hunger bewirkte. Er führte mich durch die Wüste und befriedigte jetzt meinen starken Durst nach lebendigem Wasser. „Glücklich ist der Mensch, dessen Stärke in dir ist, in dessen Herz gebahnte Wege sind! Sie gehen durch das Tränental und machen es zu einem Quellort" (Ps 84,6+7).

„Wer nur spärlich Wasser hat, wird sich durch das trockene Tal hindurchkämpfen und nicht verzweifeln oder müde werden, denn er hat Gott als Quelle, von der er trinken kann und erfrischt wird."[6]

Je länger ich mich mit Christus beschäftigte, zu ihm sprach, ihn anbetete und über die Erfahrungen anderer Menschen mit ihm las, desto klarer wurde alles. Meine Tränen flossen frei herunter, als er mir seinen einzigen Wunsch offenbarte: Ihn zu kennen, mit ihm zu gehen und mit ihm Gemeinschaft zu haben ist unsere ganze Aufgabe. In der Gegenwart des Herrn sind meine Talente und Fähigkeiten nutzlos. Jeglicher Erfolg scheint wertlos. Auch Versagen schwimmt dahin. Ich fühlte, wie die Tränen meine geistigen Augen reinigten. Henry Ward Beecher verstand diese Erfahrung:

> Astronomen haben Teleskope gebaut, die Myriaden von Sternen sichtbar machen, die man vorher nicht sehen konnte; aber wenn ein Mensch durch die Tränen in seinen eigenen Augen blickt, ist dies eine Linse, die sich öffnet und in das Unbekannte hineinreicht. Sie offenbart eine Welt, die keine Teleskope, wie gut auch immer sie konstruiert sein mögen, in Sicht bringen; sogar den Thron Gottes, und sie durchdringt die nebulöse Entfernung, wo diese ewigen Wahrheiten, in denen wahres Leben ist, sich befinden.[7]

Die Tränen flossen weiter. Sie flossen monatelang. Mit heiligen Tränen vor Gott zu weinen reinigt unsere geistlichen Augen. Genauso wie physische Tränen jegliche störende Substanz hinauswaschen, reinigen uns die himmlischen Tränen von geistlicher Unreinheit. Um wieviel mehr! Wenn es echt ist, sehen wir besser. Jesus reinigte meine geistlichen Augen.

Während dieser Zeit der geistlichen Erfrischung wurde das Wort Gottes meine Lebensquelle. Welch einen Schatz hat er uns in seinem Wort hinterlassen. Genauso fesselten mich die Schriften unserer geistlichen Vorfahren. Ich trank die Werke von George Whitefield, David Branerd und vieler anderer in mich hinein. In der Vergangenheit hatte ich über die Berichte dieser Wiederbelebten gelesen, sie studiert und sogar Berichte geschrieben; aber jetzt bekam ihr Leben und Dienst eine neue Bedeutung für mich. Diese Männer hatten etwas erlebt, nach dem ich mich sehnte.

Bitte verstehe – in meinem kurzen Leben als Christ hatte ich mehr gesehen, als die meisten Menschen in ihrem Leben sehen. Immerhin war ich auf wunderbare Weise von Drogen befreit worden. Ich war Zeuge, wie sich in den Vereinigten Statten und in fremden Ländern Tausende von Menschen zu Jesus bekehrten. Ich erlebte, wie Lahme zu gehen begannen und Blinde ihr Augenlicht zurückerhielten. Bei vielen Gelegenheiten habe ich erlebt, wie dämonenbesessene Menschen herumschlugen und mit Schaum vorm Mund schrien, nur um sich der Macht Christi zu beugen. Ich war Teil der großen argentinischen Erweckung, bei der sich Hunderttausende vor dem Kreuz niederknieten. Was wollte ich mehr? Die Antwort war und ist: viel.

Ich sehne mich nach etwas Souveränem: keine ausgeklügelten Großevangelisationen, wo die Leute von einem auffälligen Evangelisten begeistert werden; keine große Show, bei der Tausende etwas mehr oder weniger Sonderbares erlebten; keine „neuen" übernatürlichen Manifestationen, die wie der Wind kamen und gingen.

Ich wollte eine tiefe, heilige Bewegung des Geistes. Nicht unter den Christen, sondern unter den Sündern! Ich wollte Gott auf eine Art erleben, über die jeder verkünden mußte: „Dies ist die Gegenwart des Herrn!"

Wie konnte ich wissen, daß Jesus mich in einen Dienst bringen wollte, der alles Vorstellbare übersteigen würde. Innerhalb weniger Monate erlebte ich, wie Menschen in der Gegenwart des Herrn schmolzen. Sünder wurden angezogen, nicht von einer neuen Sache, sondern von der souveränen Gegenwart des Herrn.

Mein persönlicher Hunger bewirkte ein starkes Verlangen nach dem Echten. Ich wollte erleben, wie Sünder nur dadurch zum Herrn gezogen wurden, weil sie seine Gegenwart erkannten. Ich wollte den Schmerz fühlen, die Bedürfnisse konfrontieren und die Tränen der Buße fließen sehen. Vor allem wollte ich ein tiefes Wirken sehen, das zu einem lebensverändernden Erlebnis mit Jesus Christus führte.

Er beantwortete meine Gebete. Jener Tag auf dem Plaza war ein Beispiel. Marcia umarmte ihre beste Freundin Jacqueline und sagte, sie wollte weinen. Ich sagte: „Sieh mich an – ich weine für dich. Na los, weine!"

Um die beiden Mädchen versammelte sich eine Gruppe von Teenagern. Ein junger Mann sagte: „Wir können die Gegenwart Gottes fühlen. Was machen wir jetzt?" Wir beteten, und sie alle bekehrten sich. Marcia brach in Tränen aus. An diesem Abend in unserer Zeltveranstaltung waren Jacqueline, Marcia und ihre fünf neuen Freunde am Altar.

Die Liebe und Gnade Gottes traf an diesem Tag wie Pfeile genau ins Herz. Der Heilige Geist zog die hungrigen Herzen zu Jesus. Ein Auto mit drei geistlich hungrigen Studenten und ihrer Großmutter hielt an. Das war das dritte Mal, daß sie zurückkehrten. Ich stieg ein und erzählte ihnen von Jesus. Sie hatten niemals zuvor etwas wie die Gegenwart Christi, die dort war, gefühlt. Die beiden Mädchen brachen zusammen und schluchzten. Alle vier bekehrten sich.

Jeder weitere Tag war voller Erlebnisse, wie Menschen erlöst wurden. Die Liste ging immer weiter. Innerhalb weniger Tage hatten Hunderte ihren neu gefundenen Erlöser angenommen. Gott hatte diesen Park der irdischen Vergnügen in einen Platz himmlischer Frömmigkeit verwandelt. „Regne, Heiliger Geist! Regne!"

Seitdem hat der Herr es mir erlaubt, eine geistliche Dimension des Dienstes zu sehen, die nicht mit Worten zu beschreiben ist. Ich hatte niemals zuvor erlebt, wie die härtesten Sünder – einschließlich der Reichen und Armen, Mitglieder von Sekten, Scharen von Teenagern – in der Gegenwart des Herrn buchstäblich zitterten. Menschen, die noch nicht einmal die Predigt gehört hatten und nicht wußten, was geschah, begannen, nach ihren Seelen zu fragen.

Der aus dem siebzehnten Jahrhundert stammende Pastor Richard Baxter sagte: „Gehe mit Tränen in den Augen zu den armen Sündern, so daß sie sehen, daß du glaubst, daß sie im Elend sind und sie aufrichtig bemitleidest. Sie müssen erkennen, daß es dein Herzenswunsch ist, ihnen Gutes zu tun."

Die Worte von George Whitefield reflektieren, was bei unserer Veranstaltung geschah und was folgen sollte: „Das gegenwärtige Wirken des Heiligen Geistes scheint erstaunlich und außerordentlich zu sein, wenn man die Menge betrachtet, die herbeigeführt wurde. Niemals zuvor haben wir erlebt, daß so viele kommen und sich Sorgen um ihre Seele machen und mit großer Sorge fragen: „Was müssen wir tun, um gerettet zu werden?"

Mein Freund, lies weiter. Immer wieder haben wir erlebt, wie die Gegenwart des Herrn wie Regen auf die hungernden und durstigen Menschen niederfiel. Er übersteigt konfessionelle Barrieren, und er möchte dich besuchen.

Dieses Buch wird inmitten eines wunderbaren, erfrischenden Regens vom Himmel herausgegeben. Wir sind Zeugen erstaunlicher Manifestationen, während der Heilige Geist das hungrige Herz ernährt. In Reaktion auf den Geist Gottes haben Zehntausende bekehrte und nicht bekehrte Seelen Klagen und Stöhnen erlebt, das sich tief in ihr Herz grub. Ich bin so dankbar, daß eins der herausragendsten Charakteristika dieser neuen Bewegung des Heiligen Geistes Zerbruch vor dem Herrn und Tränen sind.

Ja, das Wort des Herrn wird in einer trockenen, öden Wildnis gepredigt. Die täglichen Überlebenskämpfe, die scheinbar endlose Barriere von Schmutz, Mangel an geistlicher Leiterschaft von der Kanzel und zahllose andere Probleme haben die trockenen Herzen der Massen brachgelegt.

Aber deine Tränen werden auf den trockenen, aufgebrochenen Boden der Menschenherzen fallen und den Weg für die lebensproduzierende Saat Gottes vorbereiten. Die Feuchtigkeit einer himmlischen Träne ist ein von Gott gesandter Regen auf die geistlich Trokkenen.

2. Hungersnot im Land

Die Menschheit erlebt eine extreme geistliche Hungersnot – und eine verhungernde Menschheit wird alles verschlingen, was ihr persönliche Befriedigung bringt.

Die Teenager näherten sich dem Auto, um es zu plündern. Innen befanden sich zwei Touristen, die sich von der Tagesreise erholten. Der Alptraum begann.

Die jungen Leute sprangen auf den Stoßstangen auf und ab, bis das Paar innen aufwachte. Vielleicht dachten die Besucher zuerst, daß es nur ein Spiel sei. Aber niemand lachte. Erstaunt und verwirrt machte der Mann die Zündung an. *Ist dies ein schlimmer Traum,* fragte er sich, *oder werden wir gerade überfallen? Wir müssen hier weg!*

Dann geschah es. Einer der Jugendlichen zog eine Waffe und zerlöcherte das Mietauto mit Kugeln. Vollkommen unter Schock legte der Fahrer den Rückwärtsgang ein, um zu entkommen. Dann wurde das Spiel tödlich. Die Waffen wurden erhoben. Kugeln flogen.

Innerhalb weniger Momente war es vorüber. „Er stirbt!“ schrie die Frau dem Telefonisten der 911er Nummer zu. „Bitte helfen Sie uns! Mein Mann liegt im Sterben!“

„Das ist die Stelle“, erklärte der Polizist. Auf unseren Reisen besuche ich Gebiete, von denen ich meine, daß sie äußerst wichtig sind. Ich möchte am Puls der Menschen sein. Der Polizist erklärte mir detailliert den Tathergang von der Ermordung von Touristen auf eine Raststelle. Wieder einmal war Raub das Motiv. Und wie so oft zuvor, wurde eine Waffe gezogen und jemand mußte sterben.

Vom Durchlöchern eines Autos zum Durchlöchern eines Menschen. Wo liegt schon der Unterschied?

Ein kurzes Nickerchen an der Autobahn wurde zum Alptraum.

Ein weiteres gefühlloses Kind drückte aus, was es auf so vielfältige Art und Weise so oft gesehen und gehört hatte. Eine weitere Episode im Leben Amerikas, die einem die Knochen gefrieren läßt. Mord – jeden Tag, jeden Monat in jedem Jahr geschieht es.

Der Polizist erzählte mir von weiteren Morden, die alle innerhalb eines Zeitraums von fünf Tagen geschahen. Jedesmal wurde nach dem gleichen Muster vorgegangen: menschliche Wesen wurden wie kranke Hunde behandelt. Für ein paar Mark niedergeschossen, niedergestochen oder überfahren. Tot oder lebendig – wo liegt da der Unterschied?

Ein anderer Polizist gab mir einen Ratschlag: „Mein Herr, Sie sollten sich eine Waffe besorgen. Nehmen Sie sie überall mit hin. Dies sind Kinder mit echter Munition. Töten Sie, bevor Sie getötet werden." Großartiger Rat. Jeder schnappt sich eine Pistole.

Ein Besuch in ausgebrannten Straßen im Süden von Los Angeles offenbarte eine ähnliche Haltung. Ein Freund und ich gingen in der Nachbarschaft spazieren, in der kurz zuvor ein gewalttätiger Aufstand war. Menschen waren wie Tiere niedergestochen worden. Die Farbe deiner Haut, deine Wagenklasse, falsches Aussehen – all dies waren legitime Gründe, um getötet zu werden.

Es brodelte noch in den Menschen. Wir konnten die Intensität spüren. „Hey, was machst du hier?" schrie jemand. „Bist du verrückt? Kennst du in dieser Gegend nicht die Gefahren für ein weißes Gesicht?"

Ja, wir sind uns der Gefahr bewußt. Ich wußte, das nur um die Ecke ein weißer LKW-Fahrer bewußtlos geschlagen und beinahe getötet worden war. Wir waren gerade meilenlang an ausgebrannten Gebäuden vorbeigekommen. Aber mehr über die Gefühle der Menschen zu erfahren, war wichtiger als unsere Angst.

Natürlich, wie jeder andere auch, kannte ich die offensichtlichen Gründe für das Blutvergießen. Die Live-Videofilme hatten das Feuer nur noch mehr angefacht. Doch der Giftfluß lief noch tiefer, als die Nachrichten es jemals zeigen konnten. All diese ausgebrannten Häuser stellten ausgebrannte Menschenleben dar. Es war Kriegsgebiet, aber warum? Weshalb solch eine Gewalt?

Unsere Unterhaltung ging weiter. „Du haßt mich nicht, und ich hasse dich nicht", entgegnete ich. Innerhalb weniger Minuten waren mein Freund und ich von einem völligen Frieden umgeben. „Als du geboren wurdest, war in dir nicht automatisch Haß gegenüber den weißen Menschen. Das kann man beweisen, wenn man Kinder im

Kindergarten mischt. Sie sind farbenblind. Jemand hat euch hassen gelehrt.“ Sie stimmten dem zu.

Unser Gespräch endete mit meiner Erklärung, wie Jesus Christus mich von Gewalt und Rebellion befreite. Mir waren weder die Straßen noch Gefängnisse unbekannt.

Ich stimmte mit ihnen angesichts der Ungerechtigkeiten unserer Zeit überein. Sie hatten absolut recht – das Leben ist nicht fair.

„Aber um all diese Gewalt zu beenden, brauchen wir einen gemeinsamen Nenner. Um in dieses Chaos Ordnung zu bringen, brauchen wir einen Friedensstifter, einen Mittler. Jemand, der beide Seiten versteht. Dieser Mann ist Jesus Christus.“

Plötzlich wurden ihre leeren Augen von der Wahrheit erfüllt. Sie hörten intensiv zu und nickten zustimmend. Als wir die Hände schüttelten, sagte der Mann zu mir: „Wenn du das nächste Mal hier in der Gegend bist, dann ist mein Zuhause auch dein Zuhause.“

Wir gingen mit der tiefen Überzeugung, daß Christus die einzige Antwort auf den Aufruhr und die Morde ist. Nicht Waffenkontrolle, sondern Herzenskontrolle; nicht Waffen, sondern Weinen; nicht Gewalt in den Straßen, sondern Wachsamkeit über unsere Seelen.

Die Farbe Amerikas muß vom Kreuz aus gesehen werden. „Denn Er ist unser Friede. Er hat aus beiden eins gemacht und die Zwischenwand der Umzäunung abgebrochen“ (Eph 2,14).

Die Menschheit leidet unter einer extremen geistlichen Hungersnot. Eine Menschheit, die sich nach persönlicher Befriedigung verzehrt, wird alles, was Leben verspricht, verschlingen. Der gegenwärtige Hunger nach Wahrheit führt zu ernsthafter Gewalt und Revolution. Aufgrund der Abwesenheit von Licht wuchern niederträchtige Taten der Finsternis.

Es ist ein Hohn auf die Gerechtigkeit! Überall sehen wir die Auswirkungen, aber wir müssen die Ursachen konfrontieren. Kann etwas getan werden? Und wenn ja, wie können wir es tun? Die tragische Wahrheit ist, daß Amerika in den Wind gesät hat und den Sturm erntet. Während das Gebet unsere Hintertür verließ, kam Perversion vorne hinein. Als Resultat erlebt unser Land eine Meuterei.

Während jedoch diese völlige Rebellion stattfindet, schläft die Kirche in der Kapitänskajüte. Die Bewegung ist kritisch und wird nicht einfach verschwinden. Die Regierung kann solch eine Art von Rebellion nicht durch Gesetze steuern. Schulen können nicht dagegen ausbilden. Sie hämmert jetzt an der Tür. Warum hören wir es nicht?

Hast du jemals festgestellt, daß Kriege in Wogen auftauchen? Oftmals wird die Kirche durch eine scheinbare Verlangsamung der Feindesaktivitäten oder einen schwungvollen christlichen Trend eingelullt, nur, um dann durch ein weiteres tödliches Gemetzel geweckt oder geschockt zu werden. Die Kirche muß jetzt reagieren! Wir müssen unsere Augen öffnen, näher hinsehen und uns den Mächten der Dunkelheit entgegensetzen.

Kurz nach den Aufständen in Los Angeles befand ich mich auf dem Schwulen- und Lesbenmarsch in Washington, D.C. Für die Teilnehmer war es eine siegreiche Gelegenheit. Für mich war es eine Parade ständigen Schmerzes.

Der Marsch diente dazu, die Gerechtigkeit zu zeigen, die wir als Nation jetzt haben. Hunderttausende homosexueller Frauen und Männer bevölkerten die Washington Mall, um gleiche Rechte zu verlangen, und feierten ihr Herauskommen aus dem Untergrund. Die Nachrichten würden es nicht wagen, die Wahrheit zu sagen; was wir zu Hause sahen, war bereits gefiltert. Doch was ich in lebendigen Farben sah, würde die Nation schockieren.

Von Sadomasochisten über Staatssenatoren, jungen Kindern bis hin zu erwachsenen Frauen und Männern, alle Arten von Menschen waren aktive Teilnehmer. Nacktheit war an der Tagesordnung. Viele fluchten über die etablierten Kirchen und trugen Plakate, die proklamierten: „Gott ist schwul."

Aids hat sie nicht an ihrer teuflischen Ambition gehindert – noch ein weiterer Liebhaber, ein paar weitere Freuden. „Laßt uns in Ruhe!" schreien sie. „Schande, Schande, Schande!" singen sie. „Schande, weil ihr versucht, uns unsere Freiheit zu verneinen!"

Sie krochen aus dem Untergrund in unsere Klassenzimmer. Lehrbücher wurden in seichten Tönen geschrieben, um die Kleinen zu desensibilisieren – Titel wie z. B. *Papis Zimmergenosse* und *Heather hat zwei Mütter*. Sanft predigen sie: „Dies ist kein anormales Verhalten. Es ist nur ein wenig anders." „Wen kümmert's, wenn Papis Zimmergenosse sein Bettgenosse ist? Hast du damit ein Problem?" schreien sie. Und: „Ist es nicht wunderbar, daß Heather zwei Mamis hat!" Diese Bücher sind nur der Anfang. Die Presse steht startklar, um weitere in die Irre führende Wege zu propagieren.

Der Marsch war vorbei, und die Stadt war mit Touristen, meistens Homosexuelle aus der ganzen Welt, überfüllt. Ich stand am Fuße des Lincoln Memorial – zu Füßen des Mannes, der Gefangene freisetzte. Abraham Lincoln glaubte ans Fasten und Beten. Er war ein Mann, der die Verderbtheit unserer Nation erkannte und uns kühn zu Gott zurückrief; ein Mann, der sich des Herrn Jesus Christus nicht schämte; ein Mann, der Homosexualität beim richtigen Namen nennen würde: Sünde.

Und dennoch umgaben mich an diesem Tag Hunderte von Sklaven. Sie waren nicht durch Eisenketten, sondern durch Sündenketten gebunden. Und sie dankten der Gleichheit Lincolns für ihre Freiheit. Was für ein Skandal!

Während ich hinaufschaute, stellte ich mir vor, was Abe heute tun würde. Er weinte – und ich wußte, seine Tränen würden auf den Asphalt tropfen. Das Leid, unsere Nation von Gott getrennt zu sehen, würde ihn über alle Worte hinaus schmerzen. Ich tat Buße für die gegenwärtige Hungersnot, den Mangel an geistlicher Wahrheit. Meine Worte an Abe Lincoln? „Das Evangelium von Jesus Christus wird wieder in den Straßen von Amerika gepredigt werden. Wir werden wieder in unseren Schulen beten. Wir werden den Kampf kämpfen!"

Wo wird das alles aufhören? Falsch ist jetzt richtig, und richtig ist falsch. Was einst abstoßend war, ist jetzt attraktiv. Wir werden gequält und herumgeworfen. Der Mangel an göttlicher Leiterschaft, die Verwirrung in geteilten Heimen, die steigende Flut von Bösem – all dies hat unsere Gesellschaft zum Schiffbruch getrieben.

Ich nenne es ständigen Schmerz – es hört niemals auf. Aber dies sind nicht die Quellen unserer Schmerzen. Was ist mit dem Strom natürlicher Unglücke?

Erdbeben und Hurrikane haben bei ihrem Erscheinen gnadenlos Verzweiflung, Zerstörung und Tod hinterlassen. Feste Eigenheime wurden wie Kartenhäuser weggeweht. Hoch hinausragende Tempel stürzen zu Boden.

Deiche halten den Sturzbächen nicht stand, und ein friedlicher Fluß wird zu einem Meer der Trauer. In einem Augenblick wird ein Lebenswerk hinweggewaschen, werden die Erinnerungen eines Lebens in einem feuchten Grab begraben. Traurigkeit wird zu Traurigkeit hinzugefügt.

Während uns das Wetter bedroht, streift Mord durch die Straßen. Raststätten an der Autobahn werden zu Todesstätten. Passive Restaurantbesucher werden zu sitzenden Enten, während zornige Killer ihrem Frust Luft machen. Ein Auto, ein Fast-Food Platz, ein Zug, dein Arbeitsplatz, all diese sind jetzt Hauptschauplätze für Morde. Im benachbarten Park werden unschuldige Kinder Opfer von lüsternden

Verrückten – entführt, mißbraucht, abgeschlachtet. Sogar das Zuhause als Hafen wurde für viele junge Leben zur Hölle. Wir warnen sie vor den Fremden draußen, während ihre eigenen Eltern planen, sie drinnen zu ermorden.

Überall auf dem Globus herrscht Krieg und herrschen Kriegsgerüchte. Tausende von Männern, Frauen und Kindern werden im Streit rivalisierender Stämme niedergemetzelt. Flüsse und Seen werden vergiftet, weil sie zur Abfallgrube für verrottende Leiber wurden. Was geschieht? Niemand scheint zu begreifen, warum.

Die meisten Christen verstehen nicht ganz, warum die Dinge so sind, wie sie sind, aber wir sehen die Auswirkungen. Wir erkennen, warum der Apostel Paulus uns vor den bevorstehenden gefährlichen Zeiten gewarnt hat. Nur wenige würden verneinen, daß wir Gottes Gericht über die Erde erleben. Wir erleben den natürlichen „Lohn der Sünde“ (Röm 6,23) – den Tod.

Bringt all dies dich nicht dazu zu überlegen, *ob es irgendwo ein geistliches Erwachen gibt? Wacht die Menschheit von ihrer Sünde und ihrem Schlummer auf?* Die Antwort ist ja, es gibt erstaunliches Erwachen. Da all unsere Sicherheiten unsicher wurden, suchen die Menschen nach Beständigkeit. Menschen suchen nach einer festen Grundlage, etwas, auf das sie ihr Leben stellen können. Auf diesem Kontinent und überall auf der Welt hat diese Suche begonnen!

Tragischerweise werden die Menschen von den Fallen geschmackvoller Lügen hinweggerafft. In alarmierender Zahl ziehen Sekten die hungernden Pilger an. Wie Schafe, die zum Schlachtopfer in der Reihe stehen, folgen sie ihrem irregeleiteten Messias blindlings. „Lehre mich mehr, lehre mich die ganze Wahrheit“, blöken sie, während sie ihrem Herrn in die feurige Zerstörung folgen.

Christen sind immer wieder erstaunt darüber, wie gelehrte College-Studenten der Oberschicht in die Hände dieser „Lichtengel“ fallen können. Doch wie Wölfe im Schafspelz schleichen diese bösen Schafhirten wie die Aasgeier in die Versammlungen, suchen sich das nächste Opfer aus und verschwinden mit einem von ihnen im Maul. Wir Gläubigen stehen daneben, starr vor Verblüffung.

Um die Seelen der Menschen herrscht eine Schlacht! Das Schlachtfeld ist der Boden der Herzen! Bei vielen ist der Boden ihres Herzens von Kriegen zerrüttet und trocken, eine brachliegende Wildnis. Sie befinden sich inmitten einer Hungersnot – einer Hungersnot nach Wahrheit.

Ein Schäfer, der ca. zwölf Meilen außerhalb von Jerusalem lebte, sah etwas, das die meisten Menschen niemals begreifen konnten. Mehr als siebenhundert Jahre vor der Geburt Christi sah dieser Mann klar, was heute geschieht:

> „Siehe, Tage kommen, spricht der Herr, da sende ich Hunger ins Land, nicht einen Hunger nach Brot und nicht einen Durst nach Wasser, sondern danach, die Worte des Herrn zu hören. Und sie werden wanken von Meer zu Meer und vom Norden bis zum Osten. Sie werden umherschweifen, um das Wort des Herrn zu suchen, und werden es nicht finden“ (Amos 8,11-12).

Amos sah die Krankheit der Sünde. Er sah, wie die Menschheit sich selbst zum Maß aller Dinge machte. Er sah, daß politische Systeme – ob kommunistisch, diktatorisch oder demokratisch – zum Niedergang bestimmt waren, weil sie einen tödlichen Fehler hatten: Sie erkannten nicht die sündige, selbstsüchtige Natur des Menschen. Sie ignorierten Gott und glorifizierten den Menschen.

Amos sah eine Hungersnot. Eine Hungersnot, die Gott bewirkte und die von den Menschen angefacht wurde. Er sah die geistliche Verzweiflung der Welt. Menschen verhungerten buchstäblich.

Der wissenschaftliche Name für die Krankheit, die Amos sah, lautet Marasmus: das Hinwegsiechen von Körper wegen Unterernährung. Aufgequollene Bäuche und verwelkte Extremitäten kennzeichnen diesen tödlichen Zustand.

Amos sah Männer, die auf Beinen wie Zahnstochern umherstolperten. Junge Menschen schluckten Staub und fielen auf dem ausgedörrten Boden wegen Wassermangels nieder. Mütter wiegten ihre Kinder, die von Krankheit verzehrt wurden – eins starb gerade, das andere war kurz davor.

Als sich das Bild entfaltete, ergriff die Realität das Herz des Amos. Diese Menschen starben aus Mangel an Wahrheit. Sie verzehrten sich nach dem Wort des Herrn, doch konnten es nirgendwo finden.

Der Definition nach bedeutet Hungersnot: „extremer und andauernder Mangel an Nahrungsmitteln.“ Sie ist so ernsthaft, daß sie im weitläufigen Verhungern, Tod und Mangel an allem, was hilft, endet. Laßt uns die Ursachen und Gründe einer physischen Hungersnot betrachten. Dann werden wir die geistlichen Parallelen ziehen.

Trockenheit oder Regenmangel über längere Zeit hat in der

ganzen Welt große Hungersnöte ausgelöst. Die große Hungersnot in Ägypten von 1064–1072 n. Chr. herrschte aufgrund von Regenmangel. Ernten verdarben und das Weideland verwelkte. Man kann schwerlich die diese Hungersnot begleitende Grausamkeiten glauben. Die Hungersnot war so ausgedehnt, daß die Geschichte von Barbaren berichtet, die auf Hausdächern mit Seilen und Haken auf Beute warteten. Kam jemand vorbei, wurde das Seil hinuntergeworfen, die Person an den Haken genommen und aufs Dach gezogen. Dann wurde sie wie ein Tier gebraten und verzehrt.

Um 1870 starben in Indien mehr als fünf Millionen Menschen wegen Wassermangel. Während der gleichen Zeit starben in China mehr als neun Millionen Chinesen, weil kein Regen fiel.

Auch die Vereinigten Staaten hatten mehrere Trockenzeiten. Die meisten von uns können sich daran erinnern, als 1980 im Mittleren Westen die nördlichen großen Ebenen und Teile des Südostens von Regenmangel heimgesucht wurden. Unser Land erlitt ernsthafte Ernteverluste. Und die Buschfeuer? Der trockene Zustand war die Ursache für ein bevorstehendes Desaster. „Außer Kontrolle!" schrien die ermatteten Feuerwehrmänner, während die Feuersbrunst alles sich auf ihrem Weg Befindliche verzehrte.

Seit 1960 wissen wir alle, daß Millionen von Afrikanern an Unterernährung aufgrund einer Dürre gestorben sind. Wir haben die Bilder gesehen: unterernährte Kinder krabbeln über aufgebrochenen, von der Sonne ausgetrockneten Boden; jung wie alt, kraftlos, unfähig, die Fliegen zu vertreiben, darauf wartend, zu sterben. Marasmus hat ihre Häuser und Dörfer heimgesucht. Und das Gemetzel geht heute weiter.

Geistlich gesehen, haben wir ähnlichen Herzschmerz erlitten, eine innere Dürre. Sünde hat die Herzen der Massen ausgetrocknet. Sie saugt uns das Leben aus. Unser Mangel an sauberem, geistlichem Wasser steht in direktem Zusammenhang mit Todesfällen und Zerstörung in unserer heutigen Welt wie zum Beispiel der steigenden Intensität der Gewalt unter unseren Jugendlichen. In der Wüste dahinsiechend, trinken sie aus jedem Wasserloch, und das Resultat ist oft tödlich. Vergiftetes Wasser führt zu vergifteten Leben.

Und überall flackern Buschfeuer auf. Die Winde der Dunkelheit wehen über ihr ausgetrocknetes Leben und fachen die Flammen zu einem wütenden Inferno an. Auf der Suche nach etwas, das sie befriedigt, geben die Jugendlichen der Hitze des Gruppenzwangs nach.

Während das Feuer ein weiteres kostbares Leben verschlingt, greift Desaster um sich.

Die Wissenschaft sagt, eine Person kann nur drei Tage ohne Wasser überleben. Wenn man unbeweglich liegt, kann man die Dauer auf ungefähr zwölf Tage verlängern. Tatsache ist, daß wir alle ohne Wasser zugrunde gehen, sei es physisch oder geistlich.

Die Bibel begegnet dieser Hungersnot. Jesus sagt: „Wer an mich glaubt, wird nimmermehr dürsten" (Joh 6,35). Er sagte auch: „Wer aber von dem Wasser trinkt, das ich ihm geben werde, den wird nicht dürsten in Ewigkeit, sondern das Wasser, das ich ihm geben werde, wird in ihm eine Quelle Wassers werden, das ins ewige Leben quillt" (Joh 4,14).

Die heutige geistliche Dürre ist offensichtlich. Durstende Seelen suchen fortwährend nach sauberem, reinem Wasser – welches den Durst löscht und nicht verflucht ist. Wasser, das aus reinen Gefäßen fließt, nicht aus kontaminierten Behältern. Wie viele neue Christen sind verwelkt und starben, nachdem sie vergiftetes Wasser aus alten rostigen Leitungen getrunken haben? Prediger und Lehrer mit unsauberen Herzen spucken gelbliche, verfärbte Botschaften aus, die in den Herzen der neugeborenen Gläubigen einen bitteren Nachgeschmack hinterlassen. Sie haben eigenhändig den Strom der Wahrheit vergiftet. Der folgende Rat von Charles Mackintosch sollte beachtet werden: „Das reine Wasser sollte vom Herzen Gottes zum Herzen des Sünders fließen können, ohne von dem Kanal, durch den es fließt, eine Spur zu hinterlassen."

Ein anderer Grund für eine ernsthafte Hungersnot liegt in andauernden Regenfällen und Überflutungen. Flüsse, die nach heftigen Regenfällen anschwellen und über das Ufer treten, zerstören Farmland. Aufgrund des Überschusses an Wasser verrotten andere Ernten auf den Feldern. Um 1300 verursachten starke Regengüsse eine ausgeweitete Hungersnot in Westeuropa. In 1929 starben mehr als zwei Millionen Chinesen wegen einer Überflutung. Zu viel Regen verursacht große Ernteausfälle.

Das Ergebnis? Ohne Skrupel wurden Hunde, Katzen, Nagetiere und Insekten gegessen. In Ägypten kann das Anschwellen des Nils auf ein paar Meter den Nahrungsvorrat des Landes zerstören. Um 1199 n. Chr. verursachte eine Hungersnot eine unheimliche Tragödie. Menschliches Fleisch wurde zu einer allgemeinen Nahrungsquelle. Eltern aßen ihre Kinder. Man tauschte Rezepte, wie man ihr Fleisch zubereiten könnte. Auf dem Höhepunkt dieser Hungersnot aßen die Menschen jene, die an Unterernährung gestorben waren.

Während der großen Hungersnot in Rußland in unserem Jahrhundert begannen die hungernden Massen, Tierdung zu essen. Sie freuten sich, wenn sie unverdaute ganze Kerne fanden.

Was ist nun mit der Gemeinde? Wir hatten zuviel Regen, aber nicht Tau vom Himmel, sondern sauren Regen, der jedes Herz, das er trifft, kontaminiert. Wir werden von gottlosen Männern und Frauen überflutet, die leichtgläubigen Menschen verdorbene Botschaften predigen. Diese falschen Propheten und Lehrer haben den stetig ansteigenden Markt erkannt. Menschen hungern danach, irgend etwas zu glauben. Sie hungern nach Nahrung. Sie wollen Wahrheit, aber erhalten Unrat.

In der Bibel wird von ernsten Hungersnöten und deren Konsequenzen berichtet. 2. Könige 6 berichtet von einer Hungersnot in Samaria, während der eine Frau den Sohn einer anderen Frau tötete und aß, um nicht zu verhungern. In 1. Mose 25 verkauft Esau sein Erstgeburtsrecht an Jakob, weil er Hunger hatte. Wenn Menschen hungern, tun sie Dinge, die sie sonst niemals in Betracht ziehen würden.

Genauso haben wir heute aus geistlicher Sicht Unmengen Ratten und Nagetiere gegessen. Wegen Mangel von Göttlichkeit von der Kanzel haben sich viele Christen damit begnügt, hartes, unverdauliches Essen zu sich zu nehmen, das nur wenig oder gar keine Nährstoffe hat. Geistliche Krankheit wuchert. Im Leib Christi hat unreine Nahrung zu einer weit ausgedehnten Ruhr geführt. Einst gottesfürchtige Gläubige liegen nun aufgrund falscher Nahrung krank und unfähig im Bett.

Der Hunger nach Wahrheit hat unser Land getroffen, und zwar hart. Menschen machen alles, um Nahrung zu bekommen. Wie ein starker Regenguß überfluten todbringende Kulte unsere Nation. Wie Aasgeier hocken sie über den geistlich Unterernährten. Teilweise wegen des Mangels an starker, von Gott eingesetzter Leiterschaft in unseren Gemeinden wächst diese Gruppe. Ein guter Freund von mir verbrachte drei Jahre in einem sektenähnlichen College, bevor er zu dem Schluß kam, daß alles Heuchelei war.

Eine andere Bibelschülerin auf der Suche nach mehr Wahrheit wurde in eine Gruppe von abtrünnigen Gläubigen verwickelt. Sie wurde über alles Vorstellbare einer Gehirnwäsche unterzogen, und wir weinten um ihre Rückkehr. Wir brauchten Monate, um sie zu überzeugen, daß die Sekte einem tödlichen Irrtum unterlag. In meiner Missionsarbeit ist es herzzerreißend, zu erleben, wie die geistlich Verirrten sich falschen Lehren ausliefern. Die geistlich verhungernden Massen greifen nach allem Eßbaren.

Die Liste der Hungersnöte geht weiter. In großen, zerstörerischen Hungersnöten haben Insektenschwärme eine wesentliche Rolle gespielt. Der Lokust oder die Heuschrecke ist ein Wanderinsekt, das bei Ernten unsagbar viele Schäden angerichtet hat und große Hungersnöte verursachte. Joel spricht von vier Arten der Zerstörung durch Heuschrecken: Nagen, Schwärmen, Kriechen und Niederfressen. Die eine frißt das, was die andere liegenläßt. Das Resultat ist völlige Zerstörung.

Schon viele Prediger haben diese Analogie aus dem Buch Joel genommen, um das Ergebnis von Gewohnheitssünde zu veranschaulichen. Es nagt an unserem Leben, und am Ende steht die Hungersnot. Geistlicher Rückgang bringt Zerstörung.

König Salomo erinnert uns an vier kleine Füchse, die den Weinberg zerstören. Sie knabbern und nagen an den kleinen Sprößlingen. Sie verschlucken die Beeren. Sie nagen an der Borke, worauf der Tod des Weinstocks folgt. Daraus entsteht eine Hungersnot.

Armeen haben absichtlich für Hungersnöte gesorgt, um ihre Feinde zur Aufgabe auszuhungern. Sie zerstören Nahrungsvorräte und Erntefelder und errichten eine Blockade, um die Nahrungsmittelversorgung des Feindes zu unterbrechen.

Auch Mangel an Transportmöglichkeiten hat am Hungertod von Millionen eine große Rolle gespielt. Oftmals liegt es nicht am Nahrungsmangel, sondern an schlampiger Auslieferung. Die so sehr benötigten Container kommen nicht rechtzeitig an.

Die Kirche ist insofern auch schuldig. Unser Lagerhaus ist voll – es fließt vor Segnungen über. Aber wir sind wie Traktoren mit Ausrüstung, beladen mit ausreichend Nahrung, die Welt zu versorgen, aber ohne Fahrer. Während das Korn verrottet, kämpfen wir, wer fährt oder wessen Name seitlich am LKW angeschrieben wird, und streiten darüber, wem der Ruhm fürs Helfen gebührt. Wir kämpfen und geraten darüber aneinander, ob „sie unsere Hilfe wollen oder nicht". Wir begründen: „Wenn sie so hungrig sind, warum geben sie dann nicht ein Zeichen? Sie können doch zu uns kommen." Schlechter Transport! Schließlich bringen von Mauleseln gezogene Züge die Nahrung für die Hungrigen, während wir in Palästen aus Gold anbeten. Was ist die Antwort? Was können wir tun?

Zuerst einmal müssen wir genau wie David die Gegenwart des Herrn suchen. „Und es gab eine Hungersnot in den Tagen Davids, drei Jahre lang, Jahr für Jahr. Und David suchte das Angesicht des Herrn" (2 Sam 21,1). Denke daran, das Wort Gottes erklärt kühn, daß der Herr die Hungersnot gesandt hat (Amos 8,11). Sollten wir uns nicht direkt an die Quelle wenden, statt uns mit Nebensächlichkeiten aufhalten? Der eine, der die Hungersnot gesandt hat, wird uns Anweisungen geben, was wir darin tun sollen. Wir werden uns seiner vielen Verheißungen erinnern: „Fürchtet den Herrn, ihr seine Heiligen! Denn keinen Mangel haben die, die ihn fürchten. Junglöwen darben und hungern, aber die den Herrn suchen, entbehren kein Gut" (Ps 34,10-11). „Siehe, das Auge des Herrn ruht auf denen, die ihn fürchten, die auf seine Gnade harren, daß er ihre Seele vom Tod errette und sie am Leben erhalte in Hungersnot" (Ps 33,18-19). „Die Elenden und Armen suchen nach Wasser, und es gibt keins, ihre Zunge vertrocknet vor Durst. Ich, der Herr, werde sie erhören, ich, der Gott Israels, werde sie nicht verlassen" (Jes 41,17).

Zweitens sollten wir das Gebet Salomos beten:

> „Bleibt der Himmel verschlossen, so daß es keinen Regen gibt, weil sie gegen dich gesündigt haben, und sie beten zu dieser Stätte hin und preisen deinen Namen und kehren um von ihrer Sünde, weil du sie demütigst, dann höre du es im Himmel und vergib die Sünde deiner Knechte und deines Volkes Israel – denn du zeigst ihnen den guten Weg, auf dem sie gehen sollen – und gib Regen auf dein Land, das du deinem Volk zum Erbteil gegeben hast!
>
> Wenn eine Hungersnot im Land herrscht, wenn eine Pest ausbricht, wenn es Getreidebrand, Vergilben des Getreides, Heuschrecken oder Hundsfliegen gibt, wenn sein Feind es im Land seiner Tore belagert, wenn es dann also irgendeine Plage, irgendeine Krankheit gibt, und dann irgendein Gebet, irgendein Flehen aufsteigt, was von irgendeinem Menschen oder von deinem ganzen Volk Israel geschehen mag – je nachdem, was einer als Plage seines Herzens erkennt –, und er zu diesem Haus hin seine Hände ausbreitet, dann höre du es im Himmel, der Stätte, wo du thronst, und vergib und handle und gib jedem nach all seinen Wegen, der du sein Herz kennst – denn du, du allein kennst das Herz aller Menschenkinder –, damit sie dich fürchten all die

Tage, die sie in dem Land leben, das du unseren Vätern gegeben hast!“ (1 Kö 8,35-40).

Unsere erste und wichtigste Handlung sollte die Reinigung unserer Herzen sein. Wir brauchen ein Saubermachen, eine Reinigung. Wie können wir einer verhungernden Welt vernünftiges Essen anbieten, wenn unsere eigenen Hände beschmutzt sind?

Wie die alten Samariter wurde die heutige Kirche zu Kannibalen. Wir essen einander, kauen einander wegen lächerlicher Probleme und unterschiedlicher Lehrmeinungen durch. Jesus sagte es treffend: „Was aber siehst du den Splitter, der in deines Bruders Auge ist, den Balken aber in deinem Auge nimmst du nicht wahr?“ (Matt 7,3). Laßt uns beim Anblick des Balkens schreien, statt über den Splitter zu höhnen!

Vor kurzem erhielt ich einen Telefonanruf von einem Zeitungsherausgeber, der mich über konfessionelle Grenzen befragte. „Menschen sterben vor unserer Haustür, und wir zanken uns, ob sie bespritzt oder untergetaucht werden sollen“, gab ich zurück. „Menschen hungern nach Wahrheit, klopfen an unsere Tür, aber ihre Hilfeschreie werden von unserem ständigen Murmeln übertönt.“

In vielen Fällen wurden solche Kirchen zu Schutthalden. Was einst eine blühende Gemeinde war, besteht jetzt aus den Knochen toter Menschen. Paulus warnt: „Wenn ihr aber einander beißt und freßt, so seht zu, daß ihr nicht voneinander verzehrt werdet!“ (Gal 5,15).

Drittens müssen wir das Wort, die Wahrheit, die Christus ist, predigen. Jesus sagte: „Ich bin das Brot des Lebens: Wer zu mir kommt, wird nicht hungern, und wer an mich glaubt, wird nimmermehr dürsten“ (Joh 6,35). Nichts kann das Herz eines Ungläubigen mehr füllen wie das reine Wort Gottes. Jedoch mußt du aufpassen: Wenn man den Hungrigen Nahrung gibt, darf man es nicht übertreiben. Eine geistlich verhungernde Seele kann nicht Fleischstücke verdauen, sondern zarte Stückchen, die gut vorbereitet wurden. Man steckt einem verhungerten Menschen nicht ein Stück Steak in den Hals; man füttert ihn mit dem Löffel, bis er gesund ist. Wenn du dies tust, dann würze das Essen mit deinen Tränen.

Der geistlich Durstige braucht Wasser. Reines Wasser, nicht mit Kohlensäure darin. Wir haben den Hungrigen alles von Gin Tonic bis hin zur Brause gegeben. Die Masse wird dadurch entweder betrunken oder falsch ernährt. Sie kommen zurück und wollen mehr, niemals zufrieden, denn das, was sie erhalten, ist kein lebendiges Wasser, keine Wahrheit. „Sie lernen immer und können niemals zur Erkenntnis der Wahrheit kommen“, sagt Paulus in 2 Tim 3,7. Die kristallenen Flüsse lebendigen Wassers fließen nur von den nicht kontaminierten Quellen des Herzens.

Laß deine Tränen eine Nahrungsquelle sein. Laß sie auf die trockene Erde fallen. Eine Träne, die aus dem Auge eines gottesfürchtigen Menschen rollt, kann den Herzensboden eines Sünders befeuchten.

Auf der Suche nach Nahrung sandte Jakob seine Söhne nach Ägypten, und Gott hatte den Weg bereitet. „Und alle Welt kam nach Ägypten zu Joseph, um Getreide zu kaufen; denn die Hungersnot war stark auf der ganzen Erde“ (1 Mo 41,57). Heute stolpern die Menschenmengen von Ort zu Ort und suchen nur nach einem Krümelchen geistlicher Nahrung. Und wieder einmal hat Gott den Weg bereitet. Unter der fähigen Leitung von Joseph gab es genug. Und heute, unter der Leitung von Jesus Christus, gibt es Brot und Wasser, um das sich verzehrende Herz zu befriedigen.

Wir sollten uns selbst ehrlich fragen: Warum sind sie ausgehungert, wo sie doch feiern könnten? Warum sind sie ausgetrocknet, wo sie doch trinken könnten?

3. Das Leid des Herrn

Wer leidet mit dem Herrn um den Tod seiner Kinder? Was fügt ihm Leid zu, und wie können wir sein Klagen in Tanzen verwandeln?

Gegen Ende von 1800 war Joseph Parker 33 Jahre lang Pastor der City Temple Gemeinde in London. Er sagte einmal: „All die Predigten, die jemals gehalten wurden, könnte man auf ein paar Seiten wichtiger Dinge kürzen. Der Prediger hat eigentlich nichts weiter zu sagen außer, daß Gott möchte, daß die Menschen zu ihm zurückkehren. Und daß die Menschen, die zu ihm zurückgekommen sind, in aller Gerechtigkeit gestärkt und kultiviert werden."

Das muß es sein, was der Prophet Micha sagte: „Man hat dir mitgeteilt, o Mensch, was gut ist. Und was fordert der Herr von dir, als Recht zu üben und Güte zu lieben und demütig zu gehen mit deinem Gott?" (Micha 6,8).

Salomo kam zu einer ähnlichen Schlußfolgerung: „Das Endergebnis des Ganzen laßt uns hören: Fürchte Gott und halte seine Gebote! Denn das soll jeder Mensch tun. Denn Gott wird jedes Werk, es sei gut oder böse, in ein Gericht über alles Verborgene bringen" (Pred 12,13-14).

Jesus faßte es zusammen als das ganze Gesetz und die Propheten, als er feststellte: „Du sollst den Herrn, deinen Gott, lieben mit deinem ganzen Herzen und mit deiner ganzen Seele und mit deinem ganzen Verstand. Das ist das größte und erste Gebot. Das zweite aber ist ihm gleich: Du sollst deinen Nächsten lieben wie dich selbst" (Matt 22,37-40).

Durch das ganze Buch hindurch wirst du einen roten Faden finden. Was wir lernen, mußte von denen, die uns vorangegangen sind, auch gelernt werden und wird von denen gelernt, die uns folgen. In anderen Worten, das Lehren ist ewig, denn seine Wahrheit ist ewig.

Das Problem beginnt da, wo wir immer wieder gelehrt wurden, es aber nicht leben. Wann wird all das Gelernte Wurzeln fassen, wachsen und Frucht bringen? Wann wird das Wort in unserem Leben lebendig werden? Wann wird seine Lehre zur Gewohnheit? Es scheint, daß wir „immer lernen, und doch nicht zur Wahrheit kommen können" (2 Tim 3,7). Es wurde gesagt, daß man mindestens zwanzigmal hintereinander dasselbe tun muß, um es zu lernen. Wenn du zum Beispiel früher aufwachen möchtest, dann mußt du den Wecker auf die gewünschte Zeit stellen, aufstehen, wenn es klingelt, und den Tag mindestens zwanzigmal so beginnen, bevor dein Körper und dein Verstand sich an diesen neuen Lebensrhythmus gewöhnt.

Diese Wahrheit machte Thomas à Kempis sehr deutlich, als er vor mehr als fünfhundert Jahren sagte: „Man überwindet eine Gewohnheit durch eine andere." Leider sind nur die wenigsten von uns gewillt, den Preis zu bezahlen, um einige der uns beherrschenden Gewohnheiten zu verändern.

Wenn dies in der physischen Ebene wahr ist, wieviel mehr muß der geistliche Mensch sich immer wieder mit der Lehre auseinandersetzen, bis die Wahrheit ihn ergreift? Nachdem er Stunden damit verbrachte, seinen Jüngern etwas beizubringen, machte Jesus seinem Frust Luft: „O ihr ungläubiges und verkehrtes Geschlecht! Bis wann soll ich bei euch sein? Bis wann soll ich euch ertragen?" (Matt 17,17). Wann werden wir wirklich damit beginnen, etwas zu lernen? Wann werden sie in der Öffentlichkeit ausleben, was sie in den Stunden lernten, die der Meister mit ihnen privat in Lehre verbrachte?

Ich bin überzeugt, daß viele von uns sich an dem Punkt ohne Rückkehr befinden. In unserem Leben muß eine radikale Veränderung stattfinden, oder wir werden geistlich sterben. Millionen befinden sich jetzt an diesem Punkt. Wir haben gehört, doch nicht zugehört. Immer wieder wurde uns der Wert vom Fasten und Beten gelehrt, und doch verändern wir uns nicht. Wir verbrachten Zeit in evangelistischen Seminaren über Liebe und die Gnade Gottes, und doch gewinnen wir andere nicht. Wir wissen die Wirkung von Gebet, und doch wenden wir es erst als letzte Möglichkeit an. Obwohl wir wissen, daß das Wort Gottes Antworten auf alle Lebensumstände und Bedürfnisse unseres Lebens gibt, vertrauen wir Menschen und auf uns selbst.

Immer wieder hat unser himmlischer Vater versucht, uns beizubringen, wie wir zuhören sollen. Achte darauf, wie der Schreiber der Sprüche es ausdrückt:

> „Hört, ihr Söhne, auf die Zucht des Vaters
> und merkt auf, um Einsicht zu kennen!
> Denn gute Lehre gebe ich euch.
> Meine Weisung sollt ihr nicht verlassen!
> Als ich noch ein Sohn war bei meinem Vater,
> zart und einzig war vor meiner Mutter,
> da unterwies er mich und sprach zu mir:
> Dein Herz halte meine Worte fest!
> Beachte meine Gebote und lebe!" (Spr 4,1-4).

Überall in der Bibel werden wir von unserem himmlischen Vater geduldig unterwiesen. Der Schreiber der Sprüche erklärt auch, daß „ein törichter Sohn für seinen Vater Verdruß bedeutet und Bitternis für die, die ihn geboren hat" (Spr 17,25). Die Wahrheit dieser Torheit wird in einem anderen herzzerbrechenden Vers näher erklärt: „Ein Mensch, der vom Weg der Einsicht abirrt, wird ruhen in der Versammlung der Schatten" (Spr 21,16). Dies sollte ein willkommener Schlag ins Gesicht des abdriftenden Sünders sein. Mein Freund, das endlose Treiben muß aufhören.

Ich glaube, daß die Bibel uns sicher in den Hafen des Verstehens bringt. Wir müssen vor Gott Rechenschaft ablegen und können es nicht länger versäumen. Unsere Beziehung zu ihm darf nicht einseitig sein. Und doch wurden wir in dieser Beziehung Abtrünnige. Wir haben über das Vaterherz Gottes gelesen und wie sehr er sich nach Gemeinschaft mit uns sehnt, und doch scheinen wir keine Zeit für ihn finden zu können. Wir huldigen unserem Zuhause mehr als dem Himmel. Wir sind Meister des Recycling geworden und haben darin versagt, zu regenerieren. Wir widmen dem Sport mehr Energie als dem Heiligen Geist; den Gaben mehr Aufmerksamkeit als dem Geber; unseren Talenten mehr Zeit als dem Lehrer. Ich glaube nicht, daß es einen Leser gibt, der anderer Meinung ist: Es ist für alle Gläubigen an der Zeit, Gott zu ergreifen!

Ein besonderer Teil des Alten Testaments hatte eine starke Auswirkung auf mein Leben. Die meisten von uns haben es immer mal wieder gelesen, jedoch wenig auf die Tiefe geachtet. Es geht bei dieser Passage um die gegenwärtigen tiefen Gefühle, die Gott hat.

Wir sind alle so mit uns selbst beschäftigt, fragen wir uns jemals, was der Herr durchmacht? Haben wir jemals lange genug Pause gemacht, um sein Seufzen zu hören? Haben wir Zeit verbracht, um seinen Herzensschrei zu hören?

Ich möchte dich jetzt einmal etwas fragen. Ich möchte, daß du den Rest dieses Kapitels so liest, als ob der Herr neben dir sitzt und den Arm um dich gelegt hat. Nun halte ein und denke über diese Passage nach:

> „Und der Herr sah, daß die Bosheit des Menschen auf der Erde groß war und alles Sinnen der Gedanken seines Herzens nur böse den ganzen Tag. Und es reute den Herrn, daß er den Menschen auf der Erde gemacht hatte, und es bekümmerte ihn in sein Herz hinein“ (1 Mo 6,5-6).

Dieser Abschnitt ist direkt mit einem Abschnitt im Neuen Testament verbunden: „Aber wie die Tage Noahs waren, so wird auch die Ankunft des Sohnes des Menschen sein“ (Matt 24,37). All unser Predigen und Lehren, das mit diesem Abschnitt zusammenhängt, hat mit der Bosheit unserer Zeit und der plötzlichen Wiederkunft des Herrn zu tun. Aber was ist mit dem, der Herr über alles ist? Was ist mit dem Einen, der die Pforten der Fluten zurückhielt? Was fühlte und fühlt er?

Wir wissen, wie böse die Menschen geworden sind – und noch sind –, aber was ist mit dem Einen, der sie hier hineingestellt hat? Alle sind wie die Schafe in die Irre gegangen, aber was ist mit dem Hirten? Die ganze Schöpfung stöhnt und seufzt, aber was fühlt der Schöpfer?

Viele erinnern sich an den freudigen, klassischen Chorus: „He's got the Whole World in His Hands.“ Wenn wir glauben, daß es so ist, was glauben wir denn, was er damit tun wird?

Wir singen die Melodie mit freudigem Herzen und nehmen seinen bestaunenswerten Schutz in Anspruch. Aber hört Gott mit derselben überwältigenden Freude zu? Schau dir an, was er zur Zeit Noahs getan hat, als er die ganze Welt in seiner Hand hatte!

Ich habe gehört, wie Eltern im Spaß zu ihren ungehorsamen Kindern sagten: „Ich habe dich in diese Welt gebracht, und ich kann dich hinausnehmen.“ Nun, Gott hat die Menschheit in diese Welt gebracht, und er kann sie jeden Augenblick hinausnehmen! Aber warum wartete er zur Zeit Noahs und warum wartet er heute?

Die Menschen zu Noahs Zeit hatten das Herz Gottes so sehr gebrochen, daß er in tiefer Verzweiflung war. In bezug auf Komfort in der Schöpfung war der Mensch reich geworden, aber im göttlichen Charakter bettelarm. Gott war darüber am Boden zerstört, daß der Mensch geistlich gestorben war. Viele der großen Theologen sagen, daß der göttliche „Gram“, von dem in Vers 6 gesprochen wird, die tiefste Art des Leids ist. Das tatsächliche Wort ist *nacham*, was bedeutet: „stark atmen; sich selbst in tiefem Leiden trösten“. Gottes Kummer war so groß, daß es impliziert, daß er Mühe hatte, zu atmen. Er beklagte den geistlichen Tod und die ewige Trennung vom Menschen, seinem Freund und seiner Schöpfung.

Francis Parkman schrieb vor über einem Jahrhundert: „Wenn uns ein Freund weggenommen wird, fühlen wir in erster Linie, daß er für uns gestorben ist. Es gibt eine Leere in unserem Herzen, von der wir nicht wissen, wie wir sie füllen sollen. Wir sehen umher, aber wir können nichts entdecken, was fähig oder wert ist, diesen heiligen Platz einzunehmen. Alles Menschliche und Irdische scheint uns inadäquat, in keinem Verhältnis stehend und minderwertig.“[2]

Im Laufe der Jahrhunderte hat der Mensch versucht, so gut er kann mit tiefem Kummer umzugehen. Die Hebräer hatten ihre eigenen Sitten, um mit tiefem Leid umzugehen. Während Zeiten der Trauer wurde ein Fasten ausgerufen, man trug Sackleinen, und oftmals legten sich die Klagenden auf den Boden. Während heftiger Leidensausbrüche, mit großem Wehklagen, würden sie die Hände über dem Kopf ringen oder sich auf die Brust schlagen. Es ist sogar von sehr tief Trauernden bekannt, daß sie sich ihre Haare und ihren Bart ausgerissen haben.[3]

Das Klagen dauerte gewöhnlich sieben Tage. Wohlhabende Personen haben oftmals professionelle Klageweiber gemietet, die laute jammernde Töne im Haus und am Grab ausstießen. In einigen Ländern herrschen viele dieser Sitten noch heute.[4]

Wie geht Gott mit Schmerz und Trauer um? Der Mensch war geistlich gestorben, und der Lebensspender beklagte seinen Weggang. Wer leidet mit Gott über den Tod seiner Kinder?

Gott hatte mit seiner Schöpfung eine schöne Gemeinschaft gehabt. Ihn freute die Gesellschaft von Männern wie Henoch: „Und Henoch wandelte mit Gott; und er war nicht mehr da, denn Gott nahm in hinweg“ (1 Mo 5,24). Aber Gott verfluchte korrupte Männer wie Kain. „Und er sah und sprach: Was hast du getan! Horch! Das Blut deines Bruders schreit zu mir vom Ackerboden her. Und nun, verflucht seist du von dem Ackerboden hinweg, der seinen Mund aufgerissen hat, das Blut deines Bruders von deiner Hand zu empfangen!" (1 Mo 4,10-11).

So war das Leid des Herrn. Er konnte keinen Trost finden. Alle Tiere des Feldes und die Tiere der Luft konnten den Schmerz über den Verlust seines geliebten Freundes nicht lindern.

Als der Mensch sich auf der Erde vermehrte, vermehrte er auch seine Boshaftigkeit. Zu den Tagen Noahs mußte etwas getan werden. Gott sagte: „Mein Geist soll nicht ewig im Menschen bleiben" (1 Mo 6,3). Und tatsächlich wird auch heute noch etwas geschehen. Auf jede Aktion folgt eine Reaktion. Thomas Adams, ein frommer englischer Prediger um 1600, sagte treffend: „Was der Mensch zum Himmel spuckt wird auf sein eigenes Gesicht zurückfallen."[5] Die von den Menschen ausgespuckten Tropfen haben im Himmel ein Gewitter verursacht.

Ich fordere dich heraus, Zeit damit zu verbringen, diese Art von Trauer zu verstehen. Eine Möglichkeit wäre, deinen örtlichen Bestattungsunternehmer zu befragen. Bitte ihn, dir die schlimmste Trauer und den schlimmsten Herzensschmerz zu beschreiben. Vielleicht erzählt er dir von einer Mutter, die ihr junges Kind plötzlich durch einen Fahrradunfall verloren hat. Sie stand stundenlang unter Schock. Der tiefste Schmerz, den die Menschheit kennt, überkam sie wie eine Meereswoge. Sie ergriff den Sarg, starrte auf den Leichnam und stieß Klagen und Stöhnen aus. Dann lehnte sie sich hinüber und küßte die kalte, leblose Wange, wobei sie das kleine Gesicht mit ihren Tränen benäßte.

Ihr Schmerz überstieg jegliche Worte. Kein menschlicher Trost konnte ihn berühren. Nach einiger Zeit konnte man im Salon ihre schmerzenden Schreie hören. Sie krümmt sich, weint und jammert, und kommt dabei außer Atem. Solch ein Schmerz ist tief; das Leid ist überwältigend. Und oftmals würden ihre Schreie auf die anderen, die ihr in der Trauer beistehen wollen, ihre Wirkung haben, und sie teilen den Schmerz mit ihr.

Jetzt verstehen wir vielleicht den Schmerz, den Gott über den Verlust seiner geliebten Kinder empfand (und jetzt empfindet). Er fühlt sich zerrissen. Sein Herz ist gebrochen. Die er geschaffen hatte, damit sie ihm Freude bringen, verursachen tiefe Schmerzen.

Erinnere dich daran, daß du den Herrn eingeladen hast, neben dir zu sitzen, während du weiterliest. Halte einen Moment inne. Sieh Jesus in die Augen. Sage mir, weint er heute so, wie er es über Jerusalem tat?

Lege deinen Arm um ihn. Tröste den König. Kümmere dich um

ihn, wie du es mit jemandem machen würdest, der menschliches Leid erführe. Manchmal ist das Beste, was wir machen können, still zu sitzen – einfach dazusein, bereit und darauf wartend, jeder Not zu begegnen.

Jetzt laß uns einmal etwas Unkonventionelles tun. Laß es uns noch mehr auf die persönliche Ebene ziehen und unseren Namen im Text einfügen. Dann würde er so lauten: „Und Gott sah, daß die Bosheit von Steve auf dieser Erde groß war und daß jegliche Vorstellung der Gedanken in Steves Herzen fortwährend böse waren. Und es reute den Herrn, daß er Steve auf der Erde geschaffen hatte, und es bekümmerte ihn von ganzem Herzen."

Die Bibel geht weiter: „Und ich will Steve, den ich geschaffen habe, auslöschen vom Angesicht der Erde, von den Menschen und den Tieren, von den kriechenden bis zu den Vögeln im Himmel; denn es gereut mich, daß ich ihn geschaffen habe."

Mein Freund, hier sollten wir beginnen. Als Christen sollten wir niemals annehmen, daß alles in Ordnung ist. Wie der Apostel Paulus der Gemeinde in Korinth sagte, sollten wir fortwährend uns selbst untersuchen, um zu sehen, ob wir wirklich im Glauben sind (2 Kor 13,5). Stelle dir selbst die folgenden Fragen:

- Ist es möglich, daß ich dem Herrn gegenüber im Ungehorsam bin?
- Gibt es in meinem Leben etwas, das Gott traurig macht?
- Freut sich der Herr über meine Aktivitäten, oder verursache ich Trauer?
- Freut Gott sich, daß er mich auf die Welt brachte, oder zerbricht ihm mein Leben das Herz?
- Ist nach meinem anfänglichen Heilserlebnis mehr von ihm in mir?
- Erwartet Gott von meiner Seite irgend etwas?

Bewege dich jetzt aus der Position neben dem Herrn und falle vor ihm nieder. Bade seine Füße mit deinen Tränen. Mach dich mit den Jüngern eins, die auf die Aussage des Herrn: „Einer von euch wird mich verraten!" ausriefen: „Herr, bin ich es?" – „Ich doch nicht, Meister. Herr, kann es sein, daß ich dir Leid und Schmerz zufüge?"

Erkenne die Entfernung zwischen dir und dem Herrn. Und schließe diese Lücke mit deinen Tränen.

Tropf, tropf, langsame Tränen,
bade diese wunderbaren Füße,
die vom Himmel brachten
die Nachricht und den Friedefürst.
Hört nicht auf, feuchte Augen,
seine Gnaden zu erbitten,
um nach Rache zu rufen,
Sünde hört niemals auf.
In deinen tiefen Fluten
ertränke all meine Fehler und Ängste;
und laß seine Augen die Sünde nicht sehen,
und wenn, dann durch meine Tränen.[6]

„Es gibt göttliche Trauer", sagte der aus dem sechzehnten Jahrhundert stammende schottische Priester John Welch, „die einen Menschen zum Leben führt. Diese Trauer wird im Menschen durch den Heiligen Geist bewirkt und im Herz des Gottesfürchtigen, so daß er um Sünde klagt, weil sie Gott, der ihm solch ein herzensguter und lieblicher Vater ist, mißfällt."

Wie wir den Herrn traurig machen

Im Rest dieses Kapitels werden einige Bereiche erwähnt, die unseren Herrn traurig machen. Wir werden natürlich nicht erschöpfend alles abdecken können, was den Herrn schmerzt. Eine detaillierte, umfassende Liste wäre so groß wie ein weiteres Buch. Aber wir werden uns mit einigen Bereichen beschäftigen, die im Worte Gottes herausragen.

Zum Schluß werden wir uns über einen Abschnitt im Worte Gottes, der am meisten verheißt, freuen: „Noah aber fand Gunst in den Augen des Herrn" (1 Mo 6,8). Diese beiden Worte – „Noah aber" – sind wie zwei Halogenlichter in der Dunkelheit. Sie sprechen von Hoffnung für alle, die vom Weg des Verstehens abgekommen sind. Für die Toten sind es Worte der Auferstehung.

Wir werden damit enden, unseren Namen an die Stelle Noahs zu setzen. „Steve aber fand Gunst in den Augen des Herrn." Wir werden drei Eigenschaften von Noah untersuchen und uns bemühen, sie in unserem eigenen Leben anzuwenden. Doch bevor wir das tun können, müssen wir erst einmal einige Bereiche betrachten, die den Herrn bekümmern:

1. Wir bekümmern ihn, weil wir seine Wege nicht kennen und das Werk seiner großen Salbung mißachten

Die Kinder Israel taten dem Herrn in der Wildnis leid. „Vierzig Jahre empfand ich Ekel vor diesem Geschlecht, und ich sprach: ein Volk irrenden Herzens sind sie, und sie haben meine Wege nicht erkannt" (Ps 95,10). Er hatte sich um alle ihre Bedürfnisse gekümmert, aber es war in ihren Augen niemals genug. Sie wollten immer mehr!

Tausende von Jahren später bekümmern wir den Herrn immer noch, indem wir seine Wege nicht kennen. Wieder einmal hat er sich um alle unsere Bedürfnisse gekümmert, aber wir verfehlen ihn immer noch!

Sühne bedeutet Wiedergutmachung; es bedeutet, jene zusammenzubringen, die getrennt waren. Dies war das Werk von Gottes Opferlamm. Er gab sein Bestes, damit wir Leben haben. Und sein Werk ist vollkommen. Der Ausruf Jesu: „Es ist vollbracht", war eine Erklärung, die alles beinhaltete, was getan werden mußte, um den Menschen freizusprechen. „Siehe, das Lamm Gottes, das die Sünder der Welt wegnimmt" (Joh 1,29). Jesus ist der Weg. Wir müssen nichts hinzufügen oder wegnehmen. Das zu tun, bekümmert ihn. Alles, was wir tun müssen, ist, ihn zu kennen.

Gott kam zu den Menschen herab. Er nahm jeden Schmerz auf sich, jede Meile in der Wüste, jedes Leid, jede Ablehnung. Er hat für alles gesorgt. „Er war in heftigen Schmerzen im Garten und am Kreuz; der Schmerz, den er fühlte, war unsagbar, vom Vater verlassen, von seinen Jüngern im Stich gelassen, von seinen Feinden beleidigt und mit Vorwürfen überschüttet und für uns unter einem Fluch" (Timothy Rogers, England, 1660–1729).[7]

Alles Böse, was du und ich jemals in unserem Leben erleiden müssen, hat Jesus in einigen wenigen Jahren durchlitten. „Denn wir haben nicht einen Hohenpriester, der nicht Mitleid haben könnte mit unseren Schwachheiten, sondern der in allem in gleicher Weise wie wir versucht worden ist, doch ohne Sünde" (Hebr 4,15). Dennoch erlitt Jesus die weltliche Wüste ohne Klagen und ohne Murren. Achte auf die Worte von Joseph Hall:

> Was sehe ich? Mein Erlöser in Agonie, und ein Engel stärkt ihn. O die wunderbare Austeilung des Allmächtigen! Der ewige Sohn Gottes, der seinen Jüngern versprochen hat, seinen Tröster zu senden, braucht Trost! Daß er, von dem die Stimme im Himmel sagt: Dieser mein geliebter Sohn, an dem ich meine Freude habe, mit dem Zorn seines Vaters bis zum Blute kämpfen mußte! Daß der Herr des Lebens in qualvollem Horror sagen sollte: „Meine Seele ist sehr betrübt, bis zum Tod“ (Matt 26,38). Dies, o Erlöser, sind die Züchtigungen deines Friedens; welche du erleiden würdest und dein Vater hervorrufen würde. Nur die kleinste Berührung von einem dieser Gewissensbisse wäre nicht mehr denn die Hölle für mich.[8]

Wie können wir solch eine große Erlösung vernachlässigen? Wie können wir solch ein Leid kleiner machen? Sein Erlösungswerk ist vollkommen. Wir müssen völlige Buße predigen!

Meine Gedanken kehren zu einer unsagbaren evangelistischen Veranstaltung zurück, bei der sich eine große Gruppe unbekehrter junger Leute versammelt hatte. Ich war mitten in der Botschaft, als mir der Herr eine göttliche Offenbarung schenkte. Zwanzig Minuten lang hatte ich von beeindruckenden Bekehrungen berichtet. Ich hoffte, die Aufmerksamkeit der Zuhörer zu gewinnen. Ich erzählte, wie ein Motorradfahrer der Hell's Angels am Kreuz weinte, davon, daß ich Zeuge war, wie Scharen von Teenagern in der Gegenwart des Herrn schmolzen, davon, wie dämonenbesessene Menschen in Qual schrieen, während Jesus gepredigt wurde. Doch je mehr Geschichten ich erzählte, desto distanzierter wurden die jungen unbekehrten Seelen. Einige machten sich über die Botschaft lustig.

Da sprach Gott zu mir: „Predige das Blut, Steve. Wenn ich erhoben werde, werde ich alle Menschen zu mir ziehen. Sprich von meinen Leiden, meinen Schmerzen, dem Kreuz.“

Ich machte den Heiligen Geist traurig. Genau dort tat ich Buße, weil ich Gott verfehlt hatte, und brachte mich schnell mit seiner Botschaft und seinem Plan in Einklang. Innerhalb weniger Minuten weinten meine Zuhörer unkontrolliert. Je mehr ich das Kreuz predigte, desto mehr weinten sie. Die Altäre flossen über. Meine netten kleinen Geschichten hatten sie nicht befriedigt. Sein Opfer hat sie freigesetzt!

Gehe nicht am Blut vorbei, oder klammere das Kreuz aus, um die Menschen zu halten. Sein Werk der Buße ist vollständig!

2. Durch Ungehorsam bekümmern wir den Herrn

„Es reicht nicht aus, unsere vielen Übertretungen frei und offen zu bekennen.“[9]

Wie viele Male muß Jesus uns um etwas bitten, bevor wir es tun? Kannst du dir vorstellen, was du tätest, wenn du der Vater wärst, und dein Kind einige der Dinge tut, die du tust? Wie lange würdest du es durchgehen lassen? Die meisten von uns würden übereinstimmen: nicht lange! Wir würden sehr schnell zornig werden!

Mein kleiner Junge Ryan schrie einmal los, bevor er einen sehr wohl verdienten Klaps auf den Po erhielt: „Papi, ich liebe dich! Papi, ich liebe dich!“ Meine Antwort war einfach: „Ryan, wenn du mich liebst, dann gehorche mir!“

Der Apostel Johannes schrieb: „Und dies ist die Liebe, daß wir nach seinen Geboten wandeln“ (2 Joh 6). Gehorche der leisen, feinen Stimme! Watchman Nee sagte einmal, wenn wir uns um Gottes Sorgen sorgen, wird Gott sich um unsere Sorgen sorgen.[10] Tatsächlich, Gehorsam ist besser als Opfer. „Siehe, Gehorchen ist besser als Schlachtopfer“ (1 Sam 15,22). Es ist viel einfacher, rituelle Embleme zu opfern, als der Stimme des Herrn zu gehorchen. Wir besänftigen unser Gewissen, indem wir ihm unseren Dienst statt unser Leben anbieten.

Niemals werde ich den einen Mann in einem Gottesdienst vergessen, der die Arme um mich warf und unkontrolliert schluchzte. Ich hatte seine Gemeinde besucht und einen Altarruf für jene gemacht, die beten wollten.

„Gott rief mich im Alter von 16 Jahren ins Missionsfeld“, erklärte er mir und wischte sich die Augen. Offensichtlich war er über sein Bekenntnis erschüttert. „Ich habe Ausflüchte gemacht und bin seinem Ruf nicht gefolgt. Im Laufe der Jahre habe ich ein erfolgreiches Geschäft aufgebaut und viel Geld verdient. Ich habe Gott die letzten 45 Jahre verfehlt. Ich war in der Gemeinde, habe als Diakon gedient, meinen Zehnten gezahlt, aber ich habe Gott all diese Jahre verfehlt!“

Was für eine traurige, bemitleidenswerte und unnötige Situation. Über vier Jahrzehnte ging er am Willen Gottes vorbei! Mein Rat an ihn war, Buße zu tun und sich in jedem möglichen Missionsprojekt zu engagieren. „Bekenne dein Versagen nicht nur“, sagte ich, „zeige Gott, wie ernst es dir mit Veränderung ist!“ Ich erzählte ihm von einem Ehepaar auf unserer Sprachschule in Costa Rica, das im Alter von 65 Jahren Spanisch lernte. Sie waren auf ihrem Weg ins Missionsfeld. Es ist niemals zu spät, in Gehorsam zu wandeln!

Gehorsam ist besser als Opfer. Gott möchte von uns keine Taten der Wiedergutmachung, er wünscht sich vielmehr ein Leben aus Gehorsam.

3. Wir bekümmern den Herrn, indem wir seine Gegenwart verneinen

Durch unsere täglichen Handlungen verneinen wir die Gegenwart Gottes. Wo ist Gottesfurcht? „Oder kann sich jemand in Schlupfwinkeln verbergen, und ich, ich sähe ihn nicht? spricht der Herr. Bin ich es nicht, der den Himmel und die Erde erfüllt? spricht der Herr“ (Jer 23,24).

Warum verstecken wir uns vor seiner Gegenwart? Weil wir genau wie Adam und Eva unser Fehlverhalten verdecken möchten. Wir suchen einen Platz im Wald, um uns zu verstecken. „Und sie hörten die Stimme Gottes, des Herrn, der im Garten wandelte bei der Kühle des Tages. Da versteckte sich der Mensch, und sein Frau vor dem Angesicht Gottes, des Herrn, mitten zwischen den Bäumen des Gartens“ (1 Mo 3,8).

Wie albern! Mit Gott Verstecken zu spielen ist eine Situation, in der man nicht gewinnen kann. Gott kann durch Bäume hindurchsehen! Außerdem, hat die Natur uns nicht etwas über die Gefahr gelehrt, sich unter Bäume zu stellen, wenn ein Sturm aufbraust? Der Blitz schlägt ein. Sei vor dem Herrn transparent: Bekenne deine Fehler. Tue Buße. Bitte um seine Vergebung. Lauf nicht weg, um dich zu verstecken!

Achte auf die Worte von Jesaja: „Ich habe euch für das Schwert bestimmt, und ihr alle werdet zur Abschlachtung in die Knie brechen, weil ich gerufen habe, ihr aber nicht geantwortet habt, weil ich geredet habe, ihr aber nicht gehört. sondern getan habt, was böse ist in meinen Augen, und das erwählt habt, woran ich kein Gefallen habe“ (Jes 65,12).

Die meisten von uns tun so, als ob Gott überall gegenwärtig ist, und doch leben wir, als ob er nirgendwo präsent ist. Dies ist eine starke Verschlimmerung der Sünde. Das Gesetz eines Königs in seiner Gegenwart zu brechen ist noch kühner, als es hinter seinem Rücken zu verletzen. Und doch tun wir genau das!

Wenn wir diese starke Sünde erkannt haben, sollten wir mit David ausrufen: „Gegen dich, gegen dich allein habe ich gesündigt und getan, was böse ist in deinen Augen“ (Ps 51,6).

> Ich habe deine Gegenwart nicht gesehen, ich habe dich vernachlässigt, während dein Auge auf mir ruhte. Diese Erkenntnis sollte unserem Herzen beim Bekennen all unserer Verbrechen einen Stich versetzen. Menschen haben in Gegenwart anderer Angst davor zu sagen, was sie in ihrem Herzen denken. Wie geringschätzig gehen wir mit Gott um, indem wir ihm nicht so viel Aufmerksamkeit schenken wie Menschen![11]

Entschließe dich jetzt, ein wohlgefälliges Kind zu sein. Umarme den Vater, statt seine Gegenwart zu verneinen. Genau wie Adam und Eva bekennen mußten, werden wir alle früher oder später vor ihm stehen. Warum nicht jetzt, bereit, statt später, versteckt in einem Wald der Angst?

Wir sollten von Davids Taten lernen. Wenn wir etwas falsch gemacht haben, müssen wir uns damit auseinandersetzen. Ich denke an die Worte eines englischen Pastors, Abraham Wright (1611–1690): „Vielleicht fühlen wir die Hand Gottes als die eines Vaters auf uns, wenn er uns streichelt oder uns schlägt."[12] Er ist unser Vater. Er korrigiert uns, weil er uns liebt. Er denkt an die Ewigkeit.

4. Wir bekümmern den Herrn, weil wir in unserem Leben Götzen haben

Alles, was in unserem Leben vor Gott steht, ist ein Götze. Die Bibel sagt klar: Götzendienst ist Sünde und zieht ernsthafte Konsequenzen nach sich!

Der Götze des Stolzes – jemand zu sein, einen Namen über den Namen der anderen zu begehren – hat Amerika zerstört. Nach der Definition ist Stolz „das empfundene Gefühl der Überheblichkeit". Es ist der Mensch, der in all seinem Prunk und seiner Macht feiert.

Jemand sagte einmal, daß Satan dich nicht unten auf der Leiter halten kann, er hilft dir, nach ganz oben zu klettern, und dann schubst er dich hinunter. Wie viele großartige Gemeindeleiter sind bis zur Spitze gekommen und wurden dann hinuntergeschubst? Christliche Gemeinschaften tun so, als ob es eine „himmlische Sternenstraße von Hollywood" gibt, wohin andere kommen und ihre Fußstapfen bewundern. Sicherlich werden sie ihre Belohnung erhalten: Götzendienst.

Aber der Herr läßt es nicht zu. Es gibt nur einen Stern, den Morgenstern! Lies nach, wie heftig Stephen Charnock Götzendienst attackiert:

> Gott die Ehre zu stehlen und jemand anderem zuzubilligen, dessen Händewerk es nicht ist, das ist es, was abscheulich vor seinem Angesicht ist, und seine Ruhe unterbrochen hat und seinen gerechten Atem entfacht hat, um für seinen ewigen Verbleib eine Hölle anzufachen. Eine Gott entehrende und die Seele ermordende Lust ist schlimmer, als Barabas Christus vorzuziehen.[13]

Denke daran, Gott sieht immer das Herz. Es tut gut, unsere stolzen Haltungen selbst zu untersuchen. Wenn zum Beispiel jeder Gedanke, der dir in der letzten Woche gekommen ist, plötzlich auf eine große Leinwand projiziert würde, damit es alle sehen, was wäre die Reaktion? In völliger Demut würden wir aus dem Raum kriechen. Was auf dem Bildschirm steht, ist, wer wir sind, nicht wie wir vor Menschen erscheinen. Gott trauert über den inneren Menschen. „Denn der Mensch sieht, was vor Augen ist, aber der Herr sieht auf das Herz" (1 Sam 16,7).

Vor einigen Jahren wurde ich vom Pastor einer großen Pfingstgemeinde auferbaut, der sich in dieser imaginären Welt verfangen hatte. Er sagte: „Ich landete wieder am Anfang. Als dieses neue Gebäude stand, verfing ich mich in all dem Glanz und Glitter. Inzwischen ist das Sehnen meines Herzens, eine souveräne Bewegung Gottes zu erleben. Ich suche ihn, und meine Gemeinde sucht ihn wie niemals zuvor."

Der Abendgottesdienst bewahrheitete seine Worte. Was für ein erstaunlicher Hunger herrschte unter den Leuten! Hunderte suchten den Herrn am Altar. Kleine Kinder schluchzten, als sie sahen, wie ihre Mamis und Papis vor dem Herrn weinten. Was für ein wunderbares göttliches Beispiel, um ihm zu folgen – göttliche Trauer führt zur Buße! Wie erfrischend war es für mich, dies zu sehen. Und wieviel mehr Freude muß es dem Herrn gebracht haben! (Übrigens war diese Gemeinde die Brownsville Assembly of God in Pensacola/Florida. Am Vatertag 1995 wurden ihre Gebete erhört. Die Kraft Gottes durchflutete die Gemeinde wie ein großer Strom.

Hunderttausende strömen durch ihre Tore, um eine Berührung vom Herrn zu empfangen. Zehntausende haben Buße getan und Christus als ihren persönlichen Herrn angenommen.)

Wie viele respektierte Leiter fielen der Länge nach vom Balkon ihres eingebildeten Schlosses, wobei ihre Integrität starb? Sie wurden durch ihre Stellung vergiftet! Welch Leid muß dies dem Herrn verursachen. Jahrelang hat er das gleiche Muster gesehen:

> „Was haben eure Väter Unrechtes an mir gefunden, daß sie sich von mir entfernt haben und dem Nichts nachgelaufen sind? Und sie sagten nicht: Wo ist der Herr, der uns aus dem Land Ägyptens geführt hat?... Und ich brachte euch in ein Gartenland ... Und ihr kamt hin und habt mein Land unrein gemacht, und mein Erbteil habt ihr zum Greuel gemacht" (Jer 2,5-7).

Sieh dir doch einmal an, was für eine Unordnung wir in Amerika angerichtet haben. Unser Streben nach Wissen wurde zum unverfrorenen Götzendienst. Wie Adam und Eva wollen wir einen Bissen aus der Frucht der Erkenntnis des Guten und des Bösen. Wir möchten wie Gott werden. „Wissen ist Macht", verkünden wir in unseren Klassenzimmern.

Es gibt eine Bewegung, Eugenics genannt, die sich der Verbesserung der menschlichen Spezies durch kontrollierte Erblichkeit verschrieben hat. Ja, das stimmt, wir experimentieren sogar damit, Embryos zu klonen. Nun denken wir, wir haben die Macht des Lebens in unseren Händen! Die Technologie ist zu weit gegangen. Dies ist nicht der Beginn des Eugenics Zeitalters, es ist die Verdammnis des menschlichen Zeitalters!

Jesus ermahnt uns, daß es besser ist, das Herz voll von Gott zu haben, als den Kopf voller Wissen. „Denn was wird es einem Menschen nützen, wenn er die ganze Welt gewönne, aber sein Leben einbüßte?" (Matt 16,26). Die Wissenschaftler bestehen jedoch auf ihrer Aussage, daß wir an der Grenze der Erkenntnis sind, wie menschliches Leben begann. Was für ein Götzendienst! Jeremy Taylor, der anglikanische Priester aus dem siebzehnten Jahrhundert, sagte: „Kann irgend etwas auf dieser Welt dümmer sein als zu denken, daß dieses seltene Gefüge von Himmel und Erde durch Zufall entstanden ist, wenn es keiner Kunst gelingt, eine Auster zu schaffen?"[14] Und Salomo sagte: „Denn wo viel Weisheit ist, ist viel Verdruß, und wer Erkenntnis mehrt, mehrt Kummer" (Pred 1,18). Wir können bis nach Mitternacht archäologische Bücher verschlingen, aber eines Tages werden wir den Einen sehen, der es alles in Existenz sprach. Wir können unseren

Planeten vergöttlichen, Milliarden ausgeben, um ihn zu retten und unsere eigenen Seelen verlieren. Was für eine Ironie, was für ein Götzendienst!

> „Und dieses Haus, das erhaben war – jeder, der an ihm vorübergeht, wird sich entsetzten und sagen: Warum hat der Herr an diesem Land und an diesem Haus so gehandelt? Dann wird man sagen: Weil sie den Herrn, den Gott ihrer Väter, der sie aus dem Land Ägypten herausgeführt hat, verlassen und sich an andere Götter gehalten haben und sich vor ihnen niedergeworfen und ihnen gedient haben, darum hat er all dieses Unheil über sie gebracht" (2 Chr 7,21-22).

Kürzlich fragte ich einen jungen Mann, ob er Jesus liebte oder nicht. Er saß neben seiner Verlobten, einem hübschen Mädchen, in die er offensichtlich verliebt war. Der Herr hatte mir diesen jungen Mann gezeigt und mir gesagt, was ich ihm sagen sollte: „Wenn du dich so sehr in Jesus verlieben würdest, wie du es in dieses Mädchen bist, würde der ganze Himmel in deinem Leben herunterkommen." Die Worte ergriffen sein Herz und er begann zu weinen.

Einige Wochen später erhielt ich von einem seiner Freunde einen Brief. Es schien, als ob der junge Mann diese Worte aufgenommen hatte, als kämen sie direkt vom Herrn. Jesus wurde wieder auf den Thron gesetzt. Die Gebete des jungen Mannes wurden wieder erhört. Sein Vater, der dem Evangelium gegenüber hart geworden war und es jahrelang abgelehnt hatte, war nun wieder in der Gemeinde und schmolz in der Gegenwart des Herrn.

Alles, was in deinem Leben einen außergewöhnlichen Platz einnimmt, ist ein Götze. Von Geliebten bis hin zu Eigentum, von Ruhm bis hin zu Reichtum, von Golf bis zum Angeln. All das ist Götzendienst, wenn Gott dabei zur Seite geschoben wird. Wie viele Männer überall auf diesem Kontinent werden vor Sonnenaufgang aufstehen, um ein paar Fische zu fangen, aber würden sich nicht aus dem Bett erheben, um den Herrn zu suchen. Wie viele Christen wissen mehr darüber, einen Golfball zu finden, als Gott zu finden? Wie viele junge Menschen können dir erzählen, wer das letzte Fußballspiel gewonnen hat, aber schämen sich, ihren engsten Freunden zu erzählen, wie man seine eigene Seele nicht verliert? Was für eine Heuchelei, was für ein Herzschmerz!

Es ist sogar möglich, daß unser Wunsch, als ein heiliger Mensch bekannt zu sein, sündig ist. Robert Murray McCheyne sagte einmal: „Der Ruhm, eine gottesfürchtige Person zu sein, ist eine große Falle, genau wie der Ruhm, gelehrt oder redegewandt zu sein. Es ist möglich, sich mit skrupelloser Mühe heimliche Gewohnheiten der Anbetung anzueignen, um als gottesfürchtig bekannt zu werden." Weiter führte er fort, daß die meisten Menschen damit zufrieden sind, vor der äußeren Hölle gerettet zu sein. Aber sie sind nicht so bestrebt, von der inneren Hölle erlöst zu werden.[15]

Wirf deine Götzen nieder; brich sie in kleine Stücke! Laß sie unter dem Hammer des Herrn zu Staub zermalmen! Erfreue den Herrn und lindere seinen Schmerz, indem du ein Kind wirst, das sich völlig Seiner Herrschaft unterwirft. Wenn du die züchtigende Rute deines himmlischen Vaters fühlst, dank dem Herrn! Danke Gott, daß er sich sorgt. „Denn wen der Herrn liebt, den züchtigt er" (Hebr 12,6).

John Falvel, ein englischer Gottesmann um 1600, sagte einmal: „Oh, wie viele wurden in den Wagen der irdischen Freuden zur Hölle gefahren, während andere durch die Rute des Leids in den Himmel geschlagen wurden!"[16]

Wenn wir das Herz Gottes auf die Probe stellen, wenn wir seinen Herzschlag hören und das Leben durch die Augen der Ewigkeit sehen, möge uns seine Lehre vielleicht ergreifen und bekümmern. Gibt es andere Bereiche unseres Lebens, die den Herrn bekümmern? Was ist mit einem undankbaren Herzen? Undankbarkeit schmerzt den Herrn. Ich ermutige dich, mit Gott allein zu sein, die Bibel zu studieren und ihn jeden Bereich offenbaren zu lassen, der ihm Leid zufügt. Wir müssen diesen unnötigen Schmerz, den wir ihm verursachen, beenden. Bitte verstehe, daß ich dieses Buch unter Tränen schreibe. Mein Wunsch beim Schreiben dieses Kapitels und auch der von anderen ist der, daß wir an den Ort der Reue und Buße zurückgeführt werden. Wir sind so weit abgekommen und haben die Worte Jeremias gemurmelt: „Ich bin unschuldig, ja, sein Zorn hat sich von mir abgewandt" (Jer 2,35). Und doch ist das Gegenteil wahr: Wir waren in unserer Beziehung nachlässig. Und „ein vernachlässigte Erlöser wird ein ernsthafter Richter sein" (Thomas Boston, schottischer presbyterischer Priester und Schriftsteller, 1676–1732).

Die Flut zur Zeit Noahs geschah nicht, weil sich Gottes Schmerz in Gewalt verwandelt hatte. Nein, wir haben alles über gewalttätigen Schmerz gelesen. Wenn ein trauernder Vater sich über das leichte

Urteil, das über einen Mann gesprochen wurde, der seine Tochter vergewaltigt und getötet hat, aufregt, dann gerät er in irrationalen, gewalttätigen Schmerz und bringt den Vergewaltiger um. Und er findet sich wegen Mordes im Gefängnis wieder. Gottes Schmerz ist anders. Er ist in Liebe gesättigt. Die Art, wie er auf Trauer reagiert, ist gerecht. Er sagt in Amos 8,9-10: „An jenem Tag wird es geschehen, spricht der Herr, Herr, da lasse ich die Sonne am Mittag untergehen und bringe Finsternis über die Erde am lichten Tag. Und ich verwandle eure Feste in Trauer und all eure Gesänge in Totenklage … und mache das Ende davon wie einen bitteren Tag.“ Wir müssen begreifen, daß er alles gewogen hat und seine Entscheidung gerecht ist.

Jetzt ist die Zeit zum Weinen. Wir müssen uns mit dem Herrn in seiner Trauer um die gefallene Menschheit einen. Diese Worte von Horatius Bonar haben die Herzen der Leser vor über einem Jahrhundert tief getroffen und sie sind noch immer so scharf, als ob er heute auf Erden wandeln würde:

> Für die Heiligen scheint die Gegenwart eine Zeit von eigenartigen Warnungen zu sein. Viele werden vom Herrn ermahnt. Das Gericht hat im Hause Gottes begonnen. Gott handelt sehr eng und feierlich mit denen, die sein eigen sind. Auf einer ganzen Reihe von Heiligen ruht seine Rute schwer. Denn er würde sie gern warnen und sie wecken, ehe der teuflische Tag naht.
>
> Er handelt an ihnen, wie er mit Lot die Nacht bevor Sodom zerstört wurde, umging. Nun laß die Heiligen also gewarnt sein. Laßt sie eifrig und bußfertig sein und ihre erste Arbeit ausführen. Komm heraus, sei getrennt, berühre nicht die unreinen Dinge! Lege die Werke der Finsternis ab; lege die Rüstung des Lichts an. Er ruft dich auf eine höhere Ebene geistlichen Lebens; Schluß mit Wankelmütigkeit, mit Unentschlossenheit und Kompromissen. Er ruft sie, den Apostel und Hohenpriester ihres Bekenntnisses zu berücksichtigen und in seinen Schritten zu wandeln. Er ruft sie, um die Wolke von Zeugen zu betrachten und um jedes Gewicht beiseite zu legen, besonders die Sünde, die sie so einfach befällt, und mit Ausdauer das Rennen zu laufen, das sie vor sich haben – und zu Jesus aufzusehen.
>
> Gemeinde des lebenden Gottes! Sei gewarnt. Erfreue nicht dich selbst, weil auch Jesus sich nicht selbst erfreut hat. Lebe für ihn, nicht für dich selbst; für ihn, nicht für die Welt. Wandle

> deinem Namen und deines Rufes gerecht werdend; würdig dessen, der dich als seine Braut erworben hat; des ewigen Erbes würdig.
>
> Geh' hinaus und warne auch die Welt! Die Züchtigungen, die so dick niedergehen, sind die Vorläufer des feurigen Sturms, der bald auf die Erde zieht. Geh' hinaus und warne sie, dränge und bitte sie inständig, vor dem sich ansammelnden Zorn zu fliehen. Sie haben keine Zeit zu verlieren; du auch nicht. Der letzte Sturm hat sich aufgemacht. Seine dunkle Umgebung ist schon in den Himmeln sichtbar. Das Gericht hat im Hause des Herrn begonnen, und wenn dem so ist, was soll dann das Ende derer sein, die nicht dem Evangelium von Gott gehorchen!"[17]

Gott durchsucht die Erde, um ein paar gottesfürchtige Frauen und Männer zu finden. Er sortiert die Noahs heraus, die ihm Freude bringen werden. Mögen doch die Eigenschaften von Noah in uns gefunden werden. „Noah aber fand Gunst in den Augen des Herrn" (1 Mo 6,8).

Ich vertraue darauf, daß du immer noch den Herrn umarmst. Während du es tust, laß uns einmal betrachten, warum Noah in den Augen des Herrn Gunst fand.

Erstens war er gerecht:

> „Menschensohn, wenn ein Land gegen mich sündigt, indem es Untreue begeht, und ich meine Hand gegen es ausstrecke und ihm den Stab des Brotes zerbreche und Hunger hinein sende und aus ihm Menschen und Vieh ausrotte – und diese drei Männer wären in seiner Mitte: Noah, Daniel und Hiob –, es würde um ihrer Gerechtigkeit willen nur ihre eigenen Seele gerettet werden, spricht der Herr, Herr" (Hes 14,13-14).

Noah war moralisch rein. Er war ein meisterhafter Mann, der den Standard des Herrn aufrechterhielt.

Zweitens war Noah innig mit Gott verbunden. „Noah war ein gerechter Mann, untadelig war er unter seinen Zeitgenossen; Noah lebte mit Gott" (1 Mo 6,9). Im Originaltext wird eine ständige Konversation mit dem Herrn herausgehoben. Das gleiche Wort wird gebraucht, um die Beziehung von Henoch zu Gott zu beschreiben. Interessant, daß Gott Henoch mitnahm und Noah zurückließ!

Drittens war Noah gehorsam. „Durch Glauben bereitete Noah, als er eine göttliche Weisung über das, was noch nicht zu sehen war, empfangen hatte, von Furcht bewegt, eine Arche zur Rettung seines Hauses. Durch ihn verurteilte er die Welt und wurde Erbe der Gerechtigkeit, die nach dem Glauben ist“ (Hebr 11,7).

Denke daran, Noah benötigte mehr als einhundert Jahre, um die Arche zu bauen. Gott sagte ihm, er soll es tun; er sagte ihm nicht, wie lange es dauern würde! Gehorsam!

„Aber wie die Tage Noahs waren, so wird auch die Ankunft des Sohnes des Menschen sein“ (Matt 24,37). Laßt uns entscheiden, in diesen letzten Tagen Gottes Noah zu sein. Laßt uns Gottes Klagen in Freudentanz umwandeln!

4. Große Jungen weinen nicht

Schäme dich nicht, um deinetwillen und um derer willen, die um dich sind, zu weinen.

Ich nenne es „Heidenprogrammierung". Die traurige Definition der Gesellschaft, von einem Mann, hat von Generation zu Generation „maskuline Mumien" hervorgebracht. Ausgewachsene Männer, von denen viele sich verzweifelt ausdrücken möchten, ersticken in der Umhüllung einer idiotischen Indoktrination. Traurigerweise schließt dies die meisten christlichen Männer mit ein, jene, die die Leiter der Gemeinde Christi sind.

In einfachen Worten ausgedrückt, wurden wir dazu programmiert, alles „einzustecken". Was du auch tust, weine nicht! Laß sie dein wahres Ich nicht sehen. Unterdrücke deine Gefühle! Beiße dir auf die bebenden Lippen! Wechsle das Thema! Wende den Kopf und hole langsam und tief Luft. Bekämpfe die Gefühle, und sie werden vorübergehen. Du bist für dein Leben lang gezeichnet, wenn sie dich heulen sehen.

Mein Freund, dieser Mythos schmilzt unter der intensiven Hitze der Wahrheit. Ich sage dir, laß die Tränen fließen, und du wirst für dein Leben gekennzeichnet sein. Du wirst als Mann gekennzeichnet sein!

Was bringt einen großen Mann zum Weinen? Du sagst es – alles von extremsten Vergnügen bis zur tiefsten Entmutigung. Ob sie über den Verlust eines geliebten Menschen trauern oder einfach eine patriotische Parade beobachten, Männer, die mit ihren Gefühlen im Einklang sind, können zu Tränen gerührt sein.

Ich möchte einige Männer, betrachten, die weinen, und sehen, warum sie weinen. In seinem Buch *Crying: The Mystery of Tears* (Weinen: Das Geheimnis der Tränen) sagt Dr. William H. Frey II: „Es ist eine seltene Person, die niemals eine Träne des Leids, der Freude, der Anstrengung oder der Ekstase vergießt. Durch die ganze Menschheitsgeschichte hindurch waren Tränen mit der Essenz des menschlichen Herzens verbunden."[1] Nach Dr. Frey weint der durchschnittliche Mann ungefähr einmal im Monat. „Wenn man sich ausweint, verliert ein Mann einen Milliliter Tränen durch mehr als sechzig Augendrüsen."

Stuart Cosgrove schreibt in seinem Artikel über Männer, die weinen:

> Das Bild eines weinenden Mannes schneidet durch zum Kern der männlichen Identität. Wegen banaler Verallgemeinerungen weinen Männer selten. Um die Ehre der Maskulinität zu bewahren, unterdrücken sie Tränen und verstecken ihre zerbrechlichen Gefühle hinter einer Maske der Kontrolle. Mit diesem Mythos belastet, wird es als solch ein bedeutsames Ereignis angesehen, wenn Männer unter Tränen zusammenbrechen, daß es Aufmerksamkeit erregt und die Zuschauer in den Glauben bringt, etwas Wichtiges sei geschehen. Aber wie die meisten Bilder der Männlichkeit ist das Zurückhalten der Tränen eine Einbildung, die nur darauf wartet, bloßgestellt zu werden.[3]

Einige Männer möchten weinen, können es aber nicht. Physisch fähig, und doch gebunden aufgrund von jahrelanger Unterdrückung der Gefühle, sind sie von ihren eigenen Gefühlen isoliert. „Ich wünschte, ich könnte weinen", bekennt G. Modele Clarke:

> Ich meine, richtig weinen. Ich sehne mich nach einem nassen, den Leib zusammendrückenden Tränenguß, der tief aus mir kommt und die Jahre des unterdrückten Leids und Schmerzes herausläßt. Aber es gibt eine emotionale Blockade – eine unüberwindbare Mauer – die zwischen mir und meinen Tränen steht. Immer wenn ich über meine Unfähigkeit zu weinen spreche, unterscheide ich zwischen Fähigkeit und Wunsch. Glaube mir, ich wünschte, ich könnte es.[4]

Manche Männer, die von sich behaupten, sie könnten nicht weinen, entdeckten plötzlich in einem dunklen Kino, daß sie während einer emotionalen herzzerreißenden Szene feuchte Augen bekamen. Doch sogar in der Dunkelheit wischen sie schnell jeglichen Beweis ihrer scheinbaren „Schwäche" weg.

Einer von Amerikas heutigen Helden, General Norman Schwarzkopf, zeigt öffentlich seine Gefühle. Er sagt: „Ich glaube nicht, daß ich einen Mann mögen würde, der unfähig ist, genug Gefühle zu zeigen, um Tränen in den Augen zu haben. Diese Art von Mensch macht mir Angst. Sie sind nicht menschlich.“[5]

Man könnte ein ganzes Buch über weinende Krieger schreiben. Viele Helden unseres Landes, mutig und mächtig in der Öffentlichkeit, haben ohne Scheu ihre Gefühle gezeigt. Viele Soldaten haben auf Knien den Boden geküßt und Tränen der Freude vergossen, als ihre Zeit auf fremdem Gebiet vorbei war. Und die Zuschauer, die an diesem Sieg teilnahmen, weinten auch. Während die Marine Band „God bless America, land I love“ (Gott segne Amerika, mein geliebtes Land) spielte, stiegen ihre Emotionen unbeschreiblich an.

In der Geschichte werden unzählige Momente unvergessener Gefühle beschrieben. Nach Beendigung von zwei festgehaltenen Gebeten in der Existenz unserer Nation waren Millionen Augen feucht. Dies geschah am D-Day, kurz bevor der Zweite Weltkrieg beendet wurde. Die ganze Nation war am Radio, als Präsident Franklin D. Roosevelt betete: „Allmächtiger Gott: Unsere Söhne, der Stolz unserer Nation, haben sich an diesem Tage eine große Aufgabe gestellt, einen Kampf, um unsere Republik, unsere Religion und unsere Zivilisation zu bewahren und um eine leidende Menschheit zu befreien. Leite sie gerade und wahrhaftig; schenke ihnen starke Arme, gefestigte Herzen und einen unerschütterlichen Glauben.“[6]

Männer und Frauen hörten diesem Gebet in ihren Häusern zu, Häuser, die ihre Geliebten verlassen hatten, um für den Frieden zu kämpfen. Dann kamen die Schlußworte, gefolgt von zwei Liedern, die auch den stärksten Mann ergriffen und zu Tränen rührten: „Dein Wille geschehe, allmächtiger Gott. Amen.“ Es gab eine kurze Pause. Dann schallte aus dem Radio ein Stimmenchor, der ehrfürchtig sang:

Vorwärts, christlicher Soldat,
auf dem Weg in den Krieg,
mit dem Kreuz Jesu,
das dir vorangegangen ist![7]

Am Ende von dieser emotionalen Hymne sang die verehrte Sängerin Julia Ward über die Radiowellen die Hymne, die das Herz jedes Amerikaners berührt:

Meine Augen haben die Herrlichkeit
der Wiederkunft des Herrn gesehen.
Er trampelt den Weinberg nieder,
wo die Früchte des Zorns gelagert werden;
er hat das verhängnisvolle Gewitter
seines schrecklich schnellen Schwertes ins Rollen gebracht –
Seine Wahrheit marschiert voran.

Überall in Amerika fiel ein emotionaler Chor von Millionen von Stimmen in den Wohnzimmern in den Refrain mit ein: „Glory, glory, Hallelujah! Glory, glory, hallelujah! Seine Wahrheit marschiert voran!" Es wurde jeder Vers gesungen. Ein Mann sang einen Vers, eine Frau den nächsten. Dann im Schlußvers sangen sie zusammen mit dem ganzen Chor. Wie unvergeßlich beeindruckend!

In der Schönheit der Lilien
wurde Christus auf der anderen Seite des Meeres geboren.
Mit einer Herrlichkeit an seinem Leib,
die dich und mich verändert.
Als er starb, damit Menschen heilig werden,
laßt uns leben, um Menschen zu befreien,
während Gott weiter vorangeht.[8]

Im ganzen Land weinten erwachsene Männer wie Babys. Ganze Familien weinten unkontrolliert. Dieser unbeschreibliche, patriotische Moment in der Geschichte Amerikas hat Männer zu Tränen gerührt.

Männer wurden auch aus überwältigendem Leid heraus zu Tränen gerührt. Nur ein paar Tage vor seinem Tode erzählte Präsident Abraham Lincoln, wie der Friede des Himmels sein Herz durch den Tod seines Sohnes durchflutete.

Als sein Sohn im Sterben lag, erlebte er, wie seine für gewöhnlich starke Vernunft plötzlich an den Rand der Verzweiflung geriet. Er blieb nächtelang auf – Ellbogen auf den Knien, das Gesicht in den Händen vergraben – betend: „Vater, wenn möglich, laß diesen Kelch an mir vorübergehen."

Eine Krankenschwester, Frau Ida Tarbell, war bei dem Präsidenten, als der gefürchtete Schlag kam. Sie standen mit gesenkten Häuptern und starrten in den Tod. Lincolns Herz wurde von Trauer ergriffen.

„Dies war der härteste Test meines Lebens. Ich war kein Christ", erklärte er. Miss Tarbell, die selbst tiefstes menschliches Leid und göttlichen Trost erfahren hatte, wies den weinenden Präsidenten auf den Erlöser hin. Sein persönliches Leid bereitete ihn auf die gewaltige öffentliche Trauer, die bald kommen sollte, vor.

„Als ich nach Gettysburg fuhr“, sagte Lincoln „und ich die Gräber von Tausenden unserer Soldaten sah, habe ich mich dort auf der Stelle Christus geweiht.“ Mit Tränen in den Augen erzählte er seinen Freunden, daß er schließlich den Glauben gefunden hatte, nach dem er sich gesehnt hatte. Er erkannte, sagte er, daß sein Herz verändert war und daß er den Erlöser liebte.[9] Stell dir vor! Der Präsident der Vereinigten Staaten weint am Kreuz.

Der wohlbeleibte Präsident Lyndon Johnson weinte sehr, als er in Indien am Grab von Gandhi stand. 1978, in dem Jahr, in dem er schließlich seinen Kampf gegen den Krebs verlor, weinte Hubert Humphrey mehrere Male in der Öffentlichkeit. Einmal machte er folgende, oft zitierte Bemerkung: „Ein Mann ohne Tränen ist ein Mann ohne Herz.“[10]

Als 1930 der großartige Zeppelin, die Hindenburg, abstürzte, war die Nation vom Geräusch des schluchzenden Kommentators entsetzt, als er beobachten mußte, wie Menschen bei dem Versuch, sich aus dem Wrack in Sicherheit zu bringen, verbrannten. Von nationalen Figuren des Sports, Kriegshelden bis hin zu Geschäftsleuten, unsere Nation bezeugt eine fortwährende Spur sichtbarer Tränen.

Dr. Freys Nachforschung listet einen Katalog tränenreicher Männer auf. Der Baseball-Star Babe Ruth weinte vor sechzigtausend Fans im Yankee Stadium, als er sich vom Krebs erholt hatte. Der Schauspieler James Steward weinte im amerikanischen Fernsehen, als sein Hund starb. Richard Nixon weinte wegen Watergate. Leonard Bernstein weinte mit artistischer Emotion, als er im Kennedy Center in Washington dirigierte. Die ganze Nation konnte es sehen, als Präsident Bill Clinton sich am Tage der Einschwörung in sein Amt die Augen wischte, als er einen inspirierenden Gospel Song hörte.

Nur Gott weiß, wie viele Männer am 22. November 1963 aus ihrem emotionalen Schlaf gerissen wurden. Man hörte die Schüsse überall auf der Welt: Präsident John F. Kennedy war tot. Es war ein Tag öffentlicher Offenheit – ohne Reue konnten erwachsene Männer weinen.

Der amerikanische Evangelist Charles Finney schrieb über seinen eigenen Kampf mit Tränen:

> Ich nahm meine Violine, so wie ich es immer tat, und begann einige Stücke heiliger Musik zu spielen und zu singen. Doch sobald ich die heiligen Worte sang, begann ich zu weinen. Es schien, als ob mein Herz flüssig war und meine Gefühle sich in solch einem Stadium befanden, daß ich meine eigene Stimme nicht hören konnte, ohne daß meine Sensibilität überfloß. Ich wunderte mich darüber und versuchte, meine Tränen zu unterdrücken, konnte es aber nicht. Nachdem ich vergeblich versuchte, meine Tränen zu unterdrücken, nahm ich das Instrument und hörte mit dem Singen auf.[11]

Früher einmal hatte Finney in seinem Tagebuch über seine Unfähigkeit, Tränen zu vergießen, geschrieben. Ein anderer großer Mann, ein anderer Weinender.

Diese Liste ist endlos; die Tatsachen sind klar: Große Jungen weinen. Und dies führt uns zu dem wichtigsten Beispiel von allen.

Jesus selbst weinte (s. Joh 11,35; Luk 19,41). Nur wenige würden seine Männlichkeit in Frage stellen. So wie es ihn sein Vater, der Tischler, gelehrt hatte, arbeitete er, bis ihm der Schweiß lief. Er konnte die Axt wie ein Holzfäller schwingen. Die süße Musik seiner Tischlersäge konnte von Sonnenaufgang bis Sonnenuntergang gehört werden. Schwere Steine und unhandliche Baumstämme mußten sich seinem Plan beugen. Er war ein Arbeiter.

Im Laufe der Jahre wurden seine Hände rauh. Auf der jugendlichen Haut bildeten sich Schwielen, und als er in die Jahre der Männlichkeit kam, formten sich Muskeln. Nach außen war er ein echter Kerl, doch nach innen hatte er eine Sanftheit, die schon bald die Welt schockieren würde. Er fühlte jeden Schmerz, den jeder Mensch jemals fühlen würde. Er wurde auf jegliche Art und Weise versucht. Er wurde getestet und für fehlerfrei befunden.

Seine Anhängerschaft war der Neid eines jeden Politikers. Er wurde zum Tischgespräch der Wohlhabenden. Aber die angeblichen Gerechten wurden zornig, weil er sich mit den einfachen Menschen umgab. Die Mengen hingen an seinen Worten. „Niemand spricht so wie dieser Mann“, verkündeten sie. „Es ist, als ob er uns kennt.“ Für einige waren seine Worte süß wie Honig, für andere so bitter wie Galle. Wie du und ich, hatte er Freunde und Feinde.

Sie sahen, wie er die Kranken heilte und die Toten auferweckte. Die Lahmen sprangen vor Freude und Sieg. Der lebenslang blind

Gewesene sah das Tageslicht. Den Unterdrückten wurde Barmherzigkeit erwiesen. Den Menschen gefiel das, aber sie waren genauso erstaunt, wenn er die Selbstgerechten hart verurteilte.

Du kannst beinahe die Gedanken der Menschen hören:

Dieser Mensch ist erstaunlich. Es kümmert ihn nicht, was die Menschen zu sein scheinen. Er zielt direkt aufs Herz! Es ist, als ob er sein und unser Schicksal kennt. Er *steht* zu den Dingen, die die meisten von uns verbergen würden. Ja, dieser Jesus war ein Held. Der mutigste Mann, der jemals gelebt hat. Und trotzdem scheute er sich nicht, zu weinen.

Das Geheimnis? Ganz einfach. Betrachte doch einmal diese Dinge:

Er sprach die Wahrheit in Liebe unter der Salbung Gottes. Er lernte Gehorsam und ordnete sich dem Plan seines Vaters für sein Leben unter. Er sah alles mit den Augen der Ewigkeit. Er begriff, daß Bitternis gegenüber seinen Feinden oder Stolz über seine Erfolge das zerstören würde, wozu ihn sein Vater gesandt hatte, es zu bauen.

Um sein göttliches Mandat auszuführen, erkannte Jesus die Notwendigkeit, mit seinen Gefühlen in Berührung zu stehen. Er wußte, wann er zornig wurde und wann er Erbarmen hatte. Er wußte, wann er Freude ausdrücken sollte und wann zu weinen. Er kannte die Sprache der Tränen. Er hatte sein Gefühlsleben unter Kontrolle, und doch konnten es alle offen sehen.

Jesus zerschmetterte den modernen Mythos von Männlichkeit. Ja, starke Männer haben Gefühle, und sie zeigen sie. Jesus, David, Jeremia, Paulus, Timotheus und Johannes waren alle große Männer und Glaubenshelden, und alle weinten. Anhand dieser Beispiele lernen wir, daß wahrhafte Männer mit ihren innersten Gefühlen wahrhaftig umgehen. Große Jungen weinen!

In seinem jetzt aktuellen Buch *Prepare for Revival* (Bereite dich auf die Erweckung vor) hebt Rob Warner die Weinenden im Wort hervor:

> In der Bibel ist es sicher nicht so, daß große Jungen niemals weinen. Wenn wir die Menschen betrachten, die weinen, dann haben wir ein biblisches Who's who (Wer ist wer). In seiner Rivalität mit Jakob weinte Esau (1 Mo 27,28). Bei einer vorsichtigen Versöhnung weinte Jakob mit Esau (1 Mo 33,4), und später weinte er beim vermuteten Tod seines Sohnes Joseph (1 Mo 37,35). Als Joseph seinen Brüdern seine wahre Identität offen-

> baren wollte, weinte er so laut, daß die Ägypter darüber sprachen (1 Mo 45,2). Bald weinte er mit seinen Brüdern (1 Mo 45,14), und als Jakob endlich in Ägypten ankam, umarmte Joseph seinen Vater und „weinte eine lange Zeit" (1 Mo 46,29). Später weinte er um den Leib Jakobs und weinte wieder, als der Vater seinen letzten Wunsch äußerte, daß er seinen Brüdern völlig vergeben sollte (1 Mo 50 1,17). Saulus, der erste König von Israel, weinte (1 Sam 24,16), wie auch David und Jonathan (1 Sam 20,41). Bei einer Gelegenheit weinte die Armee von David den ganzen Tag lang laut, bis sie keine Stärke mehr hatten (1 Sam 30,4). Vor allem ist Jeremia der Prophet der Tränen. Er weint oft um Israel, auch als er ihnen furchtbare Warnungen des bevorstehenden Gerichts bringt, und weint Tränen der Barmherzigkeit (Jer 9,1;18;14;17; Klagel 1,16;3;48). Nach seiner dreifachen Verleugnung Jesu weinte Petrus bitterlich (Matt 26,75). Auch Paulus kannte die Wichtigkeit und den Wert von Tränen. Er beschreibt seinen Dienst als dem Herrn mit großer Demut und mit Tränen dienend (Apg 20,19), und mit Tränen warnt er fortwährend vor falschen Lehrern (Apg 20,31). Als Paulus an Timotheus schrieb, erinnerte er sich voller Zuneigung an Timotheus' Tränen bei ihrem letzten Treffen (2 Tim 1,4).[12]

Ja, wenn wahre Männer zu ihren tiefsten Gefühlen stehen, dann haben die Tränen freien Lauf. Im Verlauf dieses ganzen Buches wirst du noch tiefer in das Leben jener, die in der Bibel weinen, eintauchen.

Von ihrer frühesten Kindheit an wird den meisten Jungen beigebracht, ihre tiefsten Gefühle zu verstecken. Diese Lehre ist nicht neu. Jahrhundertelang waren Männer Gefangene ihrer Hemmungen. Tränen zu verstecken oder zu unterdrücken war unter ihnen jahrelang eine normale Reaktion. Die Männer, die „sich selbst nicht unter Kontrolle hatten", wurden oft als Schwächlinge bezeichnet oder mit weinenden Babys oder tränenreichen Frauen verglichen.

Unzählige Gedichte und tiefverwurzelte kulturelle Überzeugungen haben geholfen, diese Haltung anzufachen. Ein altes Sprichwort aus Indien gibt folgende Warnung: „Einer lachenden Frau und einem weinenden Mann sollte man niemals vertrauen." Wie typisch für diese tief verwurzelte Indoktrination. „Hör auf zu weinen und verhalte dich wie ein Mann!" wurde Millionen von Jungen überall in diesem Land geraten. Viele Väter (und einige Mütter) fürchteten, ihr Sohn würde als

Weichei aufwachsen und assoziierten Tränen fälschlicherweise mit Schwäche.

Ein Freund von mir, der in Thailand arbeitet, erzählte mir kürzlich, daß in der thailändischen Kultur Tränen tatsächlich ein Zeichen für Schwäche sind. Es ist eine Seltenheit, wenn man einen Thailänder mit Tränen in den Augen sieht.

In Italien ist das Weinen in der Öffentlichkeit gesellschaftlich akzeptabler als in den Vereinigten Staaten. In Japan und Großbritannien wird das Weinen für alle Menschen als Tabu betrachtet, aber besonders für Männer.

Jeri und ich lebten sechs Monate in Granada, Spanien. Die populärste Touristenattraktion in unserer Gegend ist die Alhambra. Diese erstaunliche maurische Festung steht majestätisch über der Stadt. Sie zeugt von Macht. Von außen war sie gebaut, um dem härtesten Krieg zu widerstehen. Das Innere mit seinen majestätischen Mosaiken, herrschaftlichen Räumen und spektakulären Gärten hat aus der ganzen Welt Bewunderer angezogen.

Am Stadtrand steht ein Hotel mit dem Namen Sigh of the Moor (Mooresseufzen). Dahinter verbirgt sich eine bezeichnende Geschichte. 1492 warf König Ferdinand und die christliche Armee von Spanien den Moorenkönig Boabdil hinaus und vertrieb ihn aus Südspanien. Von den Bergen kann man die Alhambra majestätisch liegen sehen. Die Geschichte besagt, daß an dieser Stelle die Mutter von König Boabdil ihren Sohn beim Verlassen von Granada öffentlich demütigte, als sie vor allen sagte: „Du weinst wie eine Frau, weil du nicht weißt, wie man sich als Mann verteidigt.“ [13] Dies war eine perfekte Reaktion der Öffentlichkeit, wenn die „Maske der Männlichkeit“ gefallen war.

Die Angst vor öffentlicher Demütigung war für viele Männer die Ursache, ihre wahren Gefühle zu unterdrücken. Zu meiner Überraschung kamen viele Männer nach einer tränenreichen evangelistischen Veranstaltung zu mir und sagten: „Stört es dich nicht, vor den Menschen so offen zu sein? Es scheint, daß deine Tränen frei fließen. Ich könnte niemals so transparent sein.“

Roberta Israeloff kam bei ihrer Forschung über Tränen zu folgendem Ergebnis:

> Die Welt ist so in zwei Lager unterteilt. In einem befinden sich die Menschen, die Weinen für genauso eine Reaktion halten, als wenn man sich nach einem Mückenstich juckt. Sie glauben an

> den medizinischen Wert, wenn man sich einmal ausweint, und fühlen sich nicht aus der Bahn geworfen, wenn sich andere ausweinen. Dann gibt es die anderen, die es hassen zu weinen und sich von den Tränen anderer abwenden. Weinende machen sie mißtrauisch.[14]

Im zweiten Lager ist eine Überfüllung von Männern. Es vergeht selten ein Woche, in der nicht einer von ihnen dieses Lager besucht. Ein typisches Beispiel dafür ist mein kürzliches Zusammentreffen mit einem Zwanzigjährigen namens David.

Früh an einem Morgen fand ich mich wieder, wie ich von einem Erbarmen, ihn zu Jesus kommen zu sehen, geführt war, an die Tür dieses notorischen Bandenmitglieds zu hämmern. Jeder hatte mir von seinen bösartigen Heldentaten und seinem unmöglichen Wesen erzählt. Ein guter Freund hatte mir gesagt, daß David ein gutes Herz hätte, es aber unter Rebellion, Drogen, Kämpfen und Parties begraben sei. An diesem Tag bestand mein Ziel darin, an all dieser Oberflächlichkeit vorbeizukommen und den Boden seines Herzens zu erreichen.

Das Gespräch mit David war kurz, und wir kamen schnell auf den Punkt. Er hatte ein Exemplar meines Heftes mit meiner Lebensgeschichte mit dem Titel *Stone Cold Heart* (Kaltes Herz aus Stein) erhalten, und da er meinen Hintergrund kannte, hörte er mir offen zu. Nach außen erschien er hart, aber seine Augen erzählten eine andere Geschichte. Nachdem ich ihm die Heuchelei des Maskentragens erklärte, veränderte sich sein Gesichtsausdruck. David wußte, daß es vergeblich war, seine Gefühle zu verstecken.

Er begann zu weinen. Innerlich freute ich mich, als ich erkannte, daß David nicht so hart war, wie es alle meinten. Der tief in seinem Herzen lungernde starke Mann machte der Kraft der Wahrheit Platz. Die Mauer war geschwächt. Es stand außer Frage, daß er widerstehen würde. Nach einem Gebet mit uns bat David: „Gib mich nicht auf. Ich schaffe es."

Um 1700 schrieb Thomas Scott über den starken Mann, der in uns lebt. Wenn du diese Zeilen liest, wirst du wie ich die unbeschreibliche Festung – eine Alhambra – entdecken, die die herrschaftlichen Räume unseres Herzens umsäumt:

> Eine bestimmte Person sagte einmal zu mir, daß ich wie ein Stein sei, der den Berg hinunterrollt und den man niemals anhalten

> oder drehen kann. Diese Aussage war richtig. Der starke Mann, bewaffnet mit meinem natürlichen Stolz und Starrsinn, mit meiner eitlen Vorstellungskraft, Logik und hohen Gedanken, hatte sich selbst viele Festungen gebaut und sein Schloß in meinem Herzen gebaut. Als einer kam, der stärker als er war, gab es eine lange Belagerung, bis er von einer höheren Macht umhergetrieben und seiner ganzen Bewaffnung, auf die er vertraute, vollständig entledigt wurde und er gezwungen war zu weichen. So hat der Herr mich an dem Tag seiner Macht bereit gemacht, und ich war gezwungen zu bekennen: „Du hast mich ergriffen und überwältigt" (Jer 20,7).[15]

Die Wahrheit, auf die sich Thomas Scott hier bezog, war natürlich die Wahrheit der Bibel. Er war zu dem Schluß gekommen, daß sie von nichts übertroffen wird, ihr nichts hinzugefügt werden kann und es nichts weiteres geben wird. Das Wort Gottes steht allein und bleibt in Ewigkeit. Himmel und Erde werden vergehen, aber das Wort des Herrn bleibt auf ewig bestehen.

Jetzt möchte ich jeden Mann, der das Buch liest, bitten, sich selbst umzuprogrammieren und das Wort Gottes als Hilfe zu benutzen. Entfliehe der bösartigen Erziehung. Sei ehrlich – fliehe dem Künstlichen. Ergreife Gott!

Dr. Frey ermutigt Männer, so wie er ihren Rückzug anzutreten, indem sie ihre Emotionen zurückgewinnen und mit ihren tiefsten Gefühlen in Kontakt kommen: „Im Alter von zwölf Jahren hörte ich auf zu weinen, und ich kann mich nicht daran erinnern, in den nächsten zwölf Jahren geweint zu haben. Ich weiß nicht, warum ich aufhörte und kann mich nicht an einen bewußten Versuch erinnern, aufzuhören – ich hörte einfach auf."[16] Jetzt, da er wieder weinen kann, berät er andere, sich selbst die Erlaubnis zu geben, um Traurigkeit und Schmerz zu empfinden und die Tränen fließen zu lassen.

Ich möchte diesen Rat hinzufügen: Überlege, ob du das Leid anderer teilst. Versuche ernsthaft, ihren Schmerz nachzufühlen. Empfinde ihren Schmerz. Beteilige dich an einer tränenreichen Unterredung.

In seinem Buch über Gebet ermutigt Richard Foster jene, die man äußerlich nicht weinen sieht, sich wenigsten vorzunehmen, vor Gott Tränen zu vergießen. Habe ein weinendes Herz. Halte deine Seele in Tränen. Auch wenn deine Augen trocken sind, können dein Geist und dein Verstand vor Gott zerbrochen sein.[17]

Schäme dich nicht, zu weinen. Um deinetwillen – und um deren willen, die dich umgeben – schüttele die Umklammerung der Gesellschaft ab. Laß dem Tränenfluß freien Lauf.

Gott kann dich von einer maskulinen Mumie zu einem zielstrebigen Mann umformen. Laß alles, was Macho ist, in der Gegenwart Gottes dahinschmelzen. Komme mit deinen wahren Gefühlen in Berührung. Unterdrücke nicht die tiefen Werke seines Geistes. Der Mythos der Männlichkeit wird in der intensiven Hitze der Wahrheit dahinschmelzen. Laß die Tränen fließen, und du wirst für das Leben gekennzeichnet sein. Du wirst als Mann gekennzeichnet sein.

Laß uns beten:

Lieber Jesus, ich bin erschöpft. Ich bin so müde, dieses Spiel zu spielen. Ich möchte mich öffnen, um alles zu erfahren, was du mir bietest. Wenn in mir Tränen anschwellen, dann möchte ich sie nach außen fließen lassen. Vergib mir, daß ich jahrelang Gefühle zurückgehalten habe. Du, lieber Herr, bist der großartigste Mann, der jemals gelebt hat, und ich möchte deinem Beispiel folgen. Du warst oft zu Tränen gerührt. Ich möchte diese gleiche Freisetzung erleben.

Ich gebe dir mein Herz und mein Leben. Heile die Verletzungen. Schmelze die Wände, die mein Herz umgeben. Ich möchte jeden Teil des erfüllten Lebens, das du anbietest, erleben. Im kostbaren Namen von Jesus, Amen.

5. Das Trockene-Augen-Syndrom

Ist es möglich, physisch nicht in der Lage zu sein, Tränen vergießen zu können?

Jeff war achtzehn Jahre alt. Mit Tränen in den Augen erklärte er, daß er seit mehr als einem Jahrzehnt nicht weinen konnte. Sich über seine neugefundene Freiheit freuend, erklärte Jeff: „Dies ist das erste Mal seit Jahren, daß ich öffentlich meine tiefsten Gefühle zeigen kann." Er sagte mir: „Danke, daß du gekommen bist. Danke, daß du mich wissen ließest, daß es okay ist, zu weinen."

Jeffs Worte spiegelten die schmerzlichen Gefühle von Millionen wider. Die Mehrheit von uns würde es lieben, wenn sie von ihren Hemmungen befreit würde. Peinlichkeit wurde zu unserem Feind; wir möchten von unserer selbstgerechten Würde befreit werden. Menschenmengen möchten freigesetzt werden.

Nach Beendigung eines Gottesdienstes in Atlanta/Georgia traf ich einen Mann, der mir gestand: „Da ist etwas in mir, das herauskommen möchte. Es ist, als ob ich platzen würde. Ich sollte weinen, aber ich kann einfach nicht. Bitte bete für mich; ich möchte weinen."

Vielleicht dient dieses Buch ja zur persönlichen Emanzipationsproklamation für jene, die in der Stille in der Sklaverei der Tränenlosigkeit gefangen sind. Viele von uns haben das leise Verlangen nach der Freiheit im Herzen, sich durch Tränen auszudrücken. Und ich glaube, diese Ketten müssen gesprengt werden. Während du dieses Buch liest, ist es mein Gebet, daß du aus den Gefängnistüren herausgehst und die freie Welt betrittst.

Viele Menschen fragen sich noch, ob es möglich ist, physisch nicht in der Lage zu sein, Tränen zu vergießen. Und wenn dem so ist, kann es geheilt werden? Eine andere allgemeine Frage lautet: Was verursacht Tränen? Und haben wir einen physischen Nutzen, wenn wir weinen?

Die medizinische Wissenschaft hat im Studium der Tränen unglaublichen Fortschritt gemacht. Auf den nächsten Seiten werde ich versuchen, diese Fragen zu beantworten. Die Information, die ich hier zur Verfügung stelle, habe ich aus den Forschungsergebnissen von sehr respektierten Wissenschaftlern auf diesem Gebiet. Im besonderen war Dr. William Freys Buch *Crying: The Mystery of Tears* (Weinen: das Geheimnis der Tränen) bei meinen Nachforschungen über das Weinen eine kostbare Hilfe.[1] Wer ein tieferes Verständnis dafür bekommen möchte, was sich hinter unseren Tränen befindet, dem kann ich dieses Buch aufs höchste empfehlen. Die Forscher geben jedoch zu, daß wir erst am Anfang sind, das Geheimnis der Tränen zu begreifen.

Der Titel dieses Kapitels „Das Trockene-Augen-Syndrom" spricht von dem tatsächlichen medizinischen Zustand, in dem unsere Augen nicht in der Lage sind, Tränen zu produzieren. Und doch gibt es diesen Zustand nicht so oft, wie viele von denen, die nicht weinen können, es gerne glauben wollen. Viele von uns sind schnell dabei, unsere Unsicherheiten zu kategorisieren, und oftmals sprechen wir von einer physischen Unpäßlichkeit, wenn doch die tatsächliche Heilung auf der Hand liegt.

Die Forschung hat bewiesen, daß viele von denen, die behaupten, ein Trockene-Augen-Syndrom zu haben, dabei erwischt werden, wie sie sich in einem dunklen Kino bei einer zu Tränen rührenden Szene die Tränen wegwischen. Ihre Herzen sind ergriffen; ihre Gefühle angerührt; und im Schutz der Dunkelheit schwinden ihre Hemmungen. Wenn dieses Szenario dich beschreibt, dann liegt dein Problem wahrscheinlich eher am Stolz als an irgendeiner anderen Sache.

Laßt uns nun einige der grundsätzlichen Fragen betrachten, die Menschen in bezug auf Weinen und Tränen haben.

Was sind Tränen?

Gemäß der American Medical Association sind Tränen die salzige, wässrige Sekretion, die von den Tränendrüsen, die Teil des Tränenapparats im Auge sind, abgegeben werden. Der Tränenfilm über der Hornhaut und der Bindehaut besteht aus drei Schichten; einer inneren Schleimschicht, die von den Drüsen in der Bindehaut abgegeben wird;

einer mittleren Schicht von Salzwasser; und einer äußeren, öligen Schicht, die von den meibomischen Drüsen abgegeben wird.[2]

Ein Mangel in der Tränenproduktion verursacht Keratokonjunktivitis sicca (Trockene-Augen-Syndrom). Übermäßige Tränenproduktion verursacht tränende Augen.

Tränen sind dabei behilflich, möglicherweise harmlose Bakterien herauszuwaschen. Ich kann nicht anders, als hier die geistliche Parallele festzustellen: Tränen können, wenn wir zu Gott weinen, unsere geistlichen Augen von jedem Bösen, das Wurzeln geschlagen hat, reinwaschen. Genau wie physische Tränen gefährliche Bakterien hinauswaschen, dienen unsere geistlichen Tränen als Reinigung, sie fallen zu Boden und schwemmen die gefährlichen Bakterien mit sich.

Gibt es so etwas wie künstliche Tränen?

Ja. Künstliche Tränen sind Präparate, die man zur Ergänzung von nicht ausreichender Tränenproduktion bei Keratokonjunktivitis sicca oder anderen Bedingungen, die zur Trockenheit der Augen führen, einsetzt. Um zu wirken, müssen künstliche Tränen regelmäßig appliziert werden. Man kann künstliche Tränen auch dann einsetzen, um Beschwerden, die durch Reizerreger wie Rauch oder Staub hervorgerufen wurden, zu lindern, aber sie bieten nur zeitliche Erleichterung.

Viele Präparate enthalten einen Stoff, der Augenirritation hervorrufen kann. Kontaminierte Präparate können ernsthafte Augeninfektionen verursachen.[3]

Warum weinen Babys?

Die einzige Kommunikationsmöglichkeit für Babys ist das Weinen. In dem Alter kann das kleine Baby nur durchs Weinen deine Aufmerksamkeit erlangen. Meistens weint ein Baby, weil es Hunger hat, Blähungen, sich nicht wohlfühlt, Schmerzen hat, Zähne bekommt, sich langweilt und sich alleine fühlt.

„Wenn die Eltern begreifen würden“, sagt S. Norman Sherry, M.D., „daß das Weinen ein normaler Teil in der Entwicklung des Babys ist – daß, wenn ein Baby nicht weint, etwas wirklich nicht in Ordnung ist –, vielleicht würden sie sich dann nicht so viele Sorgen machen.“[4]

Interessanterweise wurde in letzter Zeit das Weinen von Neugeborenen untersucht, weil es klinisch wichtig ist, um mütterliche Schmerzen zu verstehen. Viele Frauen werden durch das Schreien des Babys – und ihrer eigenen Unfähigkeit, es zu trösten – so verzweifelt, daß ihr Selbstwertgefühl und ihr Vertrauen in ihre mütterlichen Fähigkeiten ins Bodenlose stürzt. Sie stillen das Kind nicht mehr und fühlen sich in extremen Fällen genötigt, das Kind zu mißhandeln.

Was geschieht, wenn wir weinen?

Durchlebt man starke Emotionen wie zum Beispiel Leid oder Zorn, dann sendet das Gehirn ein Signal an deine Tränendrüsen. Diese Drüsen befinden sich über und hinter jedem Augenlid. Diese Drüsen produzieren ständig Tränen in Form einer wässrigen, salzigen Flüssigkeit. Bei jedem Blinzeln ziehen die Augenlider Flüssigkeit aus den Tränendrüsen. Deine Hornhaut, die gerundete, klare Front deines Auges, wird ständig in Tränen gebadet.

Dieser Fluß, der medizinisch als Lakrimation bekannt ist, sorgt dafür, daß die Augen sauber und keimfrei bleiben und schmieren die Bewegung des Augenlids über dem Augenball. Jedesmal, wenn das Augenlid schlägt, läuft die Flüssigkeit in kleinen Löchern in der inneren Ecke des Auges ab, den Tränenkanal hinunter zur Nase und in den Rachenraum. Wenn man jedoch lacht oder weint, oder wenn das Auge durch einen Fremdkörper wie Staub oder feine Körnchen irritiert wird, steigt die Lakrimation und die Tränen fließen über.[5]

Gibt es mehr als eine Art von Tränen?

Ja, es gibt zwei Arten von Tränen. Jedesmal, wenn wir mit den Augen zwinkern, überschwemmt ein Film die Oberfläche des Auges mit einer bakterienbekämpfenden Flüssigkeit. Jeder, der schon einmal Zwiebeln gehackt hat, kennt diese störenden Tränen, die den starken Zwiebelgeruch verflüssigen und hinauswaschen. Gerät ein Fremdteil wie eine lose Wimper oder ein Sandkörnchen in unsere Augen, sorgen diese Tränen dafür, daß die irritierenden Eindringlinge hinausgespült werden. Dieser Vorgang heißt neurogenische Lakrimation.

Die zweite Art von Tränen ist allein menschlicher Natur. Es sind emotionale Tränen, die unter die Kategorie psychischer Lakrimation fallen. Obwohl Weinen normalerweise mit Leid assoziiert wird, treten menschliche Tränen als Reaktion auf viele Arten emotionalen Stresses auf. Es geht von Tränen der Trauer über den Verlust eines geliebten Menschen bis hin zu extremer Freude darüber, ein Spiel zu gewinnen; Tränen spielen bei den menschlichen Gefühlen eine wichtige Rolle.

Emotionales Weinen beginnt in dem Teil unseres Gehirns, der Emotionen, das Gedächtnis und das Verhalten steuert. Würde ein Chirurg die Nerven in diesem Gebiet blockieren, könnte man keine emotionalen Tränen produzieren, es hätte aber keinerlei Auswirkung auf die anderen Arten von Tränen, die dein Körper produziert.

Ständige und irritierende Tränen werden von anderen Nerven gesteuert als die, die emotionale Tränen bewirken. Würden diese Nerven durchtrennt werden, oder ein Arzt die Oberfläche deines Auges betäuben, hören ständige und irritierende Tränen auf. Aber es würde die emotionalen Tränen nicht beeinflussen.

Gibt es so etwas wie eine Tränenphobie?

Ja, aber es hat nichts mit der Angst vor dem Weinen zu tun. Cryophobia ist tatsächlich die Angst vor kalten Temperaturen, kalten Objekten oder Eis. Jedoch finden wir in der Enzyklopädie der Phobien, Ängste und Sorgen, die über zweitausend bekannte Phobien und Ängste auflistet, eine Angst vor dem Weinen. Manche Personen, die in unbequemen Situationen schnell weinen, möchten solche Situationen vermeiden, da sie fürchten, daß andere sie weinen sehen. Sie fürchten aufgrund ihrer tränenreichen Reaktion Kritik.[6]

Weshalb hat es den Anschein, daß Frauen mehr weinen als Männer?

Vor der Pubertät weinen Jungen und Mädchen gleich viel. Aber ab dem Alter von 18 Jahren weinen Frauen nach Dr. Frey mehr. Vielleicht ist die Biologie teilweise verantwortlich für diesen Unterschied zwischen den Geschlechtern. Dr. Frey erklärt, daß nach der Pubertät der Level von Prolaktin (der Bestandteil der Tränen ist) um 60 Prozent höher ist als bei Männern. Nach der Menopause sinkt dieser Level. Dies könnte eine Erklärung dafür sein, warum Frauen nach ihrer Menopause eher das Trockene-Augen Syndrom haben könnten.[7]

Viele Experten glauben auch, daß kulturelle Bedingungen eine Hauptursache sind. „Jungen lernen frühzeitig, das bewußte Vorhandensein von zwei Arten von Emotionen abzutöten“, sagt der Psychologe Ronald Levant, Ed. D. klinischer Supervisor für Ehepaare und Familien am Harvard Medical School's Cambridge Hospital. „Sie schließen beide verletzliche Gefühle aus – zum Beispiel Verletzungen, Enttäuschungen, Traurigkeit und Angst – und sanfte Gefühle, wie zum Beispiel Barmherzigkeit, Wärme und Zuneigung.“ Was bleibt übrig? „Zorn und Lust.“

„Folglich geraten viele Männer in Wut, wenn schmerzhafte Gefühle auftauchen“, erklärt Dr. Levant. „Andere fliehen vor diesen Gefühlen oder unterdrücken sie.“

Wie unterdrücke ich meine Tränen?

Wenn du auf deine Tränen achten mußt, dann sollte man langsam und tief atmen und dadurch die Hyperventilation bekämpfen, die das Weinen begleitet und verschlimmert. Mann kann auch versuchen, den Blick zu ändern. Den Kopf nach hinten kippen, hält Tränen zurück. Oder einfach weggucken von dem, was dich zum Weinen bringt, kann dir dabei behilflich sein, ruhig zu bleiben.

„Weinen ist eine natürliche Reaktion, wenn du traurig bist, dich freust oder sogar überrascht bist. Aber wenn du feststellst, daß du immer wieder über dasselbe Problem weinst“, sagt Dr. Frey, „mußt du den unterschwelligen Grund herausfinden. Tränen zu vergießen ist keine dauerhafte Lösung.“[9]

Bei meinen Nachforschungen über Tränen entdeckte ich einen Artikel von einer Feuerwehrfrau in Portsmouth, Virginia.

„Weinen, nur einmal ... niemals!“ sagt Jeannette Hentze, Mutter von zwei Kindern, die seit beinahe drei Jahren bei der Feuerwehr ist. Hentze erhielt Unterricht in Streßbewältigung bei kritischen Vorfällen, einer Technik, die Menschen bei der Feuerwehr und anderen Notfallbereichen hilft, mit dem Druck bei ihrer Arbeit umzugehen. „Es war wirklich schwer, den männlichen Standard aufrechtzuerhalten“, gibt sie zu. „Aber ich war entschlossen – ihnen zu zeigen, daß ich den Job tun konnte ohne zusammenzubrechen.“

Aber jetzt, wo sie es sich bewiesen hat, findet sie es ok. – sogar notwendig –, ihre Gefühle zu zeigen. Vor kurzem weinte sie, nachdem sie von einem Notfalleinsatz zurückkehrte, bei dem sie und ihr Partner vergeblich versuchten, eine Frau wiederzubeleben, die zu Hause vor ihrem zwölfjährigen Sohn zusammengebrochen war. „Niemals zuvor hatte ich eine Situation, wo ein Kind zusieht, wie die Mutter im Sterben liegt. Das hat mich betroffen gemacht. Und durch das Weinen konnte ich mir Luft machen. Ich hatte das Gefühl, mir wurde eine Last abgenommen." Dann fügte sie hinzu, daß sie der Meinung ist, wenn mehrere ihrer männlichen Kollegen weinen könnten, hätte das nicht den Langzeiteffekt, daß sie ihre Gefühle unter Verschluß halten. „Schluß mit dem Kram, daß Tränen für Feiglinge oder etwas sind, für das man sich schämen muß. Es ist Zeit, daß Weinen den Respekt bekommt, der ihm gebührt."[11]

Ist es physisch gefährlich, emotionale Tränen zurückzuhalten?

Wenn man ständig Tränen zurückhält, kann dies Streß verursachen, wodurch andere mit Streß zusammenhängende Probleme wie Schlaflosigkeit und Akne gesteigert werden können. Streß bewirkt in der Chemie unseres Körpers eine Veränderung. Nach dem Weinen fühlen sich die Menschen im allgemeinen besser. Vielleicht liegt der Grund für die Erleichterung darin, das das Weinen Chemikalien entfernt, die sich aufgrund von emotionalem Streß aufgebaut hatten.

Angenommen, eine Person unterbindet Schluchzen durch absichtliche Kontraktion des Zwerchfells und dies wird zu einer unbemerkten Gewohnheit. Wenn dies geschieht, wird der Körper beide Funktionen verlieren – das heißt, jemand, der seine Funktion auf diese Art manipuliert, kann weder frei weinen noch frei atmen. Unfähig zu schluchzen, löst er nie die Anspannung und endet in seiner Traurigkeit. Das Weinen ist ein natürliches Bedürfnis des menschlichen Organismus, der einen Verust erlebte, und oftmals kann der Verlust durch Weinen ein für allemal durchgestanden werden.

Dr. Erick Lindermann, der Chef-Psychiater des Massachusetts General Hospital und ein Pionier im Bereich der Untersuchung von unterdrücktem Leid, erzählt von einer jungen Krankenschwester, die sich im Winter um die langandauernde Krankheit ihres Vaters gekümmert hat. Sie liebte ihren Vater sehr, und während sie sich um ihn kümmerte, unterdrückte sie oft die Tränen.

Als er starb, verbot ihr ein Freund, der es gut meinte, um ihrer Mutter willen Trauer zu zeigen, da diese ein schwaches Herz hatte. Innerhalb weniger Stunden entwickelte die emotional unter Druck gesetzte Krankenschwester ein entzündetes Geschwür. Aufgrund ihres Nervensystems wurde sie langsam von innen zerfressen. Schließlich starb sie – getötet von dem unterdrückten Leid, dem sie es nicht erlaubte, sich durch eine Flut von Tränen auszudrücken.[13]

Was ist das Trockene-Augen-Syndrom und woher weiß man, ob man es hat?

Medizinisch als Heratokonjunktivitis sicca bekannt, wird das Trockene-Augen-Syndrom mit Hyperemie der Konjunktiva, einer lakrimalen Schwachheit, einer Verdickung des Epitheliums der Hornhaut, mit Jucken und Brennen des Auges und oftmals reduzierter visueller Schärfe verbunden.[14]

Diese Fehlfunktion kommt öfters unter alten Menschen vor. Durch die trockenen Augen werden eine Vielfalt von Konditionen charakterisiert. Hyperfunktion der Tränendrüsen, was den Verlust der wasserhaltigen Komponente der Tränen bewirkt, kann durchs Altern, vererbte Funktionsstörungen, systematische Krankheiten oder systematische und kurz wirkende Drogen auftreten. Exzessive Vertrocknung der Tränen kann an Umweltfaktoren wie dem heißen, trockenen und/oder windigen Klima liegen. Es kann auch durch Abnormitäten der lipiden Komponenten des Tränenfilms verursacht werden. Mangel an Schleim kann an falscher Ernährung, Infektionen, Verbrennungen oder Drogen liegen.

Die Behandlung hängt von der Ursache ab. In den frühesten Fällen waren die Veränderungen der Hornhaut und des konjunktiven Epitheliums irreversibel. Flüssigkeitsmangel kann behandelt werden, indem man die wasserhaltige Komponente der Tränen durch verschiedene Typen künstlicher Tränen ersetzt. Schleimmangel kann teilweise dadurch kompensiert werden, indem man das eigene Serum des Patienten als örtliche Augentropfen anwendet.[15]

Es ist möglich, durch eine Verletzung die Tränenkapazität zu verlieren. Ein Beispiel dafür ist die neunzehnjährige Iris Clark aus

London. Nachdem sie bei Gericht 50.000,– DM zugesprochen bekam, war sie nicht in der Lage, vor Freude zu weinen. Drei Jahre zuvor war sie von einem Lastwagen angefahren worden, und durch die daraus resultierende Kopfverletzung konnte sie nicht mehr weinen.[16]

Kann man durchs Weinen Streß loswerden?

Dr. William Frey warnt davor, Tränen der Frustration, der Angst oder des Zorns zurückzuhalten. Diese emotionalen Tränen schwemmen weit mehr als Leid hinaus. Tränen helfen, Streß zu bewältigen, indem sie den Körper von potentiell gefährlichen Chemikalien befreien, die zu Streßzeiten produziert werden.[17]

Um diese Theorie zu unterstützen, haben Dr. Frey und seine Kollegen emotional hervorgerufene Tränen mit denen verglichen, die aufgrund einer Augenirritation, wie zum Beispiel dem Zwiebelschälen, hervorgerufen wurden.

„Bis jetzt wissen wir, daß die beiden Arten von Tränen unterschiedliche chemische Zusammensetzungen haben“, berichtete Dr. Frey. „Aber wir haben bis jetzt noch nicht die spezifische Chemikalie identifiziert, die auf emotionalen Streß bezogen wird. Wir wissen jedoch, daß sich die Menschen nach dem Weinen besser fühlen. Bei einer Untersuchung berichteten 85 Prozent der Frauen und 73 Prozent der Männer, daß sie sich im allgemeinen besser fühlten. Auf der anderen Seite können die Personen, die Tränen zurückhalten, ein größeres Risiko eingehen, auf Streß bezogene Krankheiten wie Geschwüre und eine Kolitis zu bekommen.“[18]

In einem kürzlich an dem Marquette Universitätscollege für Krankenpflege in Wilwaukee/Wisconsin durchgeführten Experiment studierten Forscher einhundert Frauen und Männer, die auf Streß zurückgeführte Krankheiten hatten. Dann verglich man sie mit fünfzig gesunden Freiwilligen.

Die Ärzte stellten fest, daß die Personen mit Geschwüren und Kolitis Weinen eher als ein Zeichen von Schwäche oder Kontrollverlust betrachteten, als die gesunde Menschengruppe.[19]

Dr. Frey folgert: „Es scheint, als ob die Menschen weinen sollten, wenn sie es wollen. Emotionale Tränen sind eine einzigartige menschliche Erscheinung und ich bezweifle, daß sie als Zufall oder als zwecklos abgetan werden können.“[20]

Zum Schluß dieses Kapitels möchte ich dir von einer Seelsorge-Session berichten, die vor dreihundert Jahren durchgeführt wurde. Der Seelsorger war ein gottesfürchtiger Mann; der Seelsorgesuchende ein Bestürzter, nicht weinen Könnender, der weinen wollte. Damals hieß der Zustand noch nicht Keratokonjunctivitis sicca, oder Trockene-Augen-Syndrom, aber der Patient hatte alle diese Symptome. Der verständnisvolle Pastor besaß die neuesten Studien über Augenkrankheiten nicht; statt dessen suchte er in seinem Herzen nach einer Antwort.

Man betrachtete Reverend Thomas Fuller als einen der weisesten Gottesmänner des siebzehnten Jahrhunderts. Von seinem Predigen und von seinem Dienst sagt man, daß die Menschen wie Bienen in Schwärmen zum Honig kamen, um ihn zu hören, wobei sie sich auf Türschwellen und an Fenstern aufhielten, um seiner ermutigenden Evangeliumsbotschaft zuzuhören. Sie verschlangen seine Botschaften und sehnten sich nach seinem Rat.

Besonders ein junger Mann war über seine Unfähigkeit zu weinen besorgt. Er sagte zu Reverend Fuller: „Von Natur aus habe ich so trockene Augen, daß sie keine Feuchtigkeit spenden, um meine Sünden zu beklagen."

Reverend Fuller glaubte, daß es dem Mann ernst war, und antwortete:

> Dann ist es ein natürlicher Defekt und kein moralischer Fehler, also ein Leiden und keine Sünde, die Gott bestrafen will. Gott erwartet nicht, daß aus dem Rohr Wasser laufen soll, wo er keines in die Zisterne getan hat. Wisse also, bei jenen, deren Augen Feuersteine sind, mögen die Herzen Quellen sein und innerlich bluten, aber nach außen nicht weinen. Außerdem wurde Christus gesandt, um Trost zu spenden, nicht nur zu jenen, die weinen, sondern zu jenen, die in Zion klagen. Ja, wenn du keine Flüssigkeit hinausquetschen kannst, dann biete Gott die leeren Flaschen an, statt der Tränen, und biete ihm deine Augen liebevoll an. Und wenn du auch das Wasser brauchst, brauchst du keinen Wein; seufze, wo du nicht schluchzen kannst, und laß deine Lungen tun, was deine Augen nicht tun können.[21]

6. Etwas zum Weinen

Wir müssen Gottes Ruf nach Tränen beantworten – mit einem Ohr hören wir die süße Musik des Himmels und mit dem anderen das Stöhnen aus der Hölle.

Mir wird nachgesagt, daß ich die Wahrheit manchmal überdeutlich präsentiere. Meine unerschrockene Proklamation des Wortes kommt daher, daß ich beide Seiten sehr deutlich gesehen habe. Ich gebe zu, daß wir uns alle in der Schule Gottes befinden, und niemand hat mehr zu lernen als ich. Ich nehme zwar nicht in Anspruch, alle Antworten zu haben, aber ich habe genug gesehen, um mir ein vernünftiges Urteil machen zu können.

Das Königreich der Dunkelheit war jahrelang mein Terrain. Die meisten meiner Freunde tanzten mit dem Teufel und gaben dem Vater der Lügen ihr Leben. Sie lachten über seine Witze – bis sie herausfanden, daß der Witz über sie war. Viele sind heute im Gefängnis; andere fielen kopfüber in Luzifers feuriges Grab.

Vielleicht bin ich schuldig, das Pendel viel zu weit in eine Richtung schwingen zu lassen, um die Wahrheit Christi graphisch zu illustrieren. In vielen Open-air-Veranstaltungen habe ich erlebt, wie Sünder losschreien, nachdem sie folgende Ankündigung hörten: „Ihr habt das Evangelium gehört. Mehr gibt es nicht zu sagen. Ich habe Gott und euch gegenüber meine Pflicht getan. Von diesem Moment an bin ich nicht länger für eure Seelen verantwortlich. Mit Tränen in den Augen wasche ich euer Blut von meinen Händen."

Natürlich beruht meine Aussage auf der Stelle, die in dem Buch Hesekiel gefunden wird: „Menschensohn, ich habe dich für das Haus Israel zum Wächter gegeben, und hörst du ein Wort aus

> meinem Mund, so sollst du sie von mir verwarnen! Wenn ich zu dem Gottlosen spreche: Du mußt sterben! und du hast ihn nicht gewarnt und hast nicht geredet, um den Gottlosen vor seinem gottlosen Weg zu warnen, um ihn am Leben zu erhalten, dann wird der Gottlose um seiner Schuld willen sterben, aber sein Blut werde ich von deiner Hand fordern. Du aber, wenn du den Gottlosen gewarnt hast und er ist von seiner Gottlosigkeit und von seinem gottlosen Weg nicht umgekehrt, dann wird er um seiner Schuld willen sterben, du aber hast deine Seele errettet" (Hes 3,17-20).

Für einige hört sich dies hart an, aber für andere sind es die harten Tatsachen. Was mich betrifft, ich höre lieber die harte Wahrheit und lebe, statt auf eine seichte Lüge hereinzufallen und zu sterben.

Von Moses bis zur Offenbarung finden wir Segen und Fluch, Gnade und Gericht, Gut und Böse, und ja, sogar Reichtum und Armut. Die Bibel spricht von der Liebe zum Sünder, wobei sie kühn seine Sünde verurteilt. Gottes Wort spricht vom Himmel, ohne seinem Gegenstück, der Hölle, geringe Aufmerksamkeit zu widmen. Wir hören, wie Jesus von den Freuden der Ewigkeit oben spricht, während er uns im selben Atemzug vor dem Heulen und dem Zähneknirschen unten warnt.

Ein Schlüssel des christlichen Lebens liegt in der Balance; wir müssen es lernen, unseren Rosenkohl neben dem Twinkie (Yes-Torte) zu essen. Was dem Christen wie ein „hartes Wort" erscheint, ist für den Ungläubigen oft „ein Wort von Gott". Echte Sünder können die Wahrheit viel besser verdauen als viele erfahrene Bekehrte. Ich habe meinen Teil an Umarmungen von jungen Menschen mit Tränen in den Augen empfangen, die sagten: „Danke, daß du mich nicht im Stich gelassen hast. Ich mußte hören, was du zu sagen hattest. Es tut weh, aber es war die Wahrheit." Ich wurde von wieder abgefallenen älteren Menschen umarmt, die mir dabei zuflüsterten: „Sohn, predige weiterhin die Wahrheit."

Schlußendlich müssen wir alle den Tatsachen ins Auge sehen. Und vielleicht dadurch, daß ich das Pendel zu sehr zur einen Seite schwinge, können wir in unserer Sicht der Kirche und der Welt eine Balance finden.

Kannst du dich daran erinnern, wie dein Vater sagte: „Hör auf zu jammern, oder ich gebe dir einen Grund zum Heulen?" In den meisten

Fällen war es eine leere Drohung, ein schwacher Versuch, unser ständiges Jammern über ein kleines selbstsüchtiges Problem zu beenden.

Nun stell dir einen Moment unseren himmlischen Vater vor, wie er auf unser selbstsüchtiges Verhalten hinabschaut. Über unser ständiges Jammern und Klagen runzelt er die Stirn. Unsere Babys haben uns auch die Ohren vollgeheult. Folglich verkündet er lautstark und streng sein Urteil: „Hör mit dem Jammern auf. Ich gebe dir etwas zum Weinen."

Dieser Vater reicht behutsam herunter und erhebt sanft unser Haupt. Unsere feuchten Augen sehen auf ein schmutziges Kind, von Fliegen überdeckt, das auf einer Müllhalde Abendbrot ißt. Dann richtet er unseren Blick auf den blutbefleckten Schnee, wo kleine Kinder massakriert wurden, Opfer von dem Verlangen des Menschen nach Macht. Von dort reisen wir weiter mit dem allgegenwärtigen Einen zu einer Mülltonne, die mit Föten gefüllt ist. „Sieh dir an, was ich jeden Tag sehe", sagt er. „Nimm diese Grausamkeit in dich auf. Starre auf die Leidenden, bis deine Augen blutrot sind. Klage eine Minute."

Ohne ein weiteres Wort schließt unser Vater damit, daß uns wie im Zeitraffer Tausende christlicher Märtyrer am Auge vorbeiziehen – einige wurden lebendig verbrannt, andere hungernden Tieren vorgeworfen, alles wegen ihrer Liebe zu Christus. Wir werden daran erinnert, daß wir eines Tages diesen triumphierenden Heiligen gegenübersitzen werden. Werden wir dann Gesprächsstoff haben? Was, wenn es um das Thema Leiden geht? Könnten wir dann ein Gespräch mit ihnen führen? Wir erkennen allmählich den Punkt, und plötzlich hört unser Jammern auf. Unser Vater hat uns etwas sehr Ernsthaftes gegeben, worüber man weinen kann.

Heutzutage befinden sich viele in einem ständigen Zustand des Klagens – nicht über die Leidenden, oder den Tod eines geliebten Menschen, sondern über den nahen Tod unseres alten Menschen – dem Selbst. Wir leben zwischen zwei Welten. Unser Leid über das, was wir in dieser Welt vielleicht aufgeben, ist ein sicheres Zeichen dafür, daß wir noch nicht voll in der anderen Welt sind. Ja, wir wollen Jesus, aber wir klammern uns an den alten Menschen. Unsere Hingabe an Jesus ist mit Vertragsklauseln gewürzt: „Ich werde dir dienen, wenn ich dies haben kann ..." – „Ich folge dir, wenn ich dies tun kann ..."

Wir weinen mehr über den schlechten Zustand unseres Kontos als über den schlechten Zustand des Herzens. Der Prophet Hosea hat es treffend gesagt: „Und sie schreien in ihrem Herzen nicht zu mir um

Hilfe, sondern heulen auf ihren Lagern, ritzen sich wegen Korn und Most und wenden sich gegen mich“ (Hos 7,14).

Die steigende Flut des Bösen spricht zu uns allen, daß etwas völlig verkehrt ist. Weder gehen wir voran, noch halten wir die Flut zurück. Es scheint, wir haben einfach nur den Finger im Deich, während überall weitere Löcher entstehen. Bestenfalls halten wir den Zustand aufrecht.

> Ich frage mich, wo ist der Sieg der Kirche in dieser verzweifelten Zeit? Wo ist die Kirche, die die Pforten der Hölle erstürmt? Bei unserem Mahl mit Gott weinen, wimmern und jammern wir, während Sünder am Tisch des Teufels ersticken! Wir verabscheuen das Manna, das Gott uns gibt, während die Welt das Faß auskratzt, um auch nur ein Weizenkorn zu finden. Wir sind nicht anders als die Kinder Israel: „Und das hergelaufenen Volk, das in ihrer Mitte war, gierte voller Begierde, und auch die Söhne Israel weinten wieder und sagten: Wer wird uns Fleisch zu essen geben? Wir denken an die Fische, die wir in Ägypten umsonst aßen, an die Gurken und an die Melonen und an den Lauch und an die Zwiebeln und an den Knoblauch; und nun ist unsere Kehle vertrocknet; gar nichts ist da, nur auf das Manna sehen unserer Augen … Und als Mose das Volk, alle seine Sippen, jeden am Eingang seines Zeltes, weinen hörte und der Zorn des Herrn heftig entbrannte, da war es böse in den Augen des Mose“ (4 Mo 11,4-6, 10).

Wir haben aus den Fehlern Israels nicht gelernt. Achte noch einmal auf das Wort des Herrn:

> „Denn ich will nicht, daß ihr in Unkenntnis darüber seid, Brüder, daß unsere Väter alle unter der Wolke waren und alle durch das Meer hindurchgegangen sind und alle in der Wolke und im Meer auf Mose getauft wurden und alle dieselbe geistliche Speise aßen und alle denselben geistlichen Trank tranken, den sie tranken aus einem geistlichen Felsen, der sie begleitete. Der Fels aber war der Christus. An den meisten von ihnen aber hatte Gott kein Wohlgefallen, denn sie sind in der Wüste hingestreckt worden. Diese Dinge aber sind als Vorbilder für uns geschehen, damit uns nicht nach bösen Dingen gelüstet, wie es jene gelüstete. Werdet

> nicht Götzendiener wie einige von ihnen, wie geschrieben steht: Das Volk setzte sich nieder, zu essen und zu trinken, und sie standen auf, zu spielen" (1 Kor 10,1-7).

Könnten wir mit unserem Schniefen einmal ein paar Minuten aufhören? Unser himmlischer Vater hätte es gern, daß wir Leid mit seinen Augen sehen.

Ich möchte dir eine Geschichte aus der Associated Press mitteilten. Beim Lesen des Artikels war meine erste Reaktion Unglauben; meine zweite ein Gefühl überwältigender Trauer. Diese Geschichte ist eine Tatsache, und keine Fabel.

Das Schicksal der jungen Frau war unglaublich grausam und bizarr – so sehr, daß sie sagt, daß die Polizei sie zweimal abgewiesen hat … Bis letzten Monat (Oktober 1993) blieben die dunkelsten Geheimnisse der Familie versteckt, als Polizisten einen Anruf von Theresa, die jetzt zweiundzwanzig ist und in Utah lebt, erhielten.

Suesan mußte als erste sterben. Während eines Streits, vielleicht zu Beginn 1982, ergriff Cross eine Handfeuerwaffe und schoß Suesan (ihrer Tochter) in die Brust, sagte Theresa. Die Kugel verblieb in ihrem Rücken, aber ohne medizinische Hilfe erholte sie sich davon.

1984, im Alter von siebzehn Jahren, sagte Suesan, daß sie von zu Hause fort wolle. Cross (ihre Mutter) stimmte unter einer Bedingung zu: Suesan sollte es ihr gestatten, die Kugel aus dem Rücken zu holen, sagte Theresa. Wenn sie also jemals einen Mißbrauch anzeigen wollte, gäbe es keine untermauernden Beweise.

Der Küchenflur war der Operationstisch; Whiskey wurde als Betäubungsmittel eingesetzt. Theresa berichtete, daß Cross die Kugel mit einem Skalpell aus dem Rücken ihrer Tochter entfernte.

Dann bekam Suesan eine Infektion und fiel ins Delirium. Theresa sagte, daß Cross entschied, daß sie sie loswerden mußten, und sie brachte William und Robert (ihre beiden Söhne) dazu, sich der Schwester zu entledigen.

Theresa fuhr fort, daß sie Suesan einhundert Meilen in die Sierra Nevada hineinfuhren, dann in der Nähe des Squaw Valley Skigebiets die Highway verließen. Dort legten sie sie nieder, übergossen sie mit Benzin und verbrannten sie bei lebendigem Leibe.

Sheila war die nächste. Während eines Streits mit ihrer Mutter, 1985, wurde Sheila geschlagen, mit Handschellen gefesselt und in einen engen Schrank gesperrt, sagte Theresa weiter.

Zu dem Zeitpunkt war Theresa dreizehn Jahre alt und erinnert sich daran, wie sie ihre zwanzigjährige Halbschwester stöhnen und rufen hörte: „Hilfe, Hilfe!" Aber sie sagte, daß niemand den Schrank öffnete.

Nach ein paar Tagen hörten die Schreie auf, und nach ungefähr einer Woche zog der Gestank von verwesendem Fleisch durch die Wohnung.

Also brachte Cross ihre beiden Söhne dazu, eine weitere Reise in die Berge zu unternehmen, wo sie den Körper von Sheila in einer Pappkiste am Straßenrand liegen ließen.

Sie erzählte, daß der Geruch des Todes in der Wohnung hing und die Familie bald darauf auszog. Theresa sagte, daß ihre Mutter dann befahl, die Wohnung in Brand zu stecken; Feuerwehrmänner löschten das Feuer, bevor es auf die anderen vier Wohnungen in dem Haus überspringen konnte … Theresa berichtete, daß sie drei weitere Jahre bei ihrer Mutter blieb, bis sie im Alter von sechzehn davonlief …

Inspektor John (Johnnie Smith) sagt, daß Theresas Geschichte von den Aussagen ihrer Brüder und der physikalischen Beweise, die man an den Körpern feststellte, unterstützt wird. Es gibt keine Pläne, sie anzuklagen. Sie ist inzwischen verheiratet, und die Behörden geben den neuen Nachnamen ihrer Hauptzeugin nicht heraus.

Theresa sagte, daß sie 1987 versuchte, ihre Geschichte zu erzählen, indem sie mit einem Rechtsanwalt und zwei Polizeidienststellen in Utah Kontakt aufnahm. „Das einzige, das wir vermuten, ist, daß die Leute, denen sie ihre Geschichte erzählte, sie für so bizarr hielten, daß sie nicht wahr sein konnte", sagt Smith.[1]

Kannst du den Schmerz von Theresa fühlen? Wie ist es, wenn du den Rest deines Lebens die Hilfeschreie deiner sterbenden älteren Schwester hörst? Wie lange bleibt der Gestank von verwesendem Fleisch in Theresas Gedächtnis haften? Wer sieht ihre Tränen? Kann sie irgend jemand verstehen?

Betrachte einmal diesen Gedanken des Evangelisten J. H. Jowett:

> Muß der Schrei dieser Welt unser Herz durchbohren und sogar durch den Stoff unserer Träume hindurchreichen? Ich kann meine Zeitung nehmen, die manchmal ein wahres Gefäß des Horrors ist, und ich kann es am Frühstückstisch lesen, und es fügt meinem Mahl keinen einzigen Beigeschmack hinzu. Ich frage mich,

> ob jemand, der davon nicht angerührt ist, jemals ein Diener des leidenden Herrn sein kann! ... Meine Brüder, ich weiß nicht, wie ein christlicher Gottesdienst fruchtbar sein kann, wenn die Diener nicht zuallererst im Geist der leidenden Barmherzigkeit getauft sind.[2]

Ich frage mich manchmal, was es kosten wird, uns aus unserem Schlaf zu wecken. Muß es unser Kind sein, das an einer großen Universität vergewaltigt und getötet wird? Muß es unser Vater oder unsere Mutter sein, die in einem Altenheim von einer Altenpflegerin mißbraucht wird? Müssen wir einen Anruf von der Polizei erhalten, in dem uns mitgeteilt wird, daß Familienmitglieder in einem örtlichen Schnellimbiß massakriert wurden? Warten wir, bis unser Kind in einer Kindertagesstätte mißhandelt wird, bevor wir die Last des Herrn aufnehmen? Was muß es kosten, um uns zu erreichen?

Vielleicht hast du festgestellt, wie die Leiter von vielen unserer nationalen Programme tatsächlich die Opfer des Kampfes sind, den sie führen? Traurigerweise scheint das der Preis zu sein, bis viele Christen aufwachen. Aber so muß es nicht sein.

Nimm dir irgendeine Zeitung. Lies die Nachrichten. Theresas Mutter und Brüder sind nur Akteure auf einer Bühne in einem Stück, das außer Kontrolle geraten ist. Das Drehbuch wurde zerrissen und weggeworfen; alles ist möglich. Wir versuchen zu verstehen; wir stoßen vor in die Tiefe des Menschenherzens; wir suchen, bis wir krank werden; und wir bleiben leer.

Davon muß Paulus gesprochen haben, als er über das „Geheimnis der Gesetzlosigkeit" geschrieben hat. „Denn schon ist das Geheimnis der Gesetzlosigkeit wirksam" (2 Thess 2,7). Man kann Geheimnisse schwer entschlüsseln; sie sind ein Rätsel. Und Tatsache ist, daß wir umgeben von ungelösten Geheimnissen leben. Warum tun Menschen, was sie tun, und verdecken es dann? Vor ihren Augen befindet sich keine Gottesfurcht.

Ich möchte dir von einem anschaulichen Traum erzählen, den mir der Herr gegeben hat. Ich kann mich für die nächsten Seiten nicht entschuldigen, ich habe die Geschichte geschrieben, wie sie mir erschien, in lebendigen Details. Als die Realität wie ein Messer durchkam, schossen mir Tränen in die Augen. Ich sah ein bestimmtes Bild der Kirche, und jetzt bin ich dafür verantwortlich, es mitzuteilen.

Ich stand in der Eingangstür eines Geschäfts. In der Begrenzung dieser Räume waren ungefähr fünfundzwanzig Angestellte: Männer und Frauen, eine Vielzahl von Menschen, die alle hart arbeiteten; alle führten die von ihnen erwartete Pflicht aus.

In diesem besonderen Geschäft ging es besonders geschäftig zu. Ständig klingelte das Telefon, und ein ständiger Strom von Menschen kam und ging. Alle arbeiteten hingegeben in ihrem Job, als plötzlich die Tür aufgestoßen wurde.

Im Türrahmen stand ein Hüne von Mann, über zwei Meter groß. Er trat ein und stand wie eine Statue am Eingang. Niemand nahm von ihm Notiz.

Ein Blick in seine Augen war, als ob man dem Tode von Angesicht zu Angesicht ins Gesicht starrte. Er sah genau auf mich, aber schreckte nicht zurück. Er wußte, daß ich momentan nur als Zeuge in dem Raum war, unfähig, etwas zu tun. Er sah mich wild an und wußte wo es lang geht. Aus seinem verhärteten Gesicht kam ein gefrorener Blick, der sich für immer in mein Gedächtnis brannte. Er war zornig.

Er stand bewegungslos. Seine feurigen Augen durchwanderten den Raum, als ob er nach bekannten Gesichtern suchte – jemand, den er verbrennen konnte. Dann begann der Horror. Er hob seinen linken Fuß hoch und stampfte damit auf den Boden. Der Fußboden erbebte. Niemand bewegte sich. Ich war schockiert, daß niemand der Angestellten aufmerksam wurde.

Dann hob er den rechten Fuß, stampfte wieder auf den Boden, und wieder erbebte der Boden. Noch immer wurde seine Ankunft nicht wahrgenommen, und die Angestellten führten weiterhin ihre Aufgaben durch.

In seiner linken Hand hielt der Mann einen Papierbeutel. Er griff hinein und zog eine Flasche Whiskey heraus. Er hob das Gefäß über seinen Kopf und begoß sein Gesicht damit. Innerhalb weniger Sekunden war der ganze Kopf vom Schnaps bedeckt. Er füllte seinen Mund, und es lief alles über das Kinn hinunter. Seine Stirn war überschüttet, und offensichtlich war seine Sicht verschwommen, während der brennende Alkohol über seine Augen rann.

Nachdem die Flasche leer war, schüttelte er seinen Kopf gewaltig hin und her, wobei sein langes strähniges Haar von dem Gift durchtränkt in der Luft hin und her flog und den Whiskey überallhin versprühte. Niemand merkte es; niemand bewegte sich.

Dann griff er in seine linke Tasche und holte ein großes silbernes Schlachtermesser heraus. Als er es über seinen Kopf hielt, glänzte die

Klinge. Während seine Augen noch immer den Raum durchwanderten, stieß er einen Schrei aus, der die Luft durchdrang. Dieser Todesschrei erschütterte das Gebäude. Schließlich hatte er die Aufmerksamkeit der Menschen.

Die Angestellten schauten auf, und es war ihnen schrecklich peinlich. Als ob sie paralysiert waren, standen sie bewegungslos in seiner Gegenwart. Er lief zur Frau hinüber, die am nahesten stand, riß sie zu Boden, legte ihr das Messer an die Kehle und schrie: „Wenn sich jemand bewegt, ist sie tot." Dann vergewaltigte er sie.

Der Mann nahm einen Angestellten ins Visier. Dieser war ein Riese von Mann, aber er stand ängstlich wie ein Kind da. Der große Mann ergriff ihn, warf ihn mit dem Gesicht auf den Boden und warnte: „Wenn sich jemand bewegt, schneide ich ihm die Kehle durch." Dann vergewaltigte er ihn. Die anderen Angestellten standen mit niederhängendem Kopf beschämt da.

Dann ging der Mann zur nächsten Frau und vergewaltigte sie. Dann zum nächsten Mann. Dieser Alptraum ging weiter, bis die Hälfte der Menschen mißbraucht war. Die andere Hälfte stand bewegungslos – und weinend da. Das kann doch nicht geschehen! Die Vergewaltigten wälzten sich auf dem Boden und stöhnten wie mißbrauchte Tiere.

Dem Mann war meine Gegenwart vollkommen unbewußt, und so ergriff ich eine Gelegenheit und stahl mich aus dem Raum. Innerhalb weniger Minuten kam ich mit einem Sondereinsatzkommando der lokalen Polizei zurück. Ich werde niemals vergessen, was dann geschah.

Das Geschäft hatte sich in ein Schlachtfeld verwandelt. Auf dem Boden lag ein Dutzend Kriegsopfer. Ein weiteres Dutzend stand apathisch herum. Niemand war tot, aber alle litten. In den Gesichtern konnte man ein tiefes emotionales Trauma erkennen. Die erwachsenen Männer sahen wie verängstigte Kinder aus, die sich eng aneinanderklammerten.

Der Leiter des Sondereinsatzkommandos schrie: „He, Sie da! Hören Sie auf! Legen Sie Ihre Waffe nieder!" Zu meiner Verblüffung schleuderte die Bestie von Mann herum, seine Arme hingen herunter, und sein hitziges Auftreten ließ nach. Die Atmosphäre änderte sich innerhalb von Sekunden. Mit den Händen auf dem Rücken wurden ihm vom Einsatzkommando Handschellen angelegt und er wurde abgeführt. Es gab keinen Kampf, nur völlige Aufgabe. Die gewalttätige Saga war vorbei.

Ich ging zum Einsatzwagen, um noch einmal einen letzten Blick auf den Mann zu werfen, der in dem Leben von so vielen unschuldigen Menschen Schaden angerichtet hatte. Er sah in meine Richtung, und unsere Blicke trafen sich. Dann stieß er ein scheußliches Gelächter aus, als ob er sagen wollte: „Ich hatte meinen Spaß und niemand konnte mich aufhalten. Sieh sie dir doch an. Sie kommen noch nicht einmal vom Boden hoch. Sie bluten und sterben in Schande."

Als ich meiner Frau diesen Traum das erste Mal erzählte, blieb sie bewegungslos. Mein eigener Geist war erschüttert. Ich wußte, daß es eine Deutung geben mußte. Jeri sagte, sie würde beten, und ich ging in meine Gebetskammer, um den Herrn zu suchen.

Ich wollte eine Antwort. Allein an meinem geheimen Platz, wo Gott schon so viele Male zuvor zu mir gesprochen hatte, wartete ich auf die Deutung. Ich hatte einen kleinen Kassettenrecorder mit und betete: „Jesus, ich weiß, daß du gerade gesprochen hast, aber ich verstehe nicht genau, warum. Bitte sprich, Herr. Gib mir die ganze Geschichte. Ich möchte es klar verstehen, damit ich weiß, was dein Geist der Gemeinde sagen will."

Ich erhielt die Antwort. Der Herr sagte: „Steve, das Büro, in dem du dich befunden hast, ist das, was jeder als meine Gemeinde sieht. Du warst in dem Gebäude, um die Szene zu sehen – deshalb hat niemand deine Gegenwart wahrgenommen. Die Aktivität der Angestellten repräsentiert die Geschäftigkeit ihres Dienstes. Jeder ist von seiner eigenen kleinen Welt eingenommen. Es herrscht Monotonie. Sie leben, als ob sie von der Routine des christlichen Lebens hypnotisiert sind. Der große, riesige Mann, der hereinkam, war Satan, der starke Mann."

Dann stellte ich meine Fragen. „Warum durch die Vordertür, Herr? Warum nicht durch die Hintertür? Wir haben immer gelernt, daß der Teufel durch die Hintertür hineinschleicht." Der Herr antwortete: „Er ist durch die Vordertür gekommen und hat seinen Fuß fest innerhalb der Kirche gepflanzt. Im Laufe der Jahrhunderte hat er von innen und von außen gearbeitet. Jetzt ist er drinnen fest verwurzelt." – „Was bedeutete das Aufstampfen der Füße?"

„Als der Klang des Stampfens durch das Gebäude hallte, stand dies für viele große Verwüstungen, die in den letzten Jahren innerhalb der Gemeinde geschehen sind. Der Feind hat viel Lärm gemacht. Das Erbeben, die Gefahr, hätte für alle offensichtlich sein müssen. Und doch hat niemand wirklich darauf geachtet. Niemand hat sich verändert."

Die Geschehnisse klärten sich genauso auf, wie sie in dem Traum auftraten. Die Whiskeyflasche, die über seinem Kopf erhoben war und ausgegossen wurde, stand für das Ausgießen von Schmutz in den letzten Tagen. Das Herumschleudern der giftigen Flüssigkeit repräsentierte die Übersättigung des Bösen. Es wird jeden betreffen. Während die Interpretation weiterging, dachte ich an die Bibelstelle: „... den Ungläubigen, bei denen der Gott dieser Welt den Sinn verblendet hat" (2 Kor 4,4). Seine Flüssigkeit ist allen in die Augen gelaufen! Das Ausgießen des Whiskeys in seine Augen, seinen Mund und über den ganzen Kopf bedeutete, daß das Böse völlig außer Kontrolle ist.

Nur wenige würden verneinen, daß wir im letzten Teil dieses Jahrhunderts das Ausgießen des Bösen erleben, wie die Welt es kaum gesehen hat. Von Satans scheußlichen und widerlichen Grausamkeiten wurde kein Land verschont. Während wir jedoch vom Schmutz überschüttet werden, verneinen wir Gott immer noch.

Das leuchtende, silbrige Schlachtermesser stand für die Bewaffnung Satans. Das Erheben des Messers über seinen Kopf, so daß es alle sehen, zeigt, wie unverfroren der Teufel in vielerlei Hinsicht ist, und doch bemerkt es niemand. Die Gemeinde weiß nicht um seine Tricks!

Er ist als Engel des Lichts hereingeschlichen und schleicht sich wie der Engel des Todes heran. Er kam als Lehrer der Wahrheit hinein und hat unsere Gedanken als Vater der Lügen verdreht. Er hat seinen freundlichen Arm um die Gläubigen gelegt und sie innerhalb von Minuten wie ein Dämon auseinandergeschnitten. Er hat Licht, Lachen und Leben versprochen, aber lieferte Dunkelheit, Depression und den Tod.

Dann der Schrei. Das war der Kreigsschrei des Feindes. Er hatte jede Waffe gezogen. Seiner Armee war befohlen worden zu stehlen, zu töten und zu zerstören. Das ist Krieg!

Aber Herr, was ist mit der Vergewaltigung und Sodomie? Warum solche schrecklichen Akte der sexuellen Perversion? Warum solch ein Schmerz und solch eine Demütigung?

Die Antwort war klar und deutlich: „Die Vergewaltigung ist für eine Frau oder einen Mann das Demütigendste, was passieren kann. Denke doch einmal an die geistlichen Männer, die einmal große Soldaten von mir waren. Auf geistlicher Ebene wurden sie vergewaltigt – auf den Boden geworfen, mit dem Gesicht in den Schmutz, mißbraucht. Unter den Griffen und Drohungen des Feindes schienen sie wehrlos. Sie wurden vollkommen zerstört. Ihr Dienst ist vorbei – sie können noch nicht einmal mehr aufstehen. Viele von ihnen waren von mir auserwählte Diener. Sie haben sein Hineinkommen nicht bemerkt, hörten seinen Kampfesschrei nicht, lebten völlig unbewußt gegenüber seinen Taten. Am Ende fielen sie auf seine täuschenden Manöver rein.

Dann fragte ich nach dem Sondereinsatzkommando.

„Das sind die gerechten Männer und Frauen Gottes. Sie sind was übrigblieb. Sie werden die Trompete von Zion blasen, sie haben ihre Knie nicht vor Baal gebeugt. Sie haben in dem Namen Jesus die Macht über den Feind."

Alles wurde mir so deutlich – kristallklar. Der starke Mann hatte ohne Gegenwehr aufgegeben, weil er wußte, wen dieses Team repräsentierte! „Der, der in euch ist, ist größer als der, welcher in der Welt ist" (1 Joh 4,4). Der Herr hatte ein Volk, das zu kämpfen wußte. Sie erkennen den Feind und nehmen ihn in der Autorität des Namens Gottes gefangen.

Nun laßt uns die Geschichten und den Traum zusammenbringen. Sünder wurden in einem Netz der Bösartigkeit gefangen. Sie versinken im dunklen See der Verdammung. Sie wachen mitten in der Nacht auf, schreien, schnappen nach Luft: „Kann mir irgend jemand helfen, ich ertrinke!" Sie wurden von Lügen verschlungen. Sie haben literweise kontaminiertes Wasser geschluckt. Alles von der traditionellen Religion – mit ihren Regeln, Selbsthilfebüchern und Drei-Schritte-Lösungen – bis hin zu dem Gift, das über die Radiowellen verbreitet wurde, hat die Stärke der Ungläubigen aufgesogen.

Von den Schwimmversuchen erschöpft, beginnen sie, aufzugeben. Es ist zwecklos, und sie sinken zum drittenmal hinunter. Ihre Hände klatschen mit Gewalt auf die Oberfläche, sie versuchen, dadurch etwas mehr Luft zum Atmen zu bekommen. Sie ersticken; alles verschwimmt. Blindheit tritt ein.

Dann, als jegliche Hoffnung aufgegeben wurde, sehen ihre verschwommenen, geröteten Augen ein vorüberziehendes Schiff. Kann es sein? Gott hat ihren Ruf gehört! „Hilfe!" schreien sie. „Wirf einen Rettungsring. Ich sterbe!" Aber sie rufen umsonst.

Kannst du die erstickten Schreie von Sheila hinter der Schranktür hören? Vor ihrer tödlichen Gefangenschaft konnte man in ihrem Gesicht die Spuren der Zerstörung und des Todes, die sie gesehen hatte, erkennen, aber niemand bemerkte es. Lange bevor sie in ihr Grab im Schrank kam, begann sie zu zerfallen.

Traurigerweise, tragischerweise fallen die Schreie aus der Dunkelheit auf taube Ohren. Warum? Weil wir die Heiligen hier finden, wie sie in einem Ozean von Übermäßigkeit hin und her geworfen werden! Ihr Zustand ist schlimmer als der des sinkenden Sünders. Sie sind zum Retten zu krank, wie können sie dann einen Rettungsring werfen? Sie liegen mit dem Gesicht nach unten auf Deck des Kreuzschiffes. Sie können noch nicht einmal aufstehen. Wegen quälender Bauchschmerzen zusammengekrümmt, bitten auch sie um Hilfe. Das höllische Auf und Nieder scheint endlos zu sein.

Sie gerieten in diesen schrecklichen Zustand, weil sie von vergifteten Wasserquellen getrunken haben und das Fleisch der Dämonen gegessen haben. Ihr Leben ist instabil wie Wasser, und von jedem Wind und jeder Welle einer Doktrin werden sie hin und her geworfen. Die Heilgen sind seekrank, vom Lärm betäubt. Sie wollen helfen, aber sie können sich nicht bewegen. Ihr Körper wehrt sich nicht nur gegen die Nahrung, sondern auch gegen den ungöttlichen Ernährer. Schließlich beugen sie sich über die Kante und spucken unverdautes, kontaminiertes Fleisch in den See des Lebens.

Unten befindliche nichtsahnende Ungläubige werden mit dem herunterfallenden Schmutz getroffen. Jene, die nach einem Lebensretter schreien, erhalten statt dessen Erbrochenes.

Wer schreit da drüben um Hilfe? Ist das Frau Cross als Teenager? Die tötende Mutter war einst ein verwirrter Teenager. Sie ruft nach einem Rettungsring, aber niemand hört sie.

Der Geruch von Krankheit hat die Nasenflügel der Ungöttlichen durchdrungen und sie fliehen vor dem Gestank. „Weg hier – und nimm deinen Gott mit! Wenn er das mit dir macht, dann will ich nichts mit ihm zu tun haben!"

Dies ist kein Traum – es ist die Realität. Die meisten Christen sind nicht in der Lage, einem sinkenden Sünder zu helfen, weil sie selbst wie in einem Alptraum hin und her schaukeln und taumeln.

Ich werde an eine inspirierende Unterhaltung erinnert, die ich kürzlich auf einem Flug nach Moskau hatte. Wir sprachen über das Thema Bibelstudium und ich erklärte meine Methode, wie ich das Wort Gottes studiere und wie es für mich lebendig wird.

Völlig unerwartet konterte ein Mann mit seiner snobistischen Aussage: „Sie werden das Wort Gottes niemals verstehen, es sei denn, Sie beherrschen vollständig Griechisch und Hebräisch. Die englische Bibel ist keine genaue Interpretation des Wortes Gottes."

Offensichtlich war dieser Bruder unhöflich, da er sich ohne Einladung in unser Gespräch einmischte. Ich konnte mir nicht helfen –

ich sah ihn angeekelt an. Mein Gedächtnis raste zu den Hunderten von Christen, die ich getroffen habe und die behaupteten, alles zu wissen, aber niemals die Wahrheit erkannt haben. Sie sagen, sie haben die Kraft im Wort Gottes verstanden, aber ich habe niemals gesehen, wie einer von ihnen für jemand um Heilung gebeten hat. Sie sagen, daß sie die fünf Evangelisationstechniken beherrschen, aber persönlich haben sie in vielen Jahren noch niemanden zum Herrn geführt. Sie sind Experten des Gebets, aber beten nicht. Sie behaupten, den Herrn zu kennen, aber scheinen machtlos zu sein, wenn sie mit dämonenbesessenen Menschen konfrontiert sind. Sie verbringen qualvoll ein Leben damit, sich mit jeder Doktrin und Bibelübersetzung zu beschäftigen, wobei doch die ganze Welt gerettet werden könnte, wenn sie Johannes 3,16 in jeglicher Version hört.

Zusammengefaßt müssen wir alle Gottes Ruf beantworten, und wenn wir es tun, müssen wir in Balance bleiben. Mit einem Ohr müssen wir die süße Himmelsmusik hören; mit dem anderen das Klagen aus der Hölle. Während wir anbetend singen: „Ich habe eine Wohnung" dürfen wir nicht vergessen, zu singen: „Komm und geh mit mir zum Hause des Vaters."

William Booth, der Gründer der Heilsarmee, hat es gut zusammengefaßt, als er folgende Anweisung herausgab:

> Pflege deine Leute. Ich meine nicht, daß du die alten Tunichtgut-Mitglieder betrügen, trösten und ermutigen sollst … Nein! Kippe ihre Wiege um! Sorge dafür, daß sie verstehen, daß wahre Göttlichkeit praktisches Gutestun ist, und sie müssen sofort zu Jüngern Jesu werden und in ein Leben der Selbstaufopferung hineinkommen, um Gutes zu tun und um Seelen zu retten, sonst geben sie alle Hoffnung und jeglichen Titel, Christ zu sein, auf.[3]

Für jeden schläfrigen Gläubigen ist es mein Gebet, daß er merkt, wie die Wiege kippt. Wir müssen aufwachen und weinen. Wir müssen durch die Augen des Vaters sehen. Er wird uns von unserem Jammern und Wehklagen entwöhnen. Er wird uns etwas zum Weinen geben.

7. Weinen im Wort

Die Bibel wurde unter Tränen geschrieben und wird ihren besten Schatz den Tränen unterordnen. Dem leichtfertigen Menschen hat Gott nichts zu sagen.

A.W. Tozer

Mark Twain sagte einmal: „Die meisten Menschen sorgen sich um die Schriftstellen, die sie nicht verstehen, mir aber machen die Sorgen, die ich verstehe.“ [1]

Was das Thema Weinen betrifft, ist die Bibel tatsächlich kristallklar. In der Bibel werden mindestens sieben Hauptgründe für das Weinen genannt. Sie enthält mehr als siebenhundert Referenzen über das Weinen, Tränen vergießen und Wehklagen. Weil es so viele Stellen gibt, habe ich dieses Kapitel in sieben Abschnitte unterteilt, wobei sich jedes mit einer Art des Weinens aus der Bibel beschäftigt. Ich glaube, es ist wichtig, diese zu kennen, denn wenn wir die Quelle dieses Trännenbrunnens kennen, können wir die Geheimnisse der Seele enthüllen.

Am Tage seiner Auferstehung stellte Jesus Maria eine sehr präzise Frage. Als er neben ihr am Grab stand, sagte er: „Frau, was weinst du?“ (Joh 20,15). Auch wir müssen es lernen, diese Frage zu stellen, wenn Menschen am Grab einer religiösen Erfahrung weinen. Und wir müssen den Weinenden zuhören und gemäß ihrer tränenreichen Reaktion antworten. Bevor ich die sieben Arten des Weinens, die es in der Bibel gibt, aufliste, möchte ich fünf Gründe festhalten, warum Männer, Frauen und Kinder in unseren evangelistischen Veranstaltungen Tränen vergießen. Es sind folgende fünf Gründe:

1. Die Menschen erfahren eine überwältigende Offenbarung der Schuld an ihrem sündigen Zustand, während dieser durch die Gegenwart von Jesus Christus ans Licht kommt.
2. Während sie ihren himmlischen Vater annehmen, erleben sie überwältigende Freude. Während sie seine sanfte Liebe und Barmherzigkeit, die jegliches Verstehen übersteigt, und das tiefe innere Zeugnis, daß er alles unter Kontrolle hat, erleben, fließen Tränen.
3. Ihre gegenwärtigen Praktiken und ihr Leben im Genuß haben sie zu einem Punkt des völligen Verfalls gebracht, und sie fühlen sich mittellos, am Ende.
4. Sie fühlen eine innere Überführung, daß sie ihr Leben verschwendet haben und den Herrn traurig gemacht haben, und jetzt ist es ihr Wunsch, egal, was es kostet, Dinge zu berichtigen.
5. Sie kommen zu der verheerenden Realisation, daß sie sich eines Tages vor Gericht wiederfinden werden und in die Hölle kommen.

Vom weinenden Krieger bis zum schluchzenden Stoiker haben wir bei unseren Predigten der Wahrheit vor Zuhörern überall auf der Welt alles gesehen. Das tränendurchtränkte Wort Gottes zu predigen, durchdringt den innersten Teil des Menschen und er begreift die Wahrheit über seinen geistlichen Stand. Man sagt, daß das Wort Gottes sein persönlicher Liebesbrief an die Christen ist; ich möchte noch hinzufügen, daß es auch ein tränenreiches Telegramm an den ungeratenen Krieger, ein leidenschaftliches Fax an jene, die versagen oder fallen, ist.

Die feierliche Wahrheit ist, daß wir zum Weinen berufen sind. Der Prophet Jesaja macht diesen Punkt sehr deutlich: „Und an jenem Tag ruft der Herr, der Herr der Heerscharen, zum Weinen und zur Wehklage auf, zum Kahlscheren und zum Umgürteln von Sacktuch. Aber siehe: Wonne und Freude …“ (Jes 22,12).

Der Herr befiehlt uns: „Freut euch mit den sich Freuenden, weint mit den Weinenden“ (Röm 12,15). Es gibt Zeiten, zu denen wir fest wie die Eichen von Bashan stehen und den Mächten der Natur kühn widerstehen sollen. Es gibt aber auch andere Zeiten, wo wir wie die Trauerweiden an den Strömen Babels sein sollen und es unseren Zweigen gestatten sollen, demütig niederzuhängen.

George Gilfillan schreibt in seinem Buch *The Bards of the Bible*

(Die Barden der Bibel) über seine Gedanken zu den unterschiedlichen Arten des Weinens:

> Die Tränen von Paulus bewirkten, was sein Aufbrausen, sein Lernen und seine Logik nicht so schnell hätten tun können. Zwischen den Menschen gibt es große Unterschiede, so auch zwischen Träne und Träne. Die Tränen des Jesaja waren wohl feurig und leuchtend wie ein Regenbogen wie sein Genius; die von David waren wohl mit Blut vermischt; jene von Jeremia müssen zahlreich und sanft wie die einer Frau gewesen sein; jene von Hesekiel wilde und schreckliche Tränen. Und die von Jesus, was können wir sagen, außer daß die Herrlichkeit seiner Größe und die Milde seiner duldsamen Menschlichkeit sich in jedem Tropfen gesammelt haben muß. Die von Paulus waren zweifellos langsam, ruhig und groß, wie sein tiefgründiges Wesen. Ein Paulus, seiner Tränen zu stolz, hätte die Welt niemals auf den Kopf gestellt. Wir müssen die Güte des Herzens bemerken, die unterhalb der sonnengleichen Großartigkeit seines Genius lag.[2]

Weinen in der Bibel

Laßt uns nun die sieben Referenzen zu dem Weinen, die man im Wort findet, untersuchen. Bedenke, daß man gerade am Anfang steht, die Schrift nach diesem Thema zu erforschen.

1. Erinnerung an die guten alten Zeiten

„An den Strömen Babels, da saßen wir und weinten, wenn wir an Zion dachten. An die Pappeln dort hängten wir unsere Zithern. Denn die uns gefangen hielten, forderten dort von uns die Worte eines Liedes, und die uns wehklagen machten, forderten Freude. ‚Singt uns eins der Zionslieder.' Wie sollten wir des Herrn Lied singen auf fremder Erde?" (Ps 137,1-4).

Wir stellen in diesem Abschnitt fest, daß die umgesiedelten Hebräer über die Wunder des Herrn nachdenken. Einst lebten sie fröhlich in der Schönheit ihres Heimatlandes. Sie erinnerten sich, wie sie von der Frucht des Weines nippten, während sie unter dem Schatten eines Baumes ausruhten. Ihre dankbaren Herzen fanden einen Weg zu süßen himmlischen Liedern. Mit ihren Harfen verherrlichten sie Gott und mit ihren Lippen priesen sie ihn. Aber nun hat sich die Tonart verändert. Sie finden sich in einem fremden Land umgeben von Feinden vor. Sie sitzen an den Strömen Babels und werden von ihren Eroberern gebeten, eine Melodie zu singen, aber sie können nicht singen. „Wie können wir das Lied des Herrn in einem fremden Land singen?" antworten sie klagend.

Ich kann mich an viele Unterredungen mit abgefallenen Christen erinnern, bevor ich mich bekehrte. Oftmals, wenn wir uns in einem trunkenen Zustand befanden, tauchte das Thema Christenheit auf. Wir grübelten über die Freuden des „reinen" Lebens nach, während die Abgefallenen weinten. Ich kann mich erinnern, wie sie bei solchen Gelegenheiten oftmals etwas sagten wie: „Ich kann mich daran erinnern, wie es war, mit Frieden im Herzen schlafen zu gehen. Du weißt nicht, wie es ist, mit einem reinen Gewissen zu singen und anzubeten. Rede nicht schlecht über Jesus. Ich habe für ihn gelebt, und es war wunderbar."

Doch bevor der an Sünde erkrankte Heilige Trübsal blies, wechselte ich schnell das Thema und ermutigte ihn, seinen Kummer mit einem weiteren Schluck Bier hinunterzuspülen. Wie hätte ich von ihm erwarten können, dem Herrn ein Lied zu singen, während er das Leben eines Gefangenen lebte?

Eine klassische Geschichte über diesen sündigen Zustand finden wir in 4. Mose 11. Wir lesen hier von der Wanderung der Kinder Israels. Du wirst die Details der Geschichte vielleicht kennen. Inmitten einer unglaublichen Befreiung schien es, als ob die Kinder Israel blind waren. Während sie das Manna vom Boden aufsammelten, stöhnten sie. Nichts konnte sie zufriedenstellen; sie schrien wie Babys, die eine Kolik haben. So entbrannte der Zorn Gottes über sie, und ihr Jammern und Klagen bewirkte, daß sein Feuer vom Himmel fiel.

„Was soll ich tun?" rief Mose, ihr gerechter Führer, aus. „Sie weinen vor mir!" Mose nahm es alles persönlich:

> „Warum hast du an deinem Knecht so schlecht gehandelt, und warum habe ich nicht in deinen Augen Gunst gefunden, daß du die Last dieses ganzen Volkes auf mich legst? Bin ich etwa mit diesem ganzen Volk schwanger gewesen, oder habe etwa ich es geboren, daß du zu mir sagst: ‚Trage es an deiner Brust, wie der

> Wärter den Säugling trägt', in das Land, das du ihren Vätern zugeschworen hast? Woher soll ich Fleisch haben, um es diesem ganzen Volk zu geben? Denn sie weinen vor mir und sagen: ,Gib uns Fleisch, damit wir essen!' Ich allein kann dieses ganze Volk nicht tragen, denn es ist mir zu schwer. Und wenn du so mit mir tust, dann bringe mich doch um, wenn ich in deinen Augen Gunst gefunden habe, damit ich mein Unglück nicht mehr ansehen muß" (4 Mo 11,11-15).

Wie viele treue Diener des Herrn haben im Laufe der Jahrhunderte geschrien wie Mose? Wie viele gottesfürchtige Pastoren haben alles nur Mögliche getan, um ihrer Gemeinde zu helfen, nur um sich selbst im Schlamm und Dreck des Gemurmels der Leute wiederzufinden?

Nun, die Hebräer haben ihr Fleisch bekommen! Anhand der Geschichtsschreibung war die geringste Menge, die von jeder Person gesammelt wurde, zehn Homer, oder über 2000 Kilogramm (V. 32). Ihre Rebellion führte zu Gier, ihre Gier zu Völlerei, ihre Völlerei zum Tod. So ist es heute, wenn wir uns im Verlaufe unseres Leids wie schreiende, plärrende Babys benehmen.

Tod, Verzweiflung und Depression führte die Kinder Israel in Anfälle von Rebellion. Die Wüstensonne hatte ihre Augen geblendet. Sie schrien und beschwerten sich über den verlorenen Lebensstil, den sie in Ägypten hatten. Und so ist es heute bei vielen Christen. Während unserer Versuchung in der Wüste führt uns Satan ein fesselndes Trugbild vor unsere Augen. Wir können deutlich sehen, wie die fleischlichen Jahre vorbeigezogen sind, während er so geschickt das Leid der Sklaverei ausläßt. Wir sind überzeugt, daß das die gute alte Zeit war. Während wir uns nostalgisch zurückerinnern, fließen die Tränen.

Viele von uns stehen an der Kreuzung und bitten um geistliche Unterstützung. Wir brannten für Gott, aber nun sind wir lau. Unser trauriges Erscheinungsbild zeugt von Armut und Verzweiflung, aber unterschwellig ist es Betrug und Trägheit. Was wir wirklich wollen, ist ein schneller Schuß. Wenn unser Pastor vorbeigeht, schütteln wir unseren Blechbecher. Mit Unmut wirft er eine weitere Evangeliumswahrheit hinein und fragt sich, wann dieser arme Bettler aufstehen und arbeiten wird. „Was soll Gott noch mit dir vorhaben?" murmelt er zornig. Er weiß, wir sind Gassenkinder, die selbstgefällig nach Menschen suchen, die uns einen Krümel geben, wo Gott doch ein Fest vorbereitet hat!

Wann werden wir mit dem Jammern aufhören, unsere Babytränen wegwischen und dafür geradestehen? Wann werden wir den Becher fallen lassen und mit Gott weitergehen? All unser Getue sorgt nur für die gleiche väterliche Qualität Gottes, die auf die Kinder Israel fiel. Sie wollten ein Fest und entfachten ein Feuer; ihr Murmeln verwandelte sich in Klagen. Wie der englische Kommentator Matthew Henry bemerkte: „Nicht die Armut, sondern die Unzufriedenheit macht den Menschen unglücklich."

Der Psalmist David klagte vor dem Herrn: „Sei mir gnädig, Herr, denn ich bin in Bedrängnis; vor Gram verfällt mein Auge, meine Seele und mein Leib. Denn im Kummer schwindet mein Leben dahin und meine Jahre in Seufzen; meine Kraft wankt durch meine Schuld, und es verfallen meine Gebeine" (Ps 31,10-11). David wußte, was es bedeutete, sein jetziges Dilemma mit den Freuden der Vergangenheit zu vergleichen. Einst wandelte er in der Freude des Herrn, aber später wälzte er sich in Lasterhaftigkeit. Tränen waren seine Sprache.

Petrus vergoß bittere Tränen, als er die schockierende Realität seiner Sünde erkannte. „Und sogleich krähte zum zweiten Mal der Hahn. Und Petrus gedachte des Wortes, wie Jesus zu ihm gesagt hatte: Ehe der Hahn zweimal kräht, wirst du mich dreimal verleugnen. Und er begann zu weinen" (Mark 14,72). „Ich habe meinen Herrn verraten", klagte er. Er ging fort und weinte bitterlich. Das sind die Tränen, wenn wir uns an das Alte erinnern. Und während dieses rebellischen, abgefallenen Zustands erinnern wir uns an Gott. „Am Tage meiner Drangsal suchte ich den Herrn", bekannte der Psalmist (Ps 77,3).

2. Ein Ort der völligen Erniedrigung

Dies ist das Tal Baca – wortwörtlich „das Tränental" (s. Psalm 84,6). Es ist der Ort der geistlichen Trockenheit, den wir alle durchschreiten müssen. Wahrscheinlich war es eher ein allegorischer Name, der einem Erlebnis gegeben wurde, als ein echter Ort, genau wie das Tal des Todesschattens. Nichtsdestotrotz ist unser Brunnen leer und unsere Zunge ausgetrocknet. Wir sind verzweifelt, suchen nach einer geistlichen Oase: „Glücklich ist der Mensch, dessen Stärke in dir ist, in dessen Herz gebahnte Wege sind! Sie gehen durch das Tränental und machen es zu einem Quellort. Ja, mit Segnungen bedeckt es den Frühregen" (Ps 84,6-7).

Dies ist der Ort, an dem sich unser geistliches Leben in völligem Verfall befindet. Es ist dann, wenn wir am Boden kratzen; wenn der Druck der Welt uns von allen Seiten niederdrückt; wenn die Schmerzen des Dienstes auf mich einstürzen; wenn Gott sich nicht bewegt, wird nichts mehr bewegt.

Es ist ein tiefer Schrei, emotional, verzweifelt und ernst gemeint. Er ist motiviert von dem tiefen inneren Glauben an Jesus, egal, wie die Umstände sein mögen. „Jesus, hilf mir! Hebe mich hoch!" Tränen fließen wie ein Strom. „Lieber Herr, wenn du dich nicht herabneigst und mich aufhebst, ist es vorbei." Es ist der Schrei eines Menschen in Schmerzen, das Stöhnen des ermatteten Pilgers, die Anstrengung einer sinkenden Seele. Es ist der Schrei nach Leben!

Mary (dies ist nicht ihr echter Name), eine Bekannte, wuchs in einem gewalttätigen, alkoholkonsumierenden Zuhause auf. Sie kann sich an Zeiten solcher geistlichen Verkommenheit erinnern. „Ich hatte all meine Hoffnung, Selbstachtung und Ambition verloren", bestätigt sie. „Bitterkeit und Zorn wuchsen in mir heran, während die Monate zu Jahren wurden. In diesem rebellischen Zustand nahm mich mein Ehemann mit zur Kirche. Während des ganzen Gottesdienstes weinte ich und konnte nicht erklären, warum. Meine Augen wurden durch die Tränen getrübt und bedeckten mein Gesicht. Dort begann Gott mit der Heilung der Wunden und damit, mich freizusetzen."

Die meisten von uns erinnern sich an David, wenn wir von tränenreicher Buße sprechen. Er schreibt: „Müde bin ich durch mein Seufzen; die ganze Nacht schwemme ich mein Bett, mache mit meinen Tränen mein Lager zerfließen. Geschwächt vom Gram ist mein Auge, gealtert wegen all meiner Dränger. Weicht von mir, alle ihr Übeltäter; denn der Herr hat die Stimme meines Weinens gehört" (Ps 6,7-9).

Dies sind die Zeiten gesalzener Tränendiät. Der Psalmist sagt: „Meine Tränen sind mein Brot geworden Tag und Nacht" (Ps 42,4). Tatsächlich sind die Tränen das Brot des Klagenden.

Solche sanften Zeiten des Beisammenseins mit Jesus werden oft mit Tränen der Buße überflutet. Diesen folgen dann die Tränen der Begeisterung und dann Tränen der Freude. Der Tränenstrom fließt von Mose bis zur Offenbarung, und manchmal schwillt er zu einem mächtigen Strom an.

Im Psalm 107 hören wir, wie Gottes Volk sein Schicksal beklagt und nach dem Herrn um Rettung ruft. Die Worte sind denen des Patriarchen Hiob ähnlich: „Mein Gesicht glüht vom Weinen, und auf meinen Wimpern liegt der Schatten des Todes, obwohl keine Gewalttat an meinen Händen klebt und mein Gebet lauter ist" (Hiob 16,16-17).

Als Hiob diese Worte sprach, befand er sich im Tal des Todesschattens. Und auch hier finden wir Hosea, wie er weint und den Herrn bittet: „Er weinte und flehte ihn um Gnade an" (Hos 12,5).

Die Prophetin Hulda spricht jenen, die sich in völligem Verfall befinden, Trost zu: „Weil dein Herz weich geworden ist und du dich vor Gott gedemütigt hast, als du seine Worte über diesen Ort und über seine Bewohner hörtest, und weil du dich vor mir gedemütigt und deine Kleider zerrissen und vor mir geweint hast, darum habe auch ich es gehört, spricht der Herr" (2 Chr 34,27).

3. Wenn der Feind triumphiert hat

„Wenn ihr aber nicht hört, wird meine Seele im Verborgenen weinen wegen eures Hochmuts. Und bitter weinen wird mein Auge und von Tränen fließen, weil die Herde des Herrn gefangen weggeführt wird" (Jer 13,17).

In diesen Zeiten ist das Kommando des Herrn klar: „Wacht auf, ihr Betrunkenen, und weint! Heult, ihr Weinsäufer alle, über den Most, denn er ist weggerissen von eurem Mund" (Joel 1,5).

„Darüber muß ich weinen, mein Auge, mein Auge zerfließt von Wasser. Denn ein Tröster, der meine Seele erquicken könnte, ist fern von mir. Meine Söhne sind vereinsamt, denn der Feind hat die Oberhand" (Klagel 1,16).

Niemand verliert gern. Kürzlich sprach ich vor einer Gruppe christlicher Athleten in einer Highschool in Ohio. Der Herr hatte mir das Thema „Wir verlieren" aufs Herz gelegt. An dieser Highschool gab es mehr als zweitausend Schüler, und nur ein kleiner Prozentsatz war gläubig. Einige der christlichen Athleten waren bei dieser Veranstaltung am Boden zerstört, als sie hörten, daß das Siegesteam von Gott an der Seitenlinie saß und der Feind üppig auf dem Feld wucherte. „Wo ist die Armee Gottes?" fragte ich. „Wo ist unser mächtiger Gott? Wer stürmt die Pforten der Hölle?"

Die Zerbrochenheit, die dann folgte, führte viele dieser jungen Soldaten an die Frontlinie im Kampf. Einer bezeugte später die erstaunlichen Siege, als er begann, seinen Freunden das Evangelium mitzuteilen.

Die Bibel sagt: „Da zogen alle Söhne Israel und das ganze Volk hinauf und kamen nach Bethel. Und sie weinten und saßen dort vor dem Herrn und fasteten an jenem Tag bis zum Abend; und sie opferten Brandopfer und Heilopfer vor dem Herrn" (Ri 20,26). Bethel steht für das Haus Gottes, wo Gott wohnt. In den Zeiten der scheinbaren Niederlage müssen wir nahe zu Gott rücken; wir müssen voranpressen. Unser Tränenfluß muß uns zum Hafen seines Willens führen.

So wie David, als er auf die von den Amalektitern zurückgelassene Zerstörung blickte, müssen auch wir unsere Stimmen erheben und weinen, bis wir nicht mehr weinen können (s. 1 Sam 30,1-8). Nachdem wir uns ausgeweint haben, müssen wir aufstehen und kämpfen. Wir müssen unsere Prioritäten auf die höheren Dinge setzen. Gottes Ziele müssen zu unseren Zielen werden. Unser Besitz muß zu Werkzeugen werden, nicht zu Fallen. Und am meisten müssen seine Wünsche zu unseren werden.

Nehemia wurde bewegt, über die Zerstörung Jerusalems zu klagen. „Und sie sagten zu mir: die Übriggebliebenen, die von den Gefangenen dort von der Provinz übriggeblieben sind, leben in großem Unglück und in Schmach. Und die Mauer von Jerusalem ist niedergerissen, und seine Tore sind mit Feuer verbrannt" (Neh 1,3). Nehemia reagierte auf die tragischen Neuigkeiten richtig: „Und es geschah, als ich diese Worte hörte, setzte ich mich hin, weinte und trauerte tagelang. Und ich fastete und betete vor dem Gott des Himmels" (Vers 4).

Es gibt eine Zeit zum Weinen, genau wie es eine Zeit zum Lachen gibt. Oftmals hören wir heute die Proklamation von Nehemia: „Die Kirche hat einen schlechten Ruf bekommen! Viele Schutzmauern sind eingestürzt und die Feuer der Hölle wüten drinnen!" Es gibt Zeiten, vor Gott zusammenzubrechen und die Zerstörung des Landes zu beklagen. „Darum beweine ich, wie Jaser weint, den Weinstock von Sibma, mit meinen Tränen tränke ich dich satt, Heschbon und Elale. Denn über dein Sommerobst und über deinen Ernteertrag ist das Jauchzen der Feinde gefallen" (Jes 16,9).

„Mehr als über Jaser weine ich über dich, du Weinstock von Sibma. Deine Ranken gingen über das Meer, sie reichten bis zum Meer von Jaser. Über dein Sommerobst und deinen Ernteertrag ist der Verwüster hergefallen" (Jer 48,32). „Siehe, ihre Helden schreien draußen, die Friedensboten weinen bitterlich" (Jes 33,7).

Wir müssen uns mit Tränen zu Gott zurückwenden! Während wir auf die Lieblichkeit Christi sehen – während wir über seine Schönheit, sein Ziel, seinen Plan meditieren – müssen wir es wie der Psalmist tun und über all seine wunderbaren Taten in der Vergangenheit (s. Ps 77,11-12) nachgrübeln. Und die Dinge dieser Erde – die Fallen, die Ketten, die Bindungen – werden alle wegfallen.

Je weiter wir von Christus entfernt sind, desto irdischer werden wir und wir beginnen, den Lebenskampf zu verlieren. Statt Pilger auf der Durchreise zu sein, pflanzen wir uns tief in den Boden dieser gegenwärtigen Welt. Unsere Neigungen, Ziele und Wünsche sind irdisch geformt und auf die Erde ausgerichtet. Wir binden uns an eine vorbeiziehende Realität. Bald erkennen wir, so wie der verlorene Sohn, daß es alles nur eine Täuschung ist. In dieser Welt gibt es nichts, das man ergreifen könnte, nichts Ewiges – alles ist leer.

Wir erinnern uns genau an die Unschuld unserer ersten Tage mit Jesus. Es war eine Zeit, in der alles egal war, außer der Einfachheit, heilig zu leben und Menschen für ihn zu gewinnen. Denn, sind dies nicht die zwei wichtigsten Dinge? Fällt nicht alles unter diese beiden Kategorien? Aber, wie haben wir unser Leben beschwerlich gemacht!

„Kehre um zu Gott!" schreien die Propheten. „Darum sage ich: Schau weg von mir! Bitterlich weinen muß ich. Dringe nicht darauf, mich zu trösten über die Verwüstung der Tochter meines Volkes!" (Jes 22,4). Jesaja weinte: „Wisch mir nicht die Tränen weg, sieh nicht einmal in meine Richtung. Weine, jammere, schreie selbst zum Herrn über die furchtbare Zerstörung der Sünde. Sieh, was wir mit unserem Leben getan haben!" Was für eine tiefe Sorge, was für eine Mühsal. „O daß mein Haupt Wasser wäre und mein Auge eine Tränenquelle, dann wollte ich Tag und Nacht die Erschlagenen der Tochter meines Volkes beweinen!" (Jer 8,23).

> Der Prophet Joel gesellt sich zu diesem Tränenchor, indem er jeden Diener ermahnt, vor dem Herrn auf sein Gesicht zu fallen: „Die Priester, die Diener des Herrn, sollen weinen zwischen Vorhalle und Altar und sagen: Herr, blicke mitleidig auf dein Volk und gib nicht dein Erbteil der Verhöhnung preis, so daß die Nationen über sie spotten! Wozu soll man unter den Völkern sagen: Wo ist ihr Gott?" (Joel 2,17).

All unser Weinen muß Gott zu einer Antwort bewegen. Wir wollen, daß Gott antwortet, indem er zur Tat schreitet.

> „Und während Esra betete und, weinend vor dem Haus Gottes daliegend, die Schuld bekannte, versammelte sich um ihn eine sehr zahlreiche Versammlung aus Israel, Männer und Frauen und Kinder, denn auch das Volk weinte unter vielen Tränen. Und Schechanja, der Sohn Jehiels, von den Söhnen Elam, fing an und sagte zu Esra: Wir, ja wir haben treulos an unserem Gott gehandelt und haben ausländische Frauen von der Bevölkerung des Landes geheiratet. Doch jetzt gibt es noch Hoffnung für Israel in dieser Sache“ (Esra 10,1-2).

Der Zerbruch muß von seiten des Volkes Gottes zur Tat führen. Der Befehl von Esra klingt durch die Zeitalter: „Steh auf, denn dir obliegt die Sache! Wir aber werden mit dir sein. Sei stark und handle!“ (Esra 10,4).

4. Als der Herr weinte

Was bewegt einen König zu weinen? Was tun wir, daß wir im Gesicht des Vaters Tränen hervorrufen? Benjamin Beddome schrieb:

> O Sünder, weinte Christus
> und sollten unsere Wangen trocken bleiben?
> Laß Fluten reinigenden Kummers
> aus jedem Auge quellen.
>
> Den Sohn Gottes mit Tränen
> sehen die staunenden Engel!
> Sei du erstaunt, o meine Seele:
> Er hat diese Tränen für dich vergossen.

In der Bibel gibt es drei Begebenheiten, zu denen festgehalten wurde, daß die Emotionen des Herrn durch seine Tränen offensichtlich wurden. An die man sich am meisten erinnern kann, ist als der kürzeste Vers in der Bibel bekannt: Es ging um den Tod seines Freundes Lazarus: „Jesus weinte“ (wortwörtlich, vergoß Tränen; Joh 11,35).

Daß er seine Gefühle so offen zur Schau stellte, veranlaßte die ihn Umgebenden zu folgendem Ausruf: „Siehe, wie lieb hat er ihn gehabt.“

Es ist wichtig, daß wir den Vers im Kontext lesen. Denn der vorherige Vers sagt uns, warum Jesus weinte. „Als nun Jesus sie weinen sah und die Juden weinen, die mit ihr gekommen waren, wurde er im Geist erzürnt und wurde erschüttert“ (Vers 33).

Interessant ist festzustellen, daß Jesus zur Witwe von Nain bei der Beerdigung ihres einzigen Sohnes sagte: „Weine nicht!“ (Luk 7,13). Und zu den hinterbliebenen Töchtern des Jairus sagte er: „Was lärmt und weint ihr?“ (Mark 5,39). Und doch sehen wir hier, daß Jesus klagte und über den Tod seiner guten Freundes Tränen vergoß. Dies ist für uns ein Bild von der tiefen Menschlichkeit unseres Erlösers. Er fühlte jede Emotion und erlebte persönlich die Tiefe jedes irdischen Prozesses.

Bei einer anderen Gelegenheit – nach seinem triumphalen Einzug in Jerusalem – stand er auf dem Berg und weinte über die bevorstehende Zerstörung der Stadt. Was motivierte den Sohn Gottes, über Jerusalem zu klagen?

In Lukas 19, 41 heißt es, daß Jesus die Stadt sah und über sie weinte. Im Originaltext heißt es „laute Schreie“.[4] Sein Klagen wurde belohnt. Verstehst du, Jesus sah alles mit den Augen der Ewigkeit. Sein Erbarmen wurde mit ewigen Tränen vermischt, und wenn der Herr weinte, dann schritt er immer zur Tat.

Wo immer wir das Wort Mitgefühl erwähnt finden, denken die meisten von uns an das gegenwärtige Elend der Menschen – das Leiden der Menschen; die Agonie des Überlebens auf diesem Planeten; den Mangel an Nahrung, Kleidung und Schutz; die ungerechte Verteilung der Weltgüter; den Bettler an den Pforten des reichen Mannes; das verhungernde Kind, das die letzten Krümel in seiner Schüssel zusammenkratzt; die Obdachlosen in einer kalten Winternacht unter einer Brücke, um ein loderndes Feuer versammelt; der weggelaufene Teenager, der auf seinem Weg weint.

Obwohl diese Bedürfnisse meistenteils legitim sind, gibt es mehr, worüber man weinen kann – viel, viel mehr. Jesus sah weit über die gegenwärtigen Schwierigkeiten hinaus. Unsere gegenwärtigen Zustände haben mit dem Zeitlichen zu tun, nicht dem Ewigen. Obwohl das eine in das andere überfließt, hat das letztere eine unausdrückliche Wichtigkeit. Denn, was nützt es einem Menschen, wenn er die ganze Welt gewinnt, aber seine eigene Seele verliert? Was nützt es einem Menschen, wenn er ein zweites Paar Schuhe erhält, um auf dieser Erde zu wandeln, wenn er in einem Augenblick nackt und barfuß vor Gericht steht? Wie sinnvoll ist es, den Bauch zu füllen, wenn sein Herz leer ist? Warum sollen wir den Menschen vor den Listen der gegenwärtigen Zeit schützen, wenn alle Dämonen der Hölle seine ungeschützte Seele durchdringen? Wir geben Milliarden aus, um uns vor den äußerlichen Raubtieren zu schützen, während wir die innerlichen vergessen!

Wahres Erbarmen hat die Ewigkeit im Brennpunkt. Jesu Tränen waren nicht wie die von Hiskia, als der König über seine tödliche Krankheit weinte (2 Kö 20,1-3) – das waren zeitliche Tränen. Die Tränen des Herrn hatten mit der Ewigkeit zu tun, denn er sieht die Zukunft. Er wußte, daß genau jene, die ihn heute preisen, jene sein würden, die morgen ausrufen: „Kreuzige ihn!"

Jesus weinte ewige Tränen über Jerusalem. Als er von dem erhobenen Berghügel auf Jerusalem sah, überwältigte ihn die Szene. Er wußte, daß er bald von einem anderen Hügel herabschauen würde, Golgatha. Gedanken durchfluteten seinen Verstand. Er stand am Rande der Stadt, die im Laufe einer Generation durch Krieg zerstört werden würde. Er sah, wie die zehnte römische Legion einmarschierte, ihr Lager aufschlug und die Stadt in Schutt und Asche legen würde. So wie er die Zukunft kannte, war sein Herz mit unsagbarer Traurigkeit angefüllt. Tief in ihm stiegen die Tränen auf. Jerusalem war verloren – die in der Dunkelheit wiesen wieder das Licht ab.

In diesem gedanklichen Rahmen sagte er zu den weinenden Frauen auf dem Weg nach Golgatha: „Töchter Jerusalems, weint nicht über mich, sondern weint über euch selbst und über eure Kinder! (Luk 23,28). Er wußte um die Zukunft – sichere Zerstörung – und konnte seinen Schmerz nicht länger zurückhalten. Seine Menschlichkeit war tief bewegt. Als er die Zerstörung sah, schossen ihm die Tränen in die Augen. Die Mauern fielen; Männer und Frauen wurden dahingeschlachtet; ihre Häuser geplündert; alles, was verdient worden war, war verloren. Was nützt es einem Menschen?

So wie Jesus seine Augen auf die Ewigkeit richtete, sollten wir auf unserer Pilgerreise sein. Jede Person, die wir treffen, jeder Becher Wasser, den wir geben, jedes Korn, das wir verteilen, sollte direkt mit der Seele dieser Person verbunden sein.

Das dritte Mal werden Tränen von Jesus in Hebräer 5,7 erwähnt: „Der hat in den Tagen seines Fleisches sowohl Bitten als auch Flehen mit starkem Geschrei und Tränen dem dargebracht, der ihn aus dem Tod erretten kann." Unsere Gedanken rasen nach Gethsemane, wenn wir an diesen Teil der Schrift denken, aber ich denke, es hatte mehr mit dem ganzen Leben Jesu zu tun. Ich kann mir vorstellen, daß er in seiner stillen Zeit mit dem Vater im Geheimen geschluchzt hat. Zu diesen gesegneten Zeiten kam die Menschlichkeit von Gottes einzigem Sohn an die Oberfläche: Er war ein Mann der Schmerzen, mit Leiden vertraut. Er wußte, daß der einzige Trost darin zu finden war, die Füße seines himmlischen Vaters in Tränen zu baden.

5. Emotionen, die aus tiefer Sorge, Lobpreis oder Gebet herrühren

Höre auf Jesaja: „Wie eine Schwalbe, wie eine Drossel, so zwitscherte ich, ich gurrte wie eine Taube. Verschmachtend blickten meine Augen zur Höhe: O Herr, ich bin in Bedrängnis!" (Jes 38,14).

Rahel schließt sich diesem weinenden Chor an: „Eine Stimme ist in Rama gehört worden, Weinen und viel Wehklagen: Rahel beweint ihre Kinder, und sie wollte sich nicht trösten lassen, weil sie nicht mehr sind" (Matt 2,18).

Die Harmonie geht in den Psalmen weiter: „Herr, höre mein Gebet, laß zu dir kommen mein Schreien! ... Denn Asche esse ich wie Brot, meinen Trank vermische ich mit Tränen" (Ps 102,1+10).

Tatsächlich fließen die emotionalen Tränen durch die Jahrhunderte zusammen und formen einen mächtigen Fluß zum Himmel hin. Wir finden die Tränen von Joseph, als er seine Brüder trifft: „Und Joseph eilte hinaus, denn sein Innerstes wurde erregt über seine Brüder, und er suchte einen Ort, zu weinen" (1 Mo 43,30).

Wir finden die Tränen von Paulus, die er für seine geliebten Kinder in Philippus vergoß: „Denn viele wandeln, von denen ich euch oft gesagt habe, nun aber auch mit Weinen sage, daß die die Feinde des Kreuzes Christi sind" (Phil 3,18).

Und wiederum vergießt Paulus Tränen über seine Kinder in Korinth: „Denn aus viel Drangsal und Herzensangst schrieb ich euch mit vielen Tränen, nicht damit ihr traurig gemacht würdet, sondern damit ihr die Liebe erkennen möchtet, die ich besonders zu euch habe" (2 Kor 2,4). Auch verabschiedet er sich von den gläubigen in Ephesus: „Darum wacht und denkt daran, daß ich drei Jahre lang Nacht und Tag nicht aufgehört habe, einen jeden unter Tränen zu ermahnen" (Apg 20,31). Ja, Paulus hat geweint.

Höre doch auf Maria am Grab ihres Herrn: „Maria aber stand

draußen bei der Gruft und weinte … Jesus spricht zu ihr: Frau, was weinst du? Wen suchst du?“ (Joh 20,11;15).

Dann die Handlung von der lieben Frau, die Füße in Tränen zu baden, um so ihr dankbares Herz auszudrücken: „… trat von hinten an seine Füße heran, weinte und fing an, seine Füße mit Tränen zu benetzen, und trocknete sie mit den Haaren ihres Hauptes. Dann küßte sie seine Füße und salbte sie mit dem Salböl“ (Luk 7,38).

Wieder einmal taucht Paulus auf, wenn es um Tränen geht – nur diesmal weinen seine Anhänger. In Ketten und auf seinem Weg zu einer unsicheren endgültigen Bestimmung sagt Paulus: „Was macht ihr, daß ihr weint und mir das Herz brecht? Denn ich bin bereit, nicht allein gebunden zu werden, sondern auch in Jerusalem für den Namen des Herrn Jesus zu sterben. Als er sich aber nicht überreden ließ, schwiegen wir und sprachen: Der Wille des Herrn geschehe!“ (Apg 21,13-14).

Kannst du dir die Szene beim Tode Aarons und dann wiederum bei der Beerdigung von Mose vorstellen? Die Bibel sagt: „Das ganze Haus Israel beweinte den Aaron dreißig Tage lang“ (4 Mo 20,29). „Und die Söhne Israel beweinten Mose in den Ebenen Moabs dreißig Tage lang; dann waren die Tage des Weinens der Trauer um Mose zu Ende“ (5 Mo 34,8).

Im Wort finden wir auch, daß Elkana, der Ehemann von Hanna, auf die Tränen seiner Frau antwortete: „Hanna, warum weinst du? Und warum ißt du nicht? Und warum ist dein Herz betrübt? Bin ich dir nicht mehr wert als zehn Söhne? … Und sie war in ihrer Seele verbittert, und sie betete zum Herrn und weinte sehr (1 Sam 1,8;10). Wir kennen das Ende der Geschichte: Ihr tiefes Klagen wurde durch die Geburt ihres Sohnes Samuel in Freudentanz verwandelt.

Als sich die Familie wiedervereinte, wurden bei Jakob und Esau Tränen vergossen. „Esau aber lief ihm entgegen, umarmte ihn und fiel ihm um den Hals und küßte ihn; und sie weinten“ (1 Mo 33,4).

Die Bibel registriert auch großes emotionales Weinen beim Lesen des Wortes Gottes: „Denn das ganze Volk weinte, als es die Worte des Gesetzes hörte“ (Neh 8,9).

Die Witwe von Nain wird vorgefunden, wie sie am Sarg ihres einzigen Sohnes weint. Dann stellt sich Christus zu ihr - der wahre Tröster ist angekommen. Für andere sahen die Tränen wie ein normaler Ausdruck von Trauer aus. Aber für Jesus sprachen sie von sehr viel tieferem Schmerz und Elend. Vielleicht dachte er daran, was seine eigene Mutter bald am Tage seines Todes durchleben müßte. Vielleicht erinnerte er sich an das Buch Jeremia: „Trauere wie um den einzigen Sohn! Stimme bittere Klage an! Denn plötzlich wird der Verwüster über uns kommen“ (Jer 6,26).

Oder vielleicht sah er, wie die arme Frau versuchte, im Schweiße ihres Angesichts irgendwie zurechtzukommen, da ihr einziger Sohn gestorben war. Vielleicht erinnerte sich sein Herz an Sacharja, als er von der „Wehklage von Hadad-Rimmon“ sprach: „Und sie werden auf mich blicken, den sie durchbohrt haben, und werden über ihn wehklagen, wie man über den einzigen Sohn wehklagt, und werden bitter über ihn weinen, wie man bitter über den Erstgeborenen weint. An jenem Tag wird die Wehklage in Jerusalem groß sein wie die Wehklage von Hadad-Rimmon in der Ebene von Meggido“ (Sach 12,10-11). Als Jesus auf ihre Tränen blickte, dachte er vielleicht an den Tod von König Josiah vor über sechshundert Jahren und an die nationale Trauer über ihn.

In einem Augenblick wurde er von dem Wunsch überwältigt, „das Leiden zu beenden“. Wieder einmal bewegt ihn sein Erbarmen zur Tat. Ihr Schmerz wurde bald durch die Wiederauferstehung ihres einzigen Sohnes gestillt – eine mächtige Erfüllung des heiligen Mandats, mit jenen zu weinen, die weinen.

6. Weinen und Zähneknirschen

Jesus sprach von der unauslöschlichen Flamme, dem nicht sterbenden Wurm, in ewiger Unvergebenheit, von Leib und Seele in der Hölle und dem Weinen und Zähneknirschen. All dies waren seine Versuche, Angst vor der ewigen Verdammnis zu schüren. Das Weinen und Zähneknirschen stellt besonders den harten Zorn verbunden mit Leid heraus. Die Kraft dieser Warnung – das ewige Zähneknirschen und unaufhörliche Weinen – sollte die Hörer von diesem schrecklichen Ende abwenden. Interessant, daß ein Teil der himmlischen Belohnung darin besteht, daß es kein Weinen mehr gibt, wohingegen ein Teil des Fluches in der Hölle ewiges Weinen sein wird.

Beachte doch einmal diese Worte von John Bunyan:

O verfluchter Mensch! Dies ist dein Schicksal;
der Tag der Gnade ist vorbei;
die Buße kommt jetzt zu spät.
Die Barmherzigkeit ist geflohen und fort.

Dein Stöhnen und Weinen
hätte ich eher in meinen Ohren hören sollen,
als du Gnade gehabt hättest
oder ich deine Tränen bemerkt hätte.

Du hast mich mit deiner Sünde beleidigt,
die Anweisungen hast du nicht beachtet.
du hast gegen mein Gesetz gesündigt,
und die Gerechtigkeit soll jetzt ihr Recht bekommen.

Ich gab meinen Sohn, damit dir Gutes widerfährt,
ich gab dir Raum und Zeit, mit ihm Frieden zu schließen,
dem du widerstanden hast
und dich mit der Hölle verbündet hast.

Jetzt wird Gerechtigkeit gegen dich gesprochen,
die du nicht beschwichtigen kannst;
das ewige Gericht holt dich ein,
entweder vom Leben oder der Bequemlichkeit.

Folglich kommt er zu diesem Ort
und möge stöhnen und seufzen und weinen,
doch die Sünde hat diesen Ort zu seinem Heim gemacht,
und dort wird er bleiben.

7. Wenn Gott all unsere Tränen hier auf Erden wegwischt und wenn das Weinen im Himmel für immer aufhört

Hast du jemals geweint, wenn du das Wort Gottes gehört hast? Bei manchen von uns hätte nichts den Tränenfluß aufhalten können, während das Wort Gottes unsere Herzen durchdrang.

Aber es gibt eine Zeit zum Weinen und eine Zeit zum Lachen. Wieder einmal sollten wir über die emotionale Szene aus dem Buch Nehemia nachdenken:

> „Und Nehemia, das ist der Tirschata, und der Priester Esra, der Schriftgelehrte, und die Leviten, die das Volk belehrten, sagten zum ganzen Volk: Dieser Tag ist dem Herrn, eurem Gott, heilig!

> Seid nicht traurig und weint nicht! Denn das ganze Volk weinte, als es die Worte des Gesetzes hörte. Und er sagte weiter zu ihnen: Geht hin, eßt fette Speisen und trinkt süße Getränke und sendet dem Anteile, für den nicht zubereitet ist! Denn der Tag ist unserem Herrn heilig. Und seid nicht bekümmert, denn die Freude am Herrn, sie ist euer Schutz!" (Neh 8,9-10).

Wir können uns freuen – denn es kommt eine Zeit der Wiederherstellung! Gott wird alle Tränen fortwischen.

> „Ja, du Volk aus Zion, das in Jerusalem wohnt, du wirst nicht mehr weinen! Er wird dir gewiß Gnade erweisen auf die Stimme deines Hilfegeschreis. Sobald er hört, wird er dir antworten. Und hat der Herr euch auch Brot der Not und Wasser der Bedrängnis gegeben, so wird dein Lehrer sich nicht mehr verbergen, sondern deine Augen werden deinen Lehrer sehen. Und wenn ihr zur Rechten oder wenn ihr zur Linken abbiegt, werden deine Ohren ein Wort hinter dir her hören: Dies ist der Weg, den geht!" (Jes 30,19-21).

„Und er wird jede Träne von ihren Augen abwischen, und der Tod wird nicht mehr sein, noch Trauer, noch Geschrei, noch Schmerz wird mehr sein; denn das Erste ist vergangen" (Offb 21,4).

„Ich werde alle Tränen von ihren Augen abwischen." Er spricht nicht von sinnlosem Jammern oder selbstsüchtigem Trauern, weil das Leben nicht so ist, wie wir es uns vorstellen, nicht von dem eklatanten Zanken in den Kirchen über die Teppichfarbe oder die Größe der Stühle. Er wischt nicht die Tränen der schmollenden Heiligen ab. Nein, die Tränen, von denen hier gesprochen wird, sind legitime, göttliche Tränen – Tränen, die von menschlichem Leid herrühren. Interessanterweise kann bemerkt werden, daß Johannes weinte, als er in den Himmel entrückt wurde, weil niemand gefunden wurde, der das Buch öffnen konnte:

> „Und ich sah in der Rechten dessen, der auf dem Thron saß, ein Buch, innen und auf der Rückseite beschrieben, mit sieben Siegeln versiegelt. Und ich sah einen starken Engel, der mit lauter Stimme ausrief: Wer ist würdig, das Buch zu öffnen und seine

> Siegel zu brechen? Und niemand in den Himmeln, noch auf der Erde konnte das Buch öffnen noch es anblicken. Und ich weinte sehr, weil niemand würdig erfunden wurde, das Buch zu öffnen noch es anzublicken“ (Offb 5,1-4).

Solch eine Offenbarung erstaunt mich; die Tatsache, daß niemand gefunden werden konnte, um das Buch zu öffnen, ist für mich ein Geheimnis. Was ist mit den treuen Märtyrern? Was mit denen, die in diesem Jahrhundert überall auf der Welt um der Sache Christi willen gestorben sind? Was mit den menschlichen Fackeln, die des Nachts Neros Garten beleuchteten? Sicherlich ist doch ihr Leid, ihr Schmerz, ihre Agonie als süßer Wohlgeruch zum Himmel aufgestiegen und gab ihnen das Recht, das Buch zu öffnen.

Laßt uns eine Heilige einmal näher betrachten: ein wunderschönes Kind voller Glauben mit Namen Susanna. Sie ist sechs Jahre alt. Ihr Name bedeutet Lilie, und sie ist so kostbar wie eine frische Morgenblume – blondes Haar, blaue Augen, und sie liebt Jesus.

Wir schreiben das Jahr 404 n. Chr., und Susannas ganze Familie wurde auserwählt, den boshaften römischen Herrscher und eine Schar von Heiden zu unterhalten. Innerhalb weniger Minuten werden Mami, Papi, der kleine Jeremia und Susanna tot sein.

Man hat der Familie die Möglichkeit gegeben, ihrem Glauben an Christus abzusagen. „Verneint ihn und lebt“, wurde ihnen gesagt.

„Unmöglich“, antworten sie demütig. „er bedeutet uns alles.“

„Dann werdet ihr als Narren sterben. Beweist uns, wieviel euch die Liebe zu eurem Jesus bedeutet!“ Susanna ist die erste. Zwei kräftige Soldaten ergreifen hastig ihre schmalen Arme und führen sie eilig fort. In einem kalten, schmuddeligen Raum wird ihr ein stinkendes Lammfell auf die Kleidung genäht. Von weitem sieht sie wie ein ängstliches kleines Tier aus. Sieht man näher hin, hat sie mehr Angst, als man in Worten ausdrücken kann. Dann wird sie in die Arena geführt. Die Menschenmenge johlt als Bestätigung.

Wer kann die sich vor einem abspielende Szene ertragen? Dort steht sie in einem riesigen Stadion, ganz allein. Ihre Eltern wenden den Kopf weg vom Horror. Tausende beobachten in irdischer Zustimmung von unten, während von oben eine himmlische Schar zusieht. Oben wartet man auf ihre Ankunft im Himmel.

Die hungernden Löwen werden freigelassen. Die ausgehungerten Bestien haben seit zwei Tagen nichts gefressen. Innerhalb von

Sekunden entdecken sie ihre Beute. Plötzlich, wie ein Schauer, durchflutet das kleine Herz von Susanna Angst. *Das hier ist echt! Ich bin ganz allein. Mami und Papi sind nicht hier, um mir zu helfen. Ich werde von den Löwen gefressen.* Die Tränen fließen.

Eins der Tiere beginnt mit dem Angriff, und das kleine Mädchen ist kein ebenbürtiger Gegner. Als sie zu fliehen versucht, wird ihr der rechte Arm abgerissen. Sie hat noch niemals zuvor solch einen Schmerz erlebt. Das Brüllen der Löwen übertönt ihre Hilfeschreie. Sie fällt zu Boden. Die anderen hungernden Tier kommen heran. Wie gewaltsam klappen ihre Gebisse zu. Innerhalb von Minuten ist es vorbei.

Wer ist der nächste? Sie rufen nach dem kleinen Jeremias.

Sicherlich sind doch diese Kinder wert, das Buch zu öffnen. Und sicherlich würde doch der Wunsch von Johannes, das Buch geöffnet zu sehen, durch das Martyrium der kleinen Susanna gestillt.

Was ist mit dem lieben Johannes dem Täufer? Dieser Mann Gottes, der sich von Heuschrecken und Honig ernährte und Tag und Nacht verkündete: „Bahnt dem Herrn einen Weg!" Er gab alles, um seinem Ruf zu folgen, und die vielen, die ihm folgten, übergab er dann jenem, von dem er nicht würdig war, seine Sandalen zu öffnen. Sicherlich hat ihn seine Demut, sein Eifer für den Herrn, seine Hingabe bis in den Tod, seine Christusähnlichkeit über alle anderen gestellt. Sicherlich sah Gott auf den verletzten Kopf, als er auf einem Tablett einer Gruppe feiernder Heiden präsentiert wurde, und sagte: „Mein lieber Johannes der Täufer! Er ist es; er kann das Buch öffnen." Keine Chance.

Die Frage ist: „Wer ist würdig?" Die Antwort, wieder einmal, ist Jesus. Das Lamm Gottes wird die Seiten wenden. Liebe Apostel, wischt euch die Augen trocken!

Ja, all unsere Tränen werden weggewischt, weil er gewonnen hat. Eines Tages werden wir alle mit dem himmlischen Trockene-Augen-Syndrom gesegnet sein, weil er das irdische Feuchte-Augen-Syndrom besiegt hat.

Mit den Worten von Benjamin Beddome:

Er weinte, damit wir weinen;
jede Sünde verlangt eine Träne:
Nur im Himmel wird keine Sünde gefunden,
deshalb gibt es dort kein Weinen.[6]

Die Weisheit Salomos kann man leicht auf heute anwenden: „Besser ins Haus der Trauer zu gehen, als ins Haus des Gastmahls zu gehen; denn jenes ist das Ende aller Menschen, und der Lebende nimmt es sich zu Herzen" (Pred 7,2).

Tatsächlich gibt es in der Bibel mehr als siebenhundert Hinweise auf das Weinen, Schreien, auf Tränen und Wehklagen. Wenn wir die Quelle unserer Tränen richtig interpretieren, decken wir die Geheimnisse der Seele auf.

8. Tränen der Mühsal

Wir mühen uns um andere nur dann wahrhaftig, wenn wir die Auswirkung ihres Leids fühlen – wenn wir mitempfinden und in ihre Not hineinkommen.

Hier stimmt etwas nicht. „Lieber Jesus, hilf mir, die Dinge aus deinem Blickwinkel zu sehen. Das Wort Gottes sagt, du gibst mir in allen Dingen Verständnis“ (1. Tim. 2,7). Ich bitte dich, Vater, hilf mir zu verstehen, was los ist!“

So habe ich eines Morgens in der früheren Sowjetunion während einer kürzlichen Reise gebetet. Das russische Volk hatte uns mit warmem Enthusiasmus empfangen. Es reagierte auf unsere Freundschaft und schmeckte unsere Evangeliumsbotschaft. Der Hunger nach Wahrheit dort war offensichtlich. Der Altarruf bei dem hervorgegangenen Abend war atemberaubend: die Menschen kamen in Scharen zum Kreuz, viele von ihnen mit Tränen in den Augen.

Ich hatte über Johannes 1,29 „Siehe, das Lamm Gottes, das die Sünde der Welt wegnimmt“ gepredigt. Was für ein Anblick! Scharen junger Menschen bekehrten sich. Wir beteten mit ihnen, und sie baten Jesus, der Herr und Erlöser ihres Lebens zu werden. Viele weinten, als sie ihre geistliche Verderbtheit erkannten.

Ihre Zeugnisse waren Beweis dafür, daß echte Veränderung eingetreten war. Ein Teenager sagte, daß die Gegenwart Gottes so offensichtlich für ihn wurde. Mit einem Gesicht, das vor Hoffnung buchstäblich leuchtete, bekannte er: „Das ist das erste Mal, daß ich gefühlt habe, daß es Gott gibt. Jetzt weiß ich, daß es ihn gibt!“ Ein junges Mädchen sagte, seine Gedanken hatten sich geändert, seit es an dem Abend zuvor gebetet hatte. „Als ich schlafen ging, habe ich anders gedacht“, berichtete sie, wobei ihr Gesicht mit der Liebe Christi leuchtete. „Ich bin so glücklich, so frei!“

An diesem Abend waren wir begeistert, ihre lächelnden Gesichter zu sehen und ihre wunderbaren Geschichten zu hören. Aber nun, am Morgen danach, wachte ich mit einem bekümmerten Geist auf. Warum?

Es schien, als ob der Herr mir eine sanfte Warnung gab: „Steve, treffen sie wirklich mich? Glaubst du wirklich, daß all diese Menschen mich treffen? Oder sind viele noch immer verwirrt? Haben sie tatsächlich einen Geschmack von meiner Göttlichkeit erhalten? Oder folgen sie dir mit ihren Taten aber nicht mit ihrem Herz? Werden sie weiter mit mir gehen, wenn du weg bist? Oder werden sie es einfach als eine weitere religiöse Erfahrung mit den Menschen aus dem Westen verbuchen? Sei sehr vorsichtig – Dinge sind nicht immer so wie sie scheinen." Diese Fragen plagten mich. Waren all die Bekehrungen, die wir erlebt hatten, nur ein weiterer Fall religiöser Wankelmütigkeit? Würde ich in ein paar Monaten die Worte Paulus' wiederholen: „Ich wundere mich, daß ihr euch so schnell von dem, der euch durch die Gnade Christi berufen hat, abwendet" (Gal 1,6). Die Galater empfingen Paulus, als ob er ein Engel war, doch dann fielen sie vom Evangelium beinahe genauso schnell wieder ab, wie sie zu Christus gekommen waren.

Ich machte eine Selbstanalyse. Ich bin an einem Punkt in meinem Leben angelangt, wo jede Arbeit analysiert werden muß; jedes Projekt muß sich einer intensiven Überprüfung unterziehen. Wie mir ein lieber Freund erzählte: „Steve, sei bei deiner Arbeit vorsichtig. Achte darauf, daß du das tust, was Gott geplant hat. Wenn nicht, dann stehst du am Tag des Gerichts vielleicht bis zu den Knien in Asche."

Meine Überprüfung ging weiter. Hat mühsames Gebet diesen neuen Gläubigen zur Geburt verholfen; oder ist dies alles nur ein anderer Fall von „geistlicher Vergewaltigung"? Bei dem Gedanken an die mögliche Antwort zitterte ich. *Ich bin nur ein weiterer Evangelist, einer von Hunderten, die schon auf den weißen Erntefeldern Rußlands geerntet haben. Bringen meine wenigen Stunden im Gebet wirklich diese ewigen Resultate? Und wird diese Frucht bleiben?*

Ich habe gelernt, daß der wahre Test für jegliche evangelistische Arbeit in einer Phrase liegt, „Zehn Jahre später". (Das ist der Grund, warum wir unseren Dienst der Gemeindegründung widmen.) *Wo werden diese Menschen in zehn Jahren sein? Werden sie Gott kennen, oder werden ihre Herzen kalt und hart sein? Hat die Liebe Gottes sie wahrhaftig durchdrungen, oder werden wir getäuscht?*

Schließlich mußte ich zugeben, daß meine Seele niemals von einer tiefen, überwältigenden Last für die verlorenen Seelen in Rußland durchdrungen war. Ich hatte nicht tagelang damit verbracht, mich in meinem Geist über das geistliche Schicksal dieses dunklen Landes zu mühen.

Die Worte von Mutter Wilkerson, der Mutter des Evangelisten David Wilkerson, kamen wieder mit der Wahrheit durch. Ich erinnerte mich an eine Zeit vor vielen Jahren, als sie eine Gruppe von uns in Evangelisation unterwies. Ihre jahrelange Erfahrung als Evangelistin würzte ihre Worte. Wir hatten eine Evangelisationsreise nach New York City geplant, und einmal mehr war sie begeistert von dem Gedanken, daß wir durch die Straßen dieser von Sünde befallenen Stadt gehen würden.

Am Schluß einer Veranstaltung mit ihr platzte ein Student mit folgendem Bekenntnis heraus: „Aber ich habe keine Last für New York City."

Niemals vergesse ich die unverblümte Antwort von Mom Wilkerson: „Das kommt daher, weil du noch nie durch die Straßen von New York City gegangen bist. Wenn du da bist, wird Gott dir eine Last geben."

Überall auf der Welt habe ich die dahintersteckende unglaubliche Wahrheit entdeckt. Wenn wir in einem bestimmten Arbeitsgebiet ankommen, spüren wir, wie sich eine überwältigende Last auf unsere Schultern legt. Wir gehen, reden und schlafen mit den Menschen in unseren Gedanken. Und bald folgen unserem Fasten und Gebet erstaunliche geistliche Begegnungen. Wenn man die Heime von Menschen besucht, ist dies oft emotional, führt zum Weinen und zur Buße. Die Last ist echt!

Jetzt, als wir durch die Straßen Rußlands gingen, empfand unser Team eine von Gott auferlegte Last für die Seelen der Menschen. Wir fühlten mit ihnen ihren Zustand der Verlorenheit und weinten ernsthafte Tränen des Heiligen Geistes um ihre Seelen.

Und doch war die Ernte, die wir jetzt in Rußland sahen, das direkte Resultat von Jahrzehnten des Fastens und Betens – nicht von uns, sondern von anderen, die sich jahrelang geplagt hatten. Tatsächlich hatte einmal jemand ausgerufen: „Lieber Gott, rette mein Volk! Schmelze ihr Herz. Zerbrich ihr Unterdrücktsein, lieber Jesus, und sende dein Licht in dieses dunkle, desolate Land." Eine andere Heilige spürte die Geburtswehen, diese scharfen, plötzlichen Schmerzanfälle.

Jemand anders erlebte die tiefe emotionale Verzweiflung, die heiße, mühsame Tränen hervorbrachte. Andere vor uns hatten die Flasche mit flüssiger Trauer in ihrer geheimen Gebetskammer gefüllt. Sie waren in einem emotionalen Streß, dem „Krieg in der Himmelswelt". Andere Gebetskrieger hatten um die Menschen in Rußland „nicht gegen Fleisch und Blut, sondern gegen Mächte und Gewalten" gerungen.

Natürlich hatte ich gebetet, und unser Team auch. Aber niemand von uns hatte sich wahrhaft abgemüht. Jetzt, muß ich sagen, fühlten wir die Hitze des Kampfes. Doch für uns schien es wie sofortiger Sieg, dem eine überwältigende Freude folgte. Die uns vorhergegangen waren, hatten sicherlich Jahrzehnte ohne sichtbare Ergebnisse gekämpft. Sie hatten wahre Geburtswehen erlebt. Vielleicht hatten sie auch den Horror der Hoffnungslosigkeit empfunden – die Angst, daß das Kind tot geboren wird.

Trotzdem klang die Wahrheit laut und klar: Die Arbeit der anderen war nicht vergeblich. Könnte es sein, daß der Vers: „Eure Mühe im Herrn ist nicht vergeblich" (1 Kor 15,58) auch geistliche Mühe mit einschließt – das heißt, die Schmerzen einer geistlichen Geburt?

William Jay, ein hoher unabhängiger Pfarrer in England im späten achtzehnten Jahrhundert, sagte: „Viele, die aus Sicht des Herrn groß sind, leben in Hütten und Bruchbuden und sind kaum bekannt, außer bei einigen Nachbarn, die genauso obskur sind." Ich glaube, es sind jene, die sich für Rußland geplagt haben. Ich bin überzeugt, daß die größten Gebetskrieger – die die Schmerzen der Geburt empfunden haben – hier auf Erden kaum Applaus erhalten werden, aber im Himmel erhalten sie ihre verdiente Krone. Wie hingegebene werdende Eltern „blieben sie dran" bis zum Ende.

Unser Team in Rußland hätte wohl mit dem Apostel Paulus übereingestimmt, der sagte: „Ich habe gepflanzt, Apollos hat gegossen, Gott aber hat das Wachstum gegeben. So ist weder der da pflanzt etwas, noch der da begießt, sondern Gott, der Wachstum gibt. Der aber pflanzt und der begießt sind eins; jeder aber wird seinen eigenen Lohn empfangen nach seiner eigenen Arbeit" (1 Kor 3,6-8).

Im Falle Rußlands ernteten wir offensichtlich, wo jemand anders gearbeitet hat – eine Arbeit, die nicht Mann an Mann, sondern Mann an Gott war. Obwohl die meisten der Bekehrten das Evangelium zum ersten Mal hörten, wußte ich, daß liebe Heilige Jahrzehnte mit Gott um diese Antwort gerungen hatten. Sie hatten sich mit hartem geistlichen Boden abgemüht, die Erde aufgeworfen, gesät und mit Tränen gewässert – alles im Dunkel der Nacht. Nun kam das Tageslicht, wir kamen um zu ernten.

Ich fühlte mich gedemütigt, als ein alter Mann kam und sagte, wir seien die Antwort auf über fünfzig Jahre Gebet. Die Worte von Jesus sprachen an diesem Tag deutlich: „Ich habe euch gesandt zu ernten, wo ihr nicht gearbeitet habt; andere haben gearbeitet, und ihr seid in ihre Arbeit hineingetreten" (Joh 4,38).

Nachdem nun einige Monate seit diesen Evangelisationsveranstaltungen vergangen sind, freuen wir uns über die ankommenden Berichte. Viele der Bekehrten haben ihre Herzen wahrhaftig dem Herrn gegeben und sind nun in den neu gegründeten Kirchen aktiv tätig. Meine Zweifel bewiesen sich jedoch als richtig. In einem kürzlichen Brief hieß es: „Viele glauben nicht wirklich daran, daß das von dir Erzählte wirklich in deinem Leben geschehen ist, und trauen deinen Worten nicht."[1]

Diese Worte wiederholten, was ich an dem frühen Morgen in der Einsamkeit meines Hotelzimmers empfunden hatte. Menschen hatten bestätigend genickt, einige sogar mit uns gebetet, aber sie waren nicht ernsthaft. Nun entwickelte sich in meinem Herzen eine ständig wachsende Last für diese Seelen in Rußland, die noch immer zweifeln.

Es gab viele Gelegenheiten, zu denen Gott mir für jemand in Gefahr eine Last auferlegt hat. Vor nicht allzulanger Zeit war ich von einem geistlichen Angriff auf einige gute Freunde überwältigt. Ihre Ehe war in Gefahr, und das Gewicht auf meinen Schultern lastete schwer. Eines Morgens in der Früh rief Gott mich zum Gebet. Intelligente Worte verwandelten sich bald in Klagen und Gestöhne, während ich empfand, wie die Schlacht in Gange war; es war offensichtlich ein teuflischer Angriff. Ich spürte ihren Schmerz, und nur der Geist konnte beten. In der Vergangenheit hatten wir monatelang in dieser Art von Kampf gerungen, aber diesmal kam die Antwort schnell. Später an jenem Tag stellte ich fest, daß Gott mir eine Frau gesandt hatte, um ihnen „ein Wort zu passender Zeit" zu geben. Er hatte zu dieser lieben Dienerin deutlich in einem Traum gesprochen. Sie gehorchte sofort dem Herrn und erzählte den sich in Schwierigkeiten befindlichen Personen die Einzelheiten. Die Mauern fielen nieder, und als Ergebnis ihres Gehorsams gegenüber dem Herrn begann ihre Ehe zu heilen. Einige pflanzen, einige bewässern.

Oftmals erntet der Evangelist, was er nicht gesät hat. Viel Male vor Beginn einer längeren Erweckungsveranstaltung bitte ich die Teilnehmer um die Namen und Anschriften ihrer verlorenen Freunde und von denen, die sie lieben. Die Reaktion ist jedesmal überwältigend. Wir erhalten stapelweise kurze Notizen auf der Rückseite unseres Bulletins, worin uns über Söhne und Töchter in Sünde, von verlorenen Söhnen, die sich in der Stadt herumtreiben, während Mami und Papi schlaflose Nächte in Angst und Sorge verbringen.

Dann fahren wir nach Hause, mit Taschen voller Wegbeschreibungen zu Häusern, unsere Herzen sind voller Erwartung. Ich mochte schon immer gerne Abenteuer, und jeder einzelne dieser kleinen Zettel führt zu einem. Unsere Besuche bei den „gemeldeten Verlorenen“ führte zu allem: von Flüchen bis zum Segen. Der Herr war gnädig und schenkte uns viel Frucht, und viele wurden durch unsere Besuche und beharrliches Zeugnisgeben gewonnen. Einige lehnen die Botschaft ab, aber die meisten sind so schockiert, daß ein Evangelist vor ihrer Tür steht, daß sie uns hineinlassen.

Wenn wir einmal drinnen sind, erzählen wir von der Liebe Gottes, immer mit einem zerbrochenen Geist und Tränen im Gesicht, und wir haben in diesen Zeiten Wunder über Wunder erlebt. Ich bin immer erstaunt, wie der himmlische Vater sich ausstreckt, seine liebenden Arme um die Verlorenen legt, ihre Nacktheit bedeckt, ihnen das Brot des Lebens gibt, sie vom Fluß des Lebens trinken läßt und wiederherstellt. Ich weiß nicht, wer mehr weint, der neugeborene Gläubige oder der müde Krieger!

Dann kommt die Realität: Dies geschieht nicht wegen mir – es ist nicht die wortgewandte Botschaft oder das barmherzige Erscheinungsbild. Diese Dinge spielen eine Rolle, aber die Grundlage für diese Bekehrung wurde Jahre zuvor gelegt. Vielleicht finden wir ein paar Meter von der Kirche entfernt das Grab des Großvaters, der für diesen Verlorenen, der gerade nach Hause kam, gebetet hat. Oder vielleicht wurde jahrelang in einer Gebetsgruppe ein Gebet für die Errettung dieser verlorenen Seele gesprochen. Tatsächlich, wenn wir die geistliche Straße zurück in die Vergangenheit blicken könnten, könnte man einer Spur mühsamer Tränen folgen, die zur Quelle der Erlösung führen. Da ist sie: Mami, die spät in der Nacht weint, damit ihr Sohn nach Hause zurückkehrt. Tränen der Mühsal.

Ich erinnere mich an einen Samstagabendgottesdienst in der Assembly of God in Brownsville, als eine „Woge der Mühsal“ über die Versammlung fegte. Eine Gruppe von Teenagern, von denen die meisten vor Schwäche nicht mehr stehen konnten, wurden von der Last für

Seelen überwältigt. Während ihr Klagen die Luft durchdrang, rannten Hunderte von Sündern zum Altar. Der Schrei von Gottes Herz hatte den Geist dieser jungen Fürbitter durchdrungen. Das Ergebnis ihres Gehorsam war phantastisch anzusehen. Was für eine Ernte!

Sich abzumühen bedeutet „anstrengende mentale oder physische Anstrengung“. Es bezieht sich auch auf die Schmerzen bei einer Geburt. Mühsame Tränen fließen von dem sich quälenden Fürbitter wegen des zu bemitleidenden, hilflosen Zustands des ungeborenen Kindes. Die Schreie ihrer Schmerzen in den Wehen durchdringen den Himmel und treffen auf das Ohr Gottes.

Evan Roberts hat zehn Jahre mühsamer Tränen in Wales verbracht, bevor es zur geistlichen Geburt von Zehntausenden kam. William Booth quälte sich in mühsamem Gebet an seinem geheimen Gebetsort, bevor die unzähligen Mengen, denen er diente, eine neue Geburt erlebten. Monate unerbittlicher Schreie himmelwärts brachten David Brainerd eine Ernte unter den Indianern. Und die Spur von George Whitefields Tränen führte zu einer Spur von Seelen in England und in Nordamerika.

All dies führt zu einer wichtigen Frage: Was ist der wahre Wert einer verlorenen Seele? In den Augen des Herrn, nach seinem System der Maße und Gewichte, ist die Seele des Menschen wert, dafür zu sterben. Am Kreuz und während seiner Mühsal vorher gab Jesus Christus all jenen eine geistliche Geburt, die glaubten. Er durchlebte die Geburtsschmerzen.

> „Der hat in den Tagen seines Fleisches sowohl Bitten als Flehen mit starkem Geschrei und Tränen dem dargebracht, der ihn aus dem Tod erretten kann, und ist um seiner Gottesfurcht willen erhört worden und lernte, obwohl er Sohn war, an dem, was er litt, den Gehorsam; und vollendet, ist er allen, die ihm gehorchen, der Urheber ewigen Heils geworden“ (Hebr 5,7-9).

Wir haben festgestellt, welchen Wert Gott unseren Seelen zumißt; das Leben seines Sohnes. Nun fragen wir uns, wie weit müssen wir gehen, damit jemand zu Christus findet? Paulus ging so weit zu sagen: „Denn ich selbst, ich habe gewünscht, verflucht zu sein von Christus weg für meine Brüder, meine Verwandten nach dem Fleisch“ (Röm 9,3).

Ich möchte von einem Erlebnis sprechen, das bei Jeri und mir für den Rest unseres Lebens einen Eindruck hinterließ, was der Wert einer

Seele ist. Wir lebten jahrelang in Argentinien und erlebten in beinahe allen unseren evangelistischen Einsätzen enormen Erfolg. Aber ständig griff der Feind an. William Bramwell, einer der vollmächtigsten Prediger der englischen Methodisten während Ende des achtzehnten Jahrhunderts, sagte: „Schaue niemals nach dem Frieden, während du Krieg verkündest." Wir befanden uns in einem ständigen Kampf in der Himmelswelt. Dann gab es einen unvergeßlichen physischen Kampf, der sich in einen großen geistlichen Sieg verwandelte.

Eines Morgens wachte Jeri auf und schrie aus Leibeskräften: „Steve, hilf mir! Ich kann mich nicht bewegen!" Ich fragte, was los sei. „Es ist, als ob mich jemand von innen mit einem Messer sticht. Jedesmal, wenn ich mich bewege, habe ich entsetzliche Schmerzen. Es ist, als ob sich das Messer innen dreht!" Wegen des ständigen Schmerzes weinte sie haltlos. Sie hatte tagelang Schmerzen, aber nun wurde es unerträglich. Wir riefen sofort unseren Hausarzt an, der schnell mit einer Erklärung war: „Diese Schmerzen sind nur Nachwirkungen von der kürzlichen Operation", versicherte er ihr. Vor kurzem hatten wir ein Kind durch eine Eileiterschwangerschaft verloren. Es wurde operiert und die Erholungsphase schien normal zu verlaufen. „Jeri, mach dir keine Sorgen", sagte er ihr jetzt. „Es wird vorübergehen. Gib dir noch ein paar Wochen mehr."

Aber woher kam dieser Schmerz? Könnte es sein, daß unser Arzt einen Fehler machte? Könnte er etwas übersehen haben? Noch niemals zuvor habe ich meine Frau mit solchen Schmerzen gesehen; offensichtlich war etwas nicht in Ordnung. Dann wurden wir alarmiert. Ich rief ein über 700 km entferntes deutsches Krankenhaus in Buenos Aires an. Der deutsche Arzt sprach so ruhig und professionell wie möglich, aber seine Worte hatten das Gewicht der dringenden Notwendigkeit: „Kommen Sie sofort hierher", befahl er mir. „Da liegt etwas Ernstliches vor. Das Leben Ihrer Frau ist in Gefahr."

Wir nahmen das nächste Flugzeug, rasten zum Krankenhaus und stellten fest, daß die Vermutungen des Arztes richtig waren. Jeri durchlitt die Schmerzen einer weiteren Eileiterschwangerschaft und die Eileiter standen kurz vor dem Platzen. Es waren Zwillinge! Die Realität dieses Moments legte sich wie eine schwarze Wolke auf mich. Wären wir dem Rat des argentinischen Arztes gefolgt, hätte Jeri sterben können. Nach der Untersuchung entfernte der deutsche Arzt fünf Zysten, die die Größe von einer Grapefruit hatten, sowie auch die Föten. Die Notoperation war ein Erfolg. Wir beide wußten, daß Gott Jeris Leben bewahrt hatte, und der Schmerz war fort. Aber warum mußte sie diese

Monate eines physischen Traumas durchleben? Wir dienten aktiv dem Herrn. Warum solch ein Angriff? Was war der Sinn, daß wir die Zwillinge verloren? War es ein Test unserer Loyalität zu Christus? War in allem Gottes Plan?

Als Pastor finde ich, daß es immer einfacher ist, jemandem einen weisen Rat zu geben, als selbst derjenige auf dem OP-Tisch zu sein. Innerhalb weniger Tage erhielten wir jedoch die Antwort.

Das deutsche Krankenhaus war buchstäblich ein geistliches Schlachtfeld. Aberhunderte von Medizinern rannten hin und her, um anderen zu helfen, während ihr eigenes geistliches Leben in Gefahr war. Jeri erkannte die Verderbtheit jener, die um sie herum waren, und erzählte vielen von ihnen von der Liebe Jesu. Nach einer kurzen Weile hatte Jeri eine Geburt. Ihre physischen Geburtswehen sorgten dafür, ein geistliches Baby hervorzubringen.

Eines Morgens in der Frühe offenbarte der Herr Jeri sanft seinen Plan. Jeri fand sich zusammen mit ihrer Krankenschwester im Badezimmer kniend wieder, betend! Die Krankenschwester hatte Tränen der Buße in den Augen; sie hatte ihr Leben dem Herrn gegeben.

Die Tiefe von Jeris Schmerz, in Verbindung mit ihrem Vertrauen zu Gott, war wie ein Wort Gottes an die Krankenschwester. In ihren Augen lebte Jeri aus, was in der Bibel gelehrt wurde. Die Krankenschwester sah, wie Jeri Jesus in jedem Moment vertraut hatte, den Schmerz aushielt und doch seinen Namen pries – ohne Zorn auf ihn oder seine Allwissenheit in Frage zu stellen. Und nun konnte Jeri dieser lieben Frau erklären, warum Gott es ihr erlaubte, um einer Seele willen zu leiden. „Gott liebt dich so sehr, daß er mich durch Monate von Leiden brachte, damit du Christus findest“, erklärte sie. „Und Christus hat dich so sehr geliebt, daß er das Kreuz ertrug, blutete und starb, damit du das Leben findest.“

Tränen liefen ihr das Gesicht hinunter, während Jeri der Krankenschwester erklärte: „Du wirst niemals sagen können, daß sich Gott nicht um dich sorgt. Sieh doch, wie sehr er sich sorgt!“ Dort kniete sie am Fuße des Kreuzes im Badezimmer im deutschen Krankenhaus.

Soviel ist eine Seele wert. Ja, Gottes Wertesystem unterscheidet sich sehr von unserem. „Denn meine Gedanken sind nicht eure Gedanken, und eure Wege sind nicht meine Wege, spricht der Herr“ (Jes 55,9).

Ich kann mich an eine liebe Mutter erinnern, die jahrein, jahraus für ihren Sohn betete. Und doch schien es, je mehr sie fastete und betete, desto weiter schien er sich von Gott zu entfernen. Während der

Fürbitte spät in der Nacht quälte sie sich und durchnäßte ihr Kopfkissen mit Tränen. Sie erlebte die Schmerzen einer königlichen Geburt. Die Erlösung ihres Sohnes sollte nicht einfach werden.

Doch was ihren Sohn schließlich zur Bekehrung brachte, könnte man mit einigen Momenten der peinigenden Schmerzen bei einer natürlichen Geburt vergleichen. Als sie nicht mehr weiter wußte, betet diese Mutter schließlich: „Gott, was immer es kosten möge, damit mein Sohn zu Christus kommt, tu es!“

Diese mutige Aussage kam wenige Minuten vor der geistlichen Geburt ihres Sohns. Sie schrie auf, wobei sie die Gedankenbarriere im Kopf durchbrach, wie eine gebärende Mutter ein letztes Mal preßt, und dann kam die Antwort. Jedoch warnt sie Mütter und Väter, niemals solch ein Gebet zu sprechen, außer es ist so gemeint.

Ihre Antwort kam in Form eines ernstlichen Autounfalls. Ihr Sohn befand sich in Lebensgefahr und war von der Hüfte an gelähmt. Die Auswirkung des Unfalls, das inbrünstige Gebet einer gerechten Frau und ein Fluß mühsamer Tränen hatte schließlich zu seiner Bekehrung geführt. Dieser Mann gibt nun Zeugnis aus der Begrenzung eines stählernen Rollstuhls, wie Christus sein Leben erreicht hat. Sein Zeugnis zeugt von dem Wert einer Seele.

Ich glaube, damit wahre Bekehrungen stattfinden können, muß es wahre „Neugeburten“ geben, sie müssen sich entwickeln und geschehen wie körperliche Geburten. Zuerst muß die Empfängnis sein, dann der Wachstum im Mutterleib, und schließlich der Schmerz und die Mühsal der Kindesgeburt. Genau wie eine Frau bei der Geburt eines neugeborenen Kindes leiden muß, müssen wir die Schmerzen einer geistlichen Geburt fühlen.

Ohne Frage; wir müssen für die Verletzten Schmerzen empfinden. Und doch verbringen so viele von uns damit, allen Schmerzen zu entkommen. Wir möchten eine geistliche Epiduralanästhesie, um alle Gefühle zu entfernen. Aber Schmerzen sind Teil des Prozesses – deshalb kam Christus. Er wußte, wie wichtig es für ihn war, unsere Schmerzen und unser Elend zu spüren.

Zu diesem Zeitpunkt geschieht im Bereich der klinischen Medizin etwas Erschreckendes, das jeden angeht. Wir sind hineingekommen in das Zeitalter der gedankenverändernden persönlichkeitserweiternden Drogen. Vergiß die Spielzeugtabletten der sechziger. Psychopharmazie – die Wissenschaft der Drogen, die Auswirkung auf den Verstand haben – hat den Verstand untersucht und behauptet jetzt, die Macht zu haben, ihn zu kontrollieren. Vom Antidepressiva, die man wie Smarties nimmt, um Depressionen zu lindern, bis hin zu neuen Drogen, die Schüchternheit oder Paranoia kontrollieren sollen, haben wir unserer Gesellschaft in den falschen Orbit der Kontrolle gebracht. Wir spielen mit der Gefahr, und unser Wunsch, die Kontrolle zu haben, wird sich in einen Fluch verwandeln. Wir möchten Persönlichkeitszüge verändern, die Gott eingesetzt hat, um die Geschichte zu bilden.

Der Psychologe Jerome Kagan von der Harvard Universität warnt vor den Grenzen, die menschliche Persönlichkeit zu ändern, was seinen Preis kostet. „So wie physischer Schmerz uns davor bewahrt, unser Fleisch zu verbrennen, dient mentaler Schmerz, vielleicht aufgrund des Todes eines Kindes, einem Zweck ... der durch eine Pille, die einen ruhig macht, wenn man zornig sein sollte, verhindert wird." Weiterhin stellt er fest, daß einige der größten Denker und Schöpfer in der Geschichte schüchtern waren.

„Eine Gesellschaft, die Drogen benutzt, um Konformität herbeizuführen, macht das unter großer Gefahr."[3] Schüchternheit ist nur einer der Charakterzüge, die man aufgegriffen hat. Geringe Depression, die meist ein von Gott gesandtes Gefühl sind, werden auch ernsthaft erforscht.

Ich möchte dir eine Frage stellen: Unter welchen Umständen hast du dich bekehrt? Hast du dich wegen der Konsequenzen deiner Sünde schuldig gefühlt? Hast du an inneren Qualen gelitten? Warst du am Boden zerstört? Warst du am Ende?

In diesem Stadium befinden sich die meisten Menschen, wenn sie zu Christus kommen. Und doch implizieren Wissenschaftler, daß wir solche Zeiten nicht durchleben brauchen. Wir können eine Pille einwerfen und alle Täler überfliegen.

Kannst du dir vorstellen, in welchem Stadium sich dein Verstand befände, wenn im Laufe der Jahrhunderte in Amerika solche den Verstand verändernden Drogen verfügbar gewesen wären? Wir könnten stundenlang über die Autoren und Künstler sprechen, die zu Zeiten eines tiefen emotionalen Traumas ihre großartigsten Werke hervorbrachten. Die tiefe ihrer schwerwiegenden Momente führte sie zu inspirierender Arbeit, die die Jahrhunderte überdauerte. Aber was wäre, wenn sie in der Zeit des Leidens eine Pille eingeworfen hätten und von der Bedrückung zum Glücklichsein übergegangen wären? Denn wann wurde die Lehre aus dem Wort für dich lebendig – auf den Bergspitzen oder in den Tälern?

Und jetzt frage ich dich, wann beten und plagen wir uns um eine verlorene Seele? Dann, wenn wir die Auswirkung ihres Leides spüren, wenn wir uns in sie hineinversetzen und ihr Elend spüren. „Wir können niemals die Nöte heilen, die wir nicht fühlen", sagt Jowett. „Tränenlose Herzen können niemals die Boten der Passion sein. Wir müssen Erbarmen haben, wenn wir erlösen wollen. Wir müssen bluten, wenn wir die Diener sein wollen, die das Blut retten."[4]

Wir müssen unser Mitgefühl in unsere Gebetskammer nehmen, die Tür schließen und unseren Schmerz vor Gott ausgießen. Und es ist in Ordnung, sich schlecht zu fühlen; der Schmerz und die Agonie über eine verlorene Seele ist in Wirklichkeit eine Last, die Gott gesandt hat. Außerdem ist es auch in Ordnung, stürmisches emotionales Wetter zu erleben. Deine gegenwärtige depressive Phase wurde vielleicht von Gott gesandt; vielleicht führt der Herr dich in eine Zeit des mühsamen Betens. Wenn es so ist, dann kannst du sicher sein, daß er es dir ermöglicht, das Gewicht einer verletzten Welt zu spüren.

„Warum sollte ich beten, daß Gott dir diese Last nimmt?" fragt Leonard Ravenhill. „Er hat die letzten zehn Jahre versucht, sie dir aufzuerlegen."[5] Nachdem er selbst solch eine Last für so viele verlorene Seelen getragen hat, hat Ravenhill einen scharfen Einblick in die Mühsal für die Verlorenen und den Zustand der Kirche gewonnen:

> So wie die Geburt eines natürlichen Kindes durch Monate einer Last und Tage der Mühe vorhergesagt wird, ist es auch bei der Geburt eines geistlichen Kindes. Jesus betete für seine Gemeinde, dann gab er sich in den Tod, um sie geistlich zu gebären. Paulus betete für die Gemeinde „Nacht und Tag … ohne Unterlaß; darüber hinaus mühte er sich um die Sünder. Als Zion sich mühte, brachte sie … hervor.

> Und weiter:

> Wenn sich die Zeit der Geburt nähert, wird die werdende Mutter vorsichtig und verbringt oft schlaflose (aber nicht tränenlose) Nächte. Genauso brennen die Öllampen im Heiligtum, während bekümmerte, die Sünde tragende Fürbitter ihre Seelen für die Übertretungen einer Nation ausgießen. Oftmals verliert die werdende Mutter ihren Hunger und verneint sich selbst aus Sorge um die Person, die sie gebären wird; und genauso ergreift das

Entsagen von Nahrung und eine verzehrende Liebe, vor dem Herrn ruhig zu liegen, die Gläubigen, die sich der Unfruchtbarkeit der Gemeinde schämen. So wie sich eine schwangere Frau den Blicken der Öffentlichkeit entzog (früher jedenfalls), wenn sie kurz vor der Entbindung stand, so scheuen jene, die sich um Seelen mühen, die Öffentlichkeit und suchen das Angesicht eines heiligen Gottes.[7]

Der amerikanische Evangelist Charles Finney stellt fest:

Wahre Gläubige arbeiten eifrig dafür, andere zu Jesus Christus zu bringen. Sie sind betrübt, weil andere Gott nicht lieben, wo sie ihn doch so sehr lieben. Und sie mühen sich oftmals mit viel Eifer darum, daß ihre Nächsten ihr Herz Gott geben. Sie sind mit einer sanften und brennenden Liebe für Seelen angefüllt. Für die Individuen, die sie gerettet sehen wollen, befinden sie sich in Agonie – ihre Freunde, Verwandte, Feinde. Sie drängen sie nicht nur, ihr Leben Gott zu geben, sondern tragen sie in den Armen des Glaubens zu Gott, und mit viel Geschrei und Tränen bedrängen sie Gott, ihnen Gnade zu erweisen und ihre Seele vor dem ewigen Verbrennen zu retten.

Weiterhin macht Finney klar:

Wenn der Lebensstil der Verdorbenen die Christen ins Gebet treibt und sie zusammenbrechen läßt, sie traurigen und sanften Herzens macht, so daß sie Tag und Nacht weinen, und statt sie zu schelten und sie mit Vorwürfen zu überhäufen, beten sie ernsthaftig für sie. Wenn ihre Taten, die Opposition und die Teilnahmslosigkeit die Christen auf ihre Knie im Gebet unter starkem Geschrei und Tränen zu Gott treibt, kannst du sicher sein, daß es eine Erweckung gibt.[8]

In seinem Brief an die Galater schrieb Paulus: „Meine Kinder, um die ich abermals Geburtswehen erleide, bis Christus in euch Gestalt gewonnen hat" (Gal 4,19). Der Apostel spricht in Metaphern von einem zweiten Mühen seinerseits bezüglich der Gemeinde in Galatien: die erste war ihre Befreiung aus dem Götzendienst und nun ihre Befreiung aus der Bindung an den Judaismus. Es schien, als frage er sie, ob sie schon jemals von einer Mutter gehört hatten, die für ihre Kinder zweite Geburtswehen empfand.[9]

„Warum sollte der Gedanke merkwürdig sein, daß jene, die voll des Geistes Christi sind, in ihrer Liebe um Seelen ähnlich wie Christus sind?“ schreibt Jonathan Edwards:

> Christus hatte solch eine starke Liebe und Sorge für sie, daß er bereit war, den Kelch von Gottes Zorn über sie bis zum letzten Schluck auszutrinken. Gleichzeitig bot er sein Blut für ihre Seelen an, als ihr Hoherpriester, mit Geschrei und Tränen. In extremer Agonie mühte sich sozusagen die Seele Christi um die Seelen der Auserwählten.
>
> Und dieser Geist der Liebe und Sorge um Seelen war der Geist Christi, also auch der Geist der Gemeinde; und deshalb wird die Gemeinde in ihrem Wunsch und Bestreben, daß Christus in der Welt und in den Seelen der Menschen vorangetrieben wird, in Offenbarung 12 dargestellt: „Und sie ist schwanger und schreit in Geburtswehen und in Schmerzen und soll gebären.“
>
> Der Geist der Personen, die über die Seelen anderer Menschen in Verzweiflung waren, scheint sich – soweit ich es erkennen kann – nicht von dem der Apostel, die sich um Seelen mühten und bereit waren, sich von Christus für andere verfluchen zu lassen, zu unterscheiden. Und der des Psalmisten, Psalm 119,53: „Zornglut hat mich ergriffen wegen der Gottlosen, die dein Gesetz verlassen.“ Und Vers 136: „Wasserbäche fließen herab aus meinen Augen, weil man dein Gesetz nicht hält.“ Und der vom Propheten Jeremia (Jer 4,19): „Meine Eingeweide! Meine Eingeweide! Ich muß mich winden. Die Wände meines Herzens! Es tobt in mir mein Herz. Ich kann nicht schweigen. Denn du, meine Seele, hörst den Schall des Horns, Kriegsgeschrei.“
>
> Wir lesen von Mordechai, daß er, als er erkannte, daß sein Volk in der Gefahr stand, bald vernichtet zu werden, in Ester 4,1 „seine Kleider zerriß und sich in Sack und Asche kleidete. Und er ging hinaus mitten in die Stadt und erhob ein lautes und bitterliches Klagegeschrei.“ Warum sollte man dann Personen für abgelenkt halten, wenn sie das Weinen nicht zurückhalten können, wenn sie das Elend jener, die in die ewige Verdammnis gehen, sehen?[10]

Wenn Gott dir für die Verlorenen eine Last auf dein Herz legt, dann schüttele es nicht ab. Und erwarte von anderen nicht, daß sie verstehen, wie du dich fühlst. Es ist persönlich. Weine für die Unerretteten. Habe Geburtswehen. Gieße dich vor Gott als ein lebendiges Opfer für ihre Seelen aus.

In seinem kostbaren Buch *Christ in the Camp* (Christus im Camp) macht J. Williams Jones unsere Verantwortung, uns um die Verlorenen zu mühen, sehr deutlich. Nachdem er einige Zeit in einem Bürgerkriegshospital verbrachte, beschreibt er die Empfänglichkeit der Kranken für das Evangelium. Er verdeutlicht dies nochmals dadurch, daß er ihren physischen mit ihrem geistlichen Tod vergleicht:

> In Anbetracht all jener, die ich gesehen habe, scheint es mir, daß mit den Tausenden von blassen und abgemagerten Leibern im Krankenhaus, mit den Zehntausenden der sündigen Seelen in unseren Lagern eine riesige Verantwortung auf den Christen unseres Staates und Landes ruht. Wenn es schon dem Chirurgen leid tut, zu sehen, wie sich sein Patient nach Aufmerksamkeit von ihm sehnt, wieviel mehr sollte jeder Christ, der noch nicht alles, was er konnte, getan hat, bei der Ankündigung des Todes eines solchen Soldaten fühlen? Und mit was für Schmerzen der Reue sieht er jeden Hügel auf dem Soldatenfriedhof? [11]

Obwohl dies vor mehr als einem Jahrhundert geschrieben wurde, spricht es doch heute eindringlich zu uns. Was für ein Arzt würde sich einen sterbenden Patienten, dem man helfen kann, ansehen, dann herzlos seine Hand wischen und dann an einer Sportveranstaltung teilnehmen? Im Gegenteil, ein hingegebener Arzt würde sich bis um Mitternacht mühen, damit sein Patient wieder zurück ins Leben gebracht würde. Wieviel mehr sollten wir uns als hingegebene Christen die Nacht hindurch für die Verlorenen und Sterbenden plagen?

Charles Finney erzählt von einer Frau, die solch ein völliges Erbarmen und eine Liebe für Seelen hatte, daß sei beinahe um Atem rang, weil sie keine Luft mehr bekam. „Wie stark muß der Wunsch sein, den Gott fühlt, wenn sein Geist in Christen solch erstaunliche Qual bewirkt, solche letzten Züge der Seele, solche Mühsal – Gott hat dafür das beste Wort gewählt, es auszudrücken – es ist Mühsal – Mühsal der Seelen.“

Hast du dich jemals gefragt, wer sich um deine Seele gemüht hat? War da jemand, der in den Augen der Gesellschaft vielleicht merkwürdig war, aber in den Augen Gottes hervorstach, jemand, der sich wegen deiner bevorstehenden Zerstörung mühte? Während ihre Tränen flossen, hast du vielleicht die Hoffnung deiner Erlösung deutlicher gesehen? Haben sie zu Gott geschrien, als du ihnen gegenüber rebellischer wurdest?

Ich werde nie vergessen, wie meine Mutter eines Abends durch mein Zimmer ging und zu Gott schrie. Ich lag mit einigen meiner Freunde wie leblos auf dem Teppich; wir waren Drogenabhängige und hatten gerade genügend Morphium gespritzt, um uns für Stunden auszuschalten. In meinem betäubten Zustand konnte ich mich kaum rühren, aber der Schrei meiner Mutter zu Gott war laut und deutlich zu hören. Ich stolperte auf die Füße und folgte ihr nach oben. Als ich an ihrem Schlafzimmer vorbeikam, konnte ich ihr Klagen und Stöhnen als das einer Frau, die Gott wegen der Seele ihres Sohnes bedrängt, hören. Sie mühte sich. Sie gebar ihn ein zweites Mal. Das erste Mal brachte sie mich in mein irdisches Leben – das zweite Mal ins ewige Leben.

Wieder zitiere ich aus dem Klassiker *Why Revival Tarries* (Weshalb sich Erweckung hinauszögert), den jeder Christ lesen sollte:

> Frauen der Bibel, die unfruchtbar waren, brachten die nobelsten Kinder hervor: Sarah, bis zum neunzigsten Jahr unfruchtbar, gebar Isaak; der durchdringende Schrei von Rahel: „Gib mir Kinder oder ich sterbe!“ wurde erhört und sie gebar Joseph, der die Nation rettete. Die Frau von Manoah gebar Samson, ein anderer Befreier der Nation. Hanna, eine geplagte Seele, schluchzte im Heiligtum, sprach Gelübde, sprach und betete ständig. Sie ignorierte den Tadel von Elia, goß ihre Seele aus und erhielt ihre Antwort in Samuel, der der Prophet Israels wurde. Die unfruchtbare und verwitwete Ruth fand Gnade und gebar Obed, der der Vater von Jesse, dem Vater Davids war, aus dessen Linie unser Erlöser kommt. Johannes der Täufer wurde von Elisabeth, die schon hochbetagt war, geboren, von ihm sagte Jesus, es wurde von keiner Frau ein größerer Prophet geboren. Wenn die Schande über ihre Kinderlosigkeit diese Frauen nicht fügsam gemacht hätte, was für mächtige Männer wären dann verloren gewesen?[12]

Ich frage dich, wieviel mehr sollen wir über unsere eigene Unfruchtbarkeit weinen. Wir sollten zu nächtlicher Stunde schreien: „Gib mir Kinder oder ich sterbe!“

Aber sei vorsichtig! Die Geburt eines Kindes bringt Verantwortung mit sich, etwas, das nur wenige von uns wollen. Sind wir sicher, daß wir schwanger werden wollen? Wir müssen bereit sein, jeden Moment dieses Prozesses zu durchleben. Von der Übelkeit bis zur besonderen pränatalen Sorge, vom Stoßen und den peinigenden Geburtsschmerzen. Sobald dieser hilflose Säugling „das Licht sieht“, beginnt die schwierigste Aufgabe von allen – die Aufzucht eines Kindes: Jüngerschaft. Die Nabelschnur muß durchtrennt, das Kind gereinigt, das Geschrei getröstet werden, spät nachts muß man es füttern usw. Alle Eltern können diese Liste weiterführen und die Analogie vervollständigen.

Während eines gesegneten Dienstes an Gemeindeleitern und Laienpredigern in Florida schrieb ich dieses Gedicht. Dort sprach der Herr zu mir über die Dringlichkeit der Stunde. An dem Morgen, als ich es schrieb, spürte ich die Intensität des Kampfes und die Notwendigkeit zu arbeiten, während noch Tag ist. In meinen Ohren klang der Preis, die Verlorenen zu gewinnen. Doch der Herr sagte, nichts entsteht einfach.

Ich sah das Schlachtfeld des Lebens mit Opfern übersät – einige tot, andere atmeten kaum und röchelten um Hilfe. Überall war Blut. In den Worten des Psalmisten hörte ich das Stöhnen der Gefangenen. Der Feind setzte jede Waffe ein, unabhängig von den Kosten, um diese letzte Schlacht zu gewinnen. „Dies ist nicht die Zeit des Friedens“, sagte der Herr. Und es ist …

Keine Zeit zu verschwenden

Jetzt ist die Zeit, für den Herrn zu kämpfen;
nicht die Zeit für uns selbst, unsere Schätze aufzutürmen.
Es ist die Zeit tiefen mühsamen Gebets;
nicht die Zeit, seine Last der Sorge niederzulegen.

Dies ist die Zeit, eine Dornenkrone zu tragen;
nicht die Zeit, von meiner Krone dort oben zu träumen.
Es ist die Zeit, gekreuzigt zu werden;
nicht die Zeit, bald zu kommen und an seiner Seite zu stehen.

Es ist die Zeit, im Rennen zu laufen;
nicht die Zeit, sich auszuruhen
und die Geschwindigkeit zu verringern.
Es ist die Zeit, seine Last zu tragen;
nicht die Zeit für mein Vergnügen oder weltliche Sorgen.

Dies ist die Zeit, das Kreuz aufzunehmen;
nicht die Zeit, aufzuhören und sich über die Kosten zu beklagen.
Es ist die Zeit, die Nacht durchzuweinen;
nicht die Zeit, den hellen Morgen zu genießen.

Es ist die Zeit, den Weizen zu ernten,
nicht die Zeit, sich hinzusetzen, zu dösen und einzuschlafen.
Es ist die Zeit von Leid und Schmerz;
nicht die Zeit, sich an noch mehr irdischem Besitz zu erfreuen.

Es ist die Zeit, für ihn Seelen zu gewinnen;
nicht die Zeit, zurückzurutschen und sich in Sünde zu wälzen.
Es ist die Zeit, die Kälte auszuhalten;
und nicht die Zeit, die Wärme der Sonne auf den goldenen Straßen zu genießen.

Es ist die Zeit, um die Toten zu klagen;
nicht die Zeit, sich zu freuen und statt dessen zu tanzen.
Es ist die Zeit, in der der Kampf nicht aufhört;
nicht die Zeit, die wir alle wollen,
die Zeit des himmlischen Friedens.

Ja, das Zeitstück, das wir mit akkuratem Detail tragen,
wir rennen hin und her, wir müssen kaufen und verkaufen.
Wir haben einen engen Terminplan, wir leben präzise,
aber seine Verabredung ist gewiß, Himmel oder Hölle.

Wir rennen zum Arzt, um seinen Termin einzuhalten;
Gottes Zeit ist kostbarer, schlafe nicht ein.
Halte Schritt mit dem Herrn, suche seinen Willen;
seine Verabredungen sind dringend,
wir haben keine Zeit zu verschwenden.

Wir sollten uns mit Tränen um die Verlorenen mühen. Wenn du den Alarm fühlst, lauf los zur Verabredung Gottes. Komm nicht zu spät! Möge Gott uns um Mitternacht aufwecken, uns in den Schmerzen der Kindesgeburt windend. Und in der Stille der Nacht möge er ein ständiges Tropfen hören – der flüssige Beweis unserer ernsthaften Last für die Verlorenen; dem quälenden Schmerz, wenn ein anderes Kind durch den Geburtskanal von der Dunkelheit in sein ewig währendes Licht kommt.

9. Schwindler am Altar

Gott läßt sich von falschen Tränen nicht täuschen.

Der Hammer schlug nieder. Die harte Realität verbreitete sich im Raum, als der Richter das Urteil verkündete. „Der Staat Alabama befindet Sie in allen Punkten für schuldig. Ich verurteile Sie zu fünfundzwanzig Jahren Haft im staatlichen Gefängnis. Nächster Fall!"

Ich war sprachlos. Mit mindestens einhundert weiteren Zuschauern hatte ich gerade die unglaublich dramatische, herzerwärmende Geschichte des Angeklagten gehört. Die letzten zwanzig Minuten stand er mit Händen und Füßen in Ketten vor seinem Richter, um seinen Fall vorzutragen. Aber der Staat Alabama erklärte ihn der Kindesvernachlässigung und des Autodiebstahls für schuldig.

Von den Worten des Mannes wurde mein Herz bewegt. Wie ein meisterlicher Geschichtenerzähler hatte er den ganzen Gerichtssaal mit in seine Kindheit genommen und in faszinierenden Details von der Notlage erzählt.

> Euer Ehren, ich hatte ein hartes Leben. Meine Familie hat immer gelitten. So lange wie ich mich erinnern kann, waren wir arm. Mein Daddy hatte eigenartige Arbeiten, manchmal bis spät in der Nacht, damit wir Essen auf dem Tisch hatten. Ich kann mich daran erinnern, wie ich mit Bauchschmerzen zu Bett ging. Nie gab es für alle genug. Wir waren sechs Kinder. Ich war der Älteste. Für das Jüngste Opfer zu bringen, gehörte zum Leben. Das letzte Glas Milch, die letzte Scheibe Brot waren immer für die kleine Sarah.
>
> Als ich zehn war, erklärten die Ärzte meiner Mutter, ich hätte ein Leiden mit Namen Dyslexie. Ich konnte nicht so wie

> meine Freunde lesen. In der Schule war alles verwirrend für mich, so ging ich ab. Ich hielt es nicht mehr aus, daß die anderen Kinder über mich lachten.
>
> Als ich zwölf war, starb mein Vater. Ich mußte Arbeit finden, um die Familie zu unterstützen. Euer Ehren, wir haben es kaum geschafft. Die Zeiten waren hart.
>
> Irgendwie haben wir überlebt. Mama fand einen Job, in dem sie Kleidung bügelte, und ich lieferte Lebensmittel aus. Eine Kirche in der Nachbarschaft half uns, indem sie uns mit Lebensmitteln versorgte. Niemand von uns hungerte, aber es war hart.

Zu diesem Zeitpunkt war der halbe Gerichtssaal den Tränen nahe. Der Angeklagte selbst schniefte, während er alles noch einmal durchlebte. Ich selbst wischte mir auch die Tränen aus den Augen. Ich dachte, *wenn jemand eine Begnadigung verdient, dann dieser Mann.*

Dennoch, hinter der Bank saß der Mann, der das Leben des Angeklagten in seinen Händen hielt. Bis zum heutigen Tag habe ich niemals den stählernen Blick des Richters vergessen. Sein Gesicht schien kalt, so streng, so ungerührt. Warum? Wie konnte jemand von diesem realen Drama nicht wirklich berührt sein? Es war kein Film – es war das echte Leben. Wie konnte der Richter dort sitzen, zuhören, ohne jegliches Gefühl?

Der Angeklagte fuhr mit seiner Geschichte fort:

> Wie Sie wissen, Eurer Ehren, erhält ein Mann ohne Bildung keine gute Arbeit. Bis ich zwanzig wurde, hatte ich in Restaurants, Autowäschereien und bei Tankstellen gearbeitet. Ich hatte niemals viel Geld. Wie alle anderen ertränkte ich meine Schwierigkeiten mit Alkohol und Drogen.
>
> Beim lokalen Imbiß traf ich ein Mädchen. Sie war Kellnerin. Wir heirateten und bekamen zwei Kinder. Die Zeiten wurden schlechter. Immer fluchten und stritten wir uns. Ich wollte immer ein besseres Leben, bekam aber nie eine echte Chance.

Inzwischen war der Gerichtssaal für ihn gewonnen. Ich bin überzeugt, daß die Geschworenen diese arme Seele vollständig rehabilitiert hätten. Er beendete seine Geschichte, indem er die Details des Verbrechens, dessen er angeklagt war, erzählte. Es lautete ungefähr so:

> Am letzten Dienstag wurde meine Bewerbung um eine Arbeit bei der örtlichen Stahlfabrik abgelehnt. Das wäre meine eine Chance gewesen, etwas Geld zu verdienen und ein besseres Leben zu beginnen. Als dies geschah, war meine Frau in Tennessee bei ihrer Familie. Ich ließ die beiden Kinder zu Hause. Jetzt weiß ich, daß es falsch war. Die kleine Annie ist fünf und mein Sohn ist nur zwei Jahre alt.
>
> Nachdem ich abgelehnt wurde, betrank ich mich. Ich war so betrunken, daß ich mich an die nächsten drei Tage nicht mehr erinnern kann. Ich wachte im Bundesgefängnis auf. Als sie mir die Anklagepunkte nannten, weinte ich. Ich wollte meine Kinder doch nicht vernachlässigen. Ich wollte sie doch nicht drei Tage lang allein lassen. Die Polizei sagt, ich hätte ein Auto gestohlen. Euer Ehren, ich war sturzbetrunken, mein Verstand hatte ausgesetzt. Ich kann mich nicht daran erinnern, es getan zu haben. Bitte verstehen Sie mich, ich werde es nie wieder tun.

Tränen schossen ihm in die Augen, aber wegen der Handschellen konnte er sie nicht wegwischen. Mit Ausnahme des gelegentlichen Rascheln war im Gerichtssaal tödliche Stille. Alle erwarteten die Entscheidung des Richters. Alle waren sicher, er würde Barmherzigkeit zeigen.

Sich an den Verteidiger wendend, fragte der Richter: „Möchte die Verteidigung noch etwas zu diesem Fall hinzufügen?"

„Nichts, Euer Ehren. Ich möchte Sie nur bitten, die Umstände zu berücksichtigen und Gnade zu zeigen", entgegnete der Rechtsanwalt. Innerhalb von zehn Sekunden war es vorbei. Ohne Reue – ohne einmal mit den Augen zu blinzeln – wurde das Urteil verkündet. Fünfundzwanzig Jahre im Staatsgefängnis.

Über alle Maßen schockiert, saß ich vor Wut kochend auf meinem Platz. Ich war an jenem Tag ins Gericht gekommen, um dem Mann in dieser Situation zu helfen. Wir hatten ein Drogenrehabilitationsprogramm, im Rahmen dessen wir oft kamen, um jungen Männern wie diesem hier zu helfen. Der Richter wußte um meine Gegenwart im Gerichtssaal; er kannte meine guten Absichten, diesem Mann behilflich zu sein. Warum war er so kalt, so hart?

Im nächsten Augenblick wurde ich mit den kalten, nackten Tatsachen vertraut gemacht. Im Gerichtszimmer erfuhr ich, daß der Angeklagte bei wenigstens sieben weiteren Gelegenheiten wegen ähnlicher Straftaten verhaftet worden war. Jedesmal hatte der Richter Milde walten lassen. Oftmals, entgegen seinem besseren Wissen, hatte er dem Individuum Bewährung gegeben, in der Hoffnung, daß er sich bessere. Dem Angeklagten war alles von speziellen Schulungen bis hin zu staatlicher Unterstützung angeboten worden. Nichts half. Er wollte sich nicht ändern. Er war ein Lügner und Schwindler – was vom Staat ein Gewohnheitsverbrecher genannt wird. Er hatte mich und Scharen anderer im Gerichtssaal beschwindelt, und er hatte wegen seiner Vergehen keine Reue gezeigt. Die Tränen waren falsch. Die Geschichte war mit Übertreibungen und Lügen durchsetzt. Und dieser Richter kannte den Mann. Und nun sagte er zu mir: „Stephen, ich will diesen Mann nicht noch einmal im Gerichtssaal sehen!"

Tränen der Angst

Schwindler am Altar. Wer sind sie? Was haben sie vor? Warum läßt Gott es zu? Alles gute Fragen. Sie verdienen eine gute Antwort.

Ein Schwindler ist jemand, der täuscht. Er hintergeht andere. Er handelt selbstsüchtig und gedankenlos. In anderen Worten, er betrügt.

In der heutigen Gemeinde von Jesus Christus gibt es viele Schwindler. Sie belügen Gott. Sie betrügen ihre Freunde. Sie spotten dem Handeln des Heiligen Geistes. Das wahre Leben fehlt ihnen. Sie haben eine Art von Frömmigkeit, aber verneinen die Kraft in ihrem Leben. Sie tragen den Mantel des Christentums, aber scheuen das Kreuz. Sie singen Gott Loblieder, aber vermeiden seine Reinheit. Sie sind Schwindler – sie sind wie Judas Iskariot. „Was springt dabei für mich heraus?" ist ihre ständige Frage. „Welchen Vorteil bietet mir diese Religion?" Der Prophet Maleachi warnte:

> „Ich habe kein Gefallen an euch, spricht der Herr der Heerscharen, und an einer Opfergabe von eurer Hand habe ich kein Wohlgefallen … ihr bringt Geraubtes herbei, und das Lahme und Kranke; so bringt ihr die Opfergabe. Soll ich Gefallen haben an dem, was von eurer Hand kommt? spricht der Herr. Aber verflucht sei, wer betrügt: Da gibt es in seiner Herde ein männliches Tier, und er gelobt es, schlachtet aber dann für den Herrn ein verdorbenes! Denn ein großer König bin ich, spricht der Herr der Heerscharen, und mein Name ist gefürchtet unter den Nationen" (Mal 1,11;13-14).

Immer wieder habe ich es gesehen: Aus dem Auge des Schwindlers, der bei der Tat erwischt wurde, fließen keine reumütigen Tränen. Ohne Ausweg heult er immer weiter. Die Schauspieler von Hollywood könnten dieser qualvollen Darstellung nicht das Wasser reichen. Aber seine Lügen haben sich gegen ihn gewandt. Von allen Seiten umzingelt, zerbricht er, während sich zu seinen Füßen ein Tränenteich bildet. „Es tut mir leid! Es tut mir so leid. Bitte vergib mir!“ bettelt er.

In den Gefängnissen nennen sie es „Gefängniserlösung“. Ein Mann in Schwierigkeiten schreit zu Gott. „Bringe mich aus diesen Schwierigkeiten heraus, Herr, und ich diene dir für den Rest meines Lebens!“ Und doch wendet er sich mit einem geteilten Herzen an Gott. Nach außen scheint es so real, aber in Wirklichkeit ist es nur bedeutungsloses Murmeln.

Wann werden wir Salomos Warnung begreifen? „Wenn du Gott ein Gelübde ablegst, zögere nicht, es zu erfüllen! Denn er hat kein Gefallen an den Toren. Was du gelobst, erfülle! Besser, daß du nicht gelobst, als daß du gelobst und nicht erfüllst“ (Pred 5,3-4).

Laß dich nicht täuschen – Gott läßt sich nicht spotten. Tränen eines Schwindlers sind nicht Tränen der Reue, sondern Tränen der Angst. Sie wurden erwischt – bei der Tat erwischt.

Völlige Bloßstellung ist immanent. Ihr ganzer Lebensstil steht in Frage – alles geht den Bach runter. Wieder einmal bewahrheitete sich der alte Axiom: O was produzieren wir doch für ein verstricktes Netz, wenn wir zum erstenmal täuschen.

Schwindler am Altar! Die ganze Wahrheit? Vor Gott bleibt nichts verborgen. Eine Person kann stundenlang darüber nachdenken, wie sie alles verbirgt, jedes Detail ausarbeiten und mit größter Genauigkeit durchführen, mit den besten Fähigkeiten eine Lüge produzieren, die Wahrheit in der tiefen Grube der Täuschung begraben, und Tonnen trügerischen Sands mit der Schaufel raufwerfen. So, das sollte genügen. Er macht sich die Hände sauber. Er erstickt die Wahrheit unter einer Lügendecke. Aber sie ist nicht versteckt.

Das eindringliche Wort Gottes warnt: „Hätten wir den Namen unseres Gottes vergessen und unsere Hände zu einem fremden Gott ausgestreckt, würde Gott das nicht erforschen? Denn er erkennt die Geheimnisse des Herzens“ (Ps 44,20-21).

> „Herr, du hast mich erforscht und erkannt. Du kennst mein Sitzen und mein Aufstehen, du verstehst mein Trachten von fern.

> Mein Wandeln und mein Liegen – du prüfst es. Mit allen meinen Worten bist du vertraut. Denn das Wort ist noch nicht auf meiner Zunge – siehe, Herr, du weißt es genau“ (Ps 139,1-4).

Bei der Tat erwischt! Aber warte einmal, du mußt doch nur eine Person hereinlegen. „Ich weiß, was zu tun ist“, sagt der Schwindler. „Ich spiele einfach eine Rolle. Ich werde nicht gewalttätig oder schlage um mich. Ich weine einfach. Tränen – das ist es. Laß den Fluß fließen! Komm, das kannst du. Weine nicht wie ein uneinsichtiges Kind, das gleich bestraft werden soll. Brülle und schreie. Vielleicht funktioniert es.“

„Bingo! Das hat ja leicht geklappt. Ich kann nicht glauben, daß sie darauf reingefallen sind. Ich verdiene einen Oskar!“

Es ist wahr; man kann jede Person hereinlegen. Aber Gott ist nicht leichtgläubig. Man kann einen weiteren Menschen weißwaschen, aber ein Schwindler kann Christus nicht hereinlegen. Er kann eimerweise Tränen produzieren. Den Gerichtsraum unter Wasser setzen. Ein ganzes Paket Taschentücher benutzen und um weitere bitten. Aber „Eitelkeit, Eitelkeit“, heißt es im Prediger!

In einem Augenblick ist das Spiel vorbei. Haben wir unseren lieben Bruder Ananias und unsere liebe Schwester Saphira vergessen? Warum lehrt niemand die „Tot-Umfall-Theologie?“ Verstehst du, versuche Gott hereinzulegen, und du stirbst! In einer Minute bist du geschäftig, in der nächsten Minute bist du tot. Mit deinen Worten gibst du Gott nur die Hälfte, und dafür schneidet er dein Leben in zwei Teile! Die heutige Kirche ist schnell dabei, die Gaben Gottes zu verkündigen, aber warum lassen sie diesen Teil aus der Apostelgeschichte aus?

Laß es uns einmal lesen:

> „Ein Mann aber mit Namen Ananias, mit Saphira, seiner Frau, verkaufte ein Gut und schaffte von dem Kaufpreis beiseite, wovon auch die Frau wußte; und er brachte einen Teil und legte ihn nieder zu den Füßen der Apostel. Petrus aber sprach: Ananias, warum hat der Satan dein Herz erfüllt, daß du den Heiligen Geist belogen und von dem Kaufpreis des Feldes beiseite geschafft hast? Blieb es nicht dein, wenn es unverkauft blieb, und war es nicht, nachdem es verkauft war, in deiner Verfügung? Warum hast du dir diese Tat in deinem Herzen vorgenommen? Nicht Menschen hast du belogen, sondern Gott“ (Apg 5,1-11).

Die Augen des Herrn sind überall

Erlaube mir, an dieser Stelle einmal innezuhalten und eine einfache Frage zu stellen: Warum sollte jemand überhaupt zum Altar gehen und dabei versuchen, Gott hereinzulegen? Um von anderen gesehen zu werden? Wenn man von beiden Welten das Beste will. Nicht das Geld für das Land wurde geteilt; es war das Herz des Ehepaars. Auf dem Boden ihres Herzens stand ein Schild, worauf stand: „Zu verkaufen, Preis Verhandlungssache."

Ananias und Saphira waren Schwindler am Altar. Sie hatten es vorher schon geplant. „Bosheit ersinnt er auf seinem Lager; er betritt einen Weg, der nicht gut ist; Böses verschmäht er nicht" (Ps 36,5). Zu Hause im Geheimen hatten sie es ausgeheckt. Perfekt – Gott gewinnt, wir gewinnen. Was sie aber nicht vollständig begriffen hatten, war die Komplexität ihres Verbrechens.

Gott läßt sich nicht auf die Hälfte ein. Unser menschliches Verstehen protestiert, „Das ist nicht fair. Immerhin, wenigstens gaben sie Gott etwas. Tausende von anderen waren außerhalb der Gemeinde und verschwendeten alles für sich selbst. Warum hat Gott so hart geurteilt? Wollte er seine Herrschaft in der Lokalgemeinde etablieren? Wollte er diese neue Gruppe Gläubiger vor hereinkommenden Heuchlern und Täuschern beschützen? Kann sich die Gemeinde von solch einem niederschmetternden Schlag erholen?

Ich werde mich hier nicht näher mit den einzelnen Fragen beschäftigen; warum Gott so handelte, ist für viele ein Mysterium. Doch eins bleibt offensichtlich: Ananias und Saphira haben nicht die möglichen Folgen ihrer Täuschung bedacht. Was sie im Geheimen planten, wurde öffentlich zur Schau gestellt. Jeder Kriminelle wird dir bestätigen: Wenn du das perfekte Verbrechen planst, dann sorge vor allem dafür, daß du keine Zeugen hast. Und doch ist die nackte Wahrheit, daß es immer Augenzeugen geben wird: den Vater, Sohn und Heiligen Geist.

„Wohin sollte ich gehen vor deinem Geist, wohin fliehen vor deinem Angesicht? Stiege ich zum Himmel hinauf, so bist du da. Bettete ich mich in dem Scheol, sieh, du bist da" (Ps 139,7-8).

„Die Augen des Herrn sind an jedem Ort und schauen aus auf Böse und auf Gute" (Spr 15,3).

Ich möchte dir eine tiefe persönliche Sorge von mir mitteilen, etwas, das mich mehr als du es dir jemals vorstellen kannst, bekümmert. Es ist ein Schmerz, der mich immer wieder zum Weinen bringt. Überall auf der Welt habe ich mit diesem ständigen Hämmern zu tun.

Ich spreche davon, ein halbherziges Leben zu leben. Während wir damit weitermachen, die Verlorenen zu Jesus zu führen, während geistlich Blinde zum ersten Mal ihr Augenlicht erhalten, während Verlorene nach Hause kommen, ist mein ständiges Gebet zu Gott dabei folgendes:

> Herr, bitte hilf ihnen, sich mit ernsthaften Christen zu treffen. Halte sie von der lauen Jugend fern. Möge ihre neugefundene Liebe nicht von jenen verdorben werden, die bekennen, dich zu kennen, aber weiterhin in Dunkelheit leben. Mögen sie Christen treffen, die im Geheimen länger als in der Öffentlichkeit beten. Mögen sie Krieger und nicht Feiglinge treffen. Wenn sie einen Diakon zu Hause besuchen, Herr, laß sie dort eine viel gebrauchte Bibel vorfinden. Setze sie auf den Pfad der Reinheit. Mache ihre Augen gegenüber der Heuchelei blind. Lieber Jesus, halte sie von den Schwindlern fern. Amen.

Wir wissen, was mit unseren Mitgeschwistern Ananias und Saphira geschehen ist. Beide fielen in der Gegenwart Gottes und vor den Menschen tot um. Oftmals habe ich mich gefragt, was geschehen wäre, wenn Gott es ihnen erlaubt hätte, heute wieder auf die Erde zu kommen. Weißt du, eine letzte Chance, ihr Leben zu retten? Mit einer Botschaft, die sie predigen könnten! Vor Jahrhunderten verursachte ihr Fehler eine Welle der heiligen Furcht im ganzen Land. Ich glaube, ihre Botschaft würde heute dasselbe bewirken.

Denke doch einmal darüber nach; sie hatten noch nicht einmal die Gelegenheit zum Weinen. Sie hätten einen Teil des Landes als Grabstätte zurückbehalten sollen! Sie konnten nicht erkennen, daß ihre gut geplante Lüge zu ihrer eigenen Exekution werden würde. Niedergestreckt – Märtyrer des Gottes des Geizes. Für uns alle ein Beispiel. Wer hat hier wen reingelegt?

Warum würde irgend jemand solch eine kriminelle Tat durchführen? Warum würde jemand Gott falsches Feuer anbieten? Weshalb hat sich König Saulus von Gott abgewandt und seinen Geboten nicht gehorcht? Der schmutzige Abfall der Schwindler ist überall in der Schrift verstreut:

> „Saul sagte zu Samuel: ich habe gesündigt, daß ich den Befehl des Herrn und deine Worte übertreten habe; denn ich fürchtete das Volk und hörte auf seine Stimme. Und nun, vergib mir doch meine Sünde und kehre mit mir um, daß ich den Herrn anbete! Aber Samuel sprach zu Saul: Ich kehre nicht mit dir um. Denn du hast das Wort des Herrn verworfen, und der Herr hat dich verworfen, daß du nicht mehr König über Israel sein sollst" (1 Sam 15,24-26).

Wumm! Der Hammer geht nieder. Es ist vorbei. So spricht der Herr!

Nur zu – versuche zu weinen! Beuge dich über und laß es raus. „Und ihr kehrtet zurück und weintet vor dem Herrn. Aber der Herr hörte nicht auf eure Stimme und neigte sein Ohr nicht zu euch" (5 Mo 1,45).

In Wirklichkeit liegt der Grund für solche Vergehen nicht in der überwältigenden Angst vor Menschen, sondern an einem Mangel der zitternden Furcht vor dem Allmächtigen Gott. „Die Übertretung spricht zum Gottlosen im Innern seines Herzens. Es ist keine Furcht Gottes vor seinen Augen" (Ps 36,2). Zusammengefaßt: „Fürchte Gott und halte seine Gebote", sagt der Prediger (Pred 12,13).

Nun versuche einmal, den Terror, vor einem irdischen Richter zu stehen gegen die Realität auszutauschen, vor dem letzten Gericht zu stehen, und schon verändern sich die Dinge. Vergiß das eiskalte Starren im irdischen Gerichtssaal. Sieh auf den einen, dessen Starren die Dunkelheit durchdringt. Den einen, dessen kurzer Anblick uns schon entblößt.

Sieh den Tatsachen ins Auge – wir leben ständig unter dem Blick von drei Augenzeugen. „Die Furcht des Herrn ist der Anfang der Erkenntnis" (Spr 1,7).

Ein Gerichtsverfahren ist nicht notwendig, weil der Richter Zeuge jeder Tat war. Wir stehen wehrlos vor ihm. Es werden keine neuen Beweise vorgetragen. Niemand wird für dich in den Gerichtssaal stürmen, um die Entscheidung umzubiegen.

Gott läßt sich von unseren Tränen nicht beeinflussen. Er läßt sich nicht von einer herzzerreißenden Geschichte belügen. Wir haben die Grenze überschritten. Wie der Mann vor dem Richter, der zwar weinte, aber keine Reue zeigte, ist es schon vorbei.

Nur zu, weine wie ein Kind. Leg dich ins Zeug. Gib's ihm.

Wumm geht der Hammer nieder – schuldig laut Anklage!
Wumm gehen die Körper nieder – Ananias und Saphira!
Wumm hört sich die Ablehnung des Propheten an – König Saul!
Schwindler am Altar – paßt auf! Gott hat sich nicht geändert!

10. Tränen der Buße

Tief in jedem Mann und in jeder Frau existiert eine Quelle, die nur darauf wartet, auszubrechen – und es geschieht, wenn wir schließlich die Realität erkennen, wer wir in Beziehung zu Gott sind.

Sie konnte ihren Augen nicht trauen. Als ihre beste Freundin nach vorne zum Altar lief, um Vergebung zu erhalten, saß sie vor Wut kochend da. „Lügen! Es sind alles Lügen!" Wütend stampfte sie auf und warf die Tür des Auditoriums hinter sich zu.

Drinnen schmolz die Gegenwart Gottes Herzen, als ob sie aus Wachs wären. Aber draußen wüteten die Feuer der Hölle und härteten Julias Herz gegenüber Gottes Wahrheit. Wie ein verwundetes Tier lief sie auf und ab, bereit zum Sprung. Ich war ihr erstes Opfer.

„Das ist doch alles Müll!" schrie sie mich an. Mit Worten, die ich hier nicht wiederholen kann, erklärte sie mir ihre Position. Wie ein tollwütiges Tier, das gleich zubeißen wird, spuckte sie Flüche aus. All ihr innerer Zorn, ihr Schmerz und ihre Verbitterung entluden sich verbal. Mit feurigen Augen schlug sie mir ihren Finger ins Gesicht und rief: „Du bist ein eigenartiger Mann. Sieh doch, was du mit meinen Freunden getan hast! Hau hier ab. Ich weiß, was ich glaube, und das hier ist es nicht!"

„Dann geh nach Hause", entgegnete ich. „Nimm deinen Glauben und geh nach Hause." Das wollte sie nicht. Als ob sie von einer äußeren Macht ergriffen war, blieb sie. „Julia, sieh mich an!" befahl ich ihr. Sie hörte mit dem Hin- und Herlaufen auf und starrte mich an. „Du kannst wegrennen, aber dich nicht verstecken", fuhr ich fort.

„Heute abend wurdest du mit dem Kreuz konfrontiert. Du wurdest von der Wahrheit gefangen, und es gibt keine Flucht. Nur zu, verstecke dich. Verberge dich in den Büschen. Geh nach Hause, verstecke dich in deinem Keller. Aber du sollst wissen – was du fühlst, wird dir folgen. Es wird niemals weggehen. Die Wahrheit hat so etwas an sich, daß sie immer herumlungert. Sie taucht zu den unerwünschtesten Momenten auf. Julia, du wurdest vom Geist ergriffen. Du kannst Ausflüchte machen, aber du kannst nicht entkommen."

Sie sah an mir vorbei in das Auditorium der Highschool, wo sie ihre Freunde erblickte. Die ganze Teenager-Gang war während einer unserer Veranstaltungen in der Gegenwart des Herrn dahingeschmolzen. Ich hatte es schon zuvor erlebt – Scharen von jungen Leuten, die öffentlich vor dem Herrn schluchzen.

Julias Freunde weinten unkontrolliert. Auf ihren Gesichtern zeichnete sich Freude ab, ein Beweis für den Frieden in ihren Herzen. Rebellion wurde durch Buße ersetzt, und nun waren sie überschwenglich in Jesus verliebt. Nur ein paar Momente zuvor hatten sie sich über die Botschaft lustig gemacht. Nun wollten sie sie in ihrer ganzen Nachbarschaft verkünden!

Es ist ein Geheimnis. Die Bibel sagt: „Ich, der Herr, bin es, der das Herz erforscht" (Jer 17,10). Einige hören das kostbare Wort des Herrn, beugen sich, schmelzen auf dem Boden dahin und vergießen Tränen der Buße. Die Wahrheit durchdringt sie einfach. Sie gestatten die Untersuchung und brechen vor dem Resultat zusammen.

Andere wiederum können die Botschaft am gleichen Ort hören und der gleichen Salbung ausgesetzt sein, werden jedoch innerlich steif. Wie der Pharao zu der Zeit der Herausforderung, verhärten sie ihr Herz, unterdrücken den Geist und verneinen seine Gegenwart.

„Da blieb das Herz des Pharao verstockt, und er hörte nicht auf sie, wie der Herr geredet hatte. Da wandte sich der Pharao um, ging in sein Haus und nahm auch dies nicht zu Herzen" (2 Mo 7,22-23). Obwohl seine Magier verkündeten: „Das ist der Finger Gottes!" (2 Mo 8,15), bleibt er bei seiner hartnäckigen Verneinung. Später, als die Plagen schlimmer wurden, schrien seine eigenen Diener: „Laß die Leute ziehen, damit sie dem Herrn, ihrem Gott, dienen!" (2 Mo 10,7). Vergeblich. Als ob er zur Zerstörung bestimmt ist, fährt der Pharao damit fort, das Offensichtliche abzulehnen.

Heute schreien einige, wie der Pharao, innerlich: „Das ist alles Müll!" Sie versuchen, ihre Überführung logisch wegzuerklären, indem sie den menschlichen Geist unter einer Lügendecke ersticken. Sie verfluchen das Kreuz, spucken auf den Erlöser, stampfen weg und schütteln jeglichen möglichen Effekt ab.

„Laß mein Leben in Ruhe!" schrie Julia.

Aber dann gibt es ernsthafte Tränen der Buße. Was für ein willkommener Anblick! Sie flossen ungehindert aus Billys Augen. Vor wenigen Minuten war er noch steinhart. Und nun weich wie Ton. Noch eine herausfordernde Konfrontation mit der geistlichen Ebene, und Jesus war der Sieger. Während ich beobachtete, wie die Teenager sich gegenseitig an den Schultern ausweinten, konnte ich den Psalmisten hören: „Vom Herrn ist es geschehen, es ist ein Wunder vor unseren Augen" (Ps 118,23).

Einer der bemerkenswertesten Beweise für das innere Wirken des Heiligen Geistes ist die Gegenwart ernsthafter, von Gott bewirkter Tränen, die das Gesicht des Sünders hinabströmen. „Denn deine Pfeile sind in mich eingedrungen, und deine Hand hat sich auf mich herabgesenkt. Keine heile Stelle ist an meinem Fleisch wegen deiner Verwünschung, nichts Heiles an meinen Gebeinen wegen meiner Verfehlung" (Ps 38,3-4). Wenn Wasser aus dem Auge eines gottlosen Herzens strömt, ist dies oftmals ein echtes Zeichen von Gottes Durchdringen.

Skeptiker mögen es abwerten; es scheint oberflächliche Emotionen über die wahre Sündenüberführung zu setzen. Ich verneine nicht, daß es viele Täuschungskünstler gibt. (Den Schwindlern wurde ja ein ganzes Kapitel gewidmet.) Aber Buße und Tränen sind eine von Gott gewollte Ehe – sie passen zusammen.

Als Evangelist kann ich die Tränen von einer Person nicht einfach übersehen. Ich bin mir der Möglichkeit der Täuschung bewußt, aber wer bin ich, die Ernsthaftigkeit einer anderen Person zu beurteilen? Nach Beendigung von zwölf peinigenden Jahren der Drogenabhängigkeit liefen über mein eigenes Gesicht Tränen. Und heute gehe ich in der Hoffnung voran, daß die Tränen eines reuigen Sünders wahrhaft ein Produkt einer tiefen Sündenüberführung sind.

Der Mann, der mich zum Kreuz führte, sagte mir nie: „Wisch deine Tränen ab! Bringe alles mit Gott in Ordnung!" Nein, er sah in meinen Augen etwas Echtes. Also wartete er und betete. Ja, der Verlorene kam nach Hause. Schmerz und Elend hatten sich jahrelang in mir angesammelt, und die einzige Art, wie es sich ausdrücken konnte, bestand in Tränen. Ich ging zum Kreuz und weinte. Ich weinte um Gnade. Und die Ergebnisse waren von Dauer.

Keine Buchserie könnte je die Geschichten von Sündern erfassen, die ernsthafte Tränen der Buße geweint haben. Nach Erkenntnis ihres sündigen Zustands wandten sie sich an Christus, weinten Worte des Leids und lebten hinfort ein gottgefälliges Leben.

„Kann jemand zu Christus kommen und nicht weinen?" fragst du vielleicht. Natürlich. Und doch glaube ich, daß tief in jedem Mann und in jeder Frau eine Quelle existiert, die nur darauf wartet, auszubrechen. Dies passiert schließlich, wenn wir die Realität erkennen, wer wir in Relation zu Gott und seiner Heiligkeit sind. Richard Foster schreibt in seinem Buch *Prayer* (Gebet): „Wir sind nicht Sünder, weil wir sündige Taten begehen, sondern wir begehen sündvolle Taten, weil wir Sünder sind. Durch das Gebet unter Tränen erlauben wir Gott, uns auf emotionaler Ebene unsere Sündhaftigkeit und die Sündhaftigkeit der Welt zu zeigen. Tränen sind Gottes Weg, uns zu helfen, mit dem Verstand ins Herz hinabzusteigen und uns dort in ständiger Bewunderung und Anbetung niederzubeugen." [1]

Ich habe es zu oft gesehen, um es zu verneinen. Kriminelle mit versteinerten Gesichtern bis hin zu Starathlete; Menschen schmelzen, wenn sie mit der Wahrheit konfrontiert werden.

Aber wenn eine Person allein mit Gott ist, kommt der wahre Test der Seele. Wenn die Tür geschlossen ist, die Freunde gegangen sind, die Maske ab ist, das sind wir wirklich. Wir können in einem übervölkerten Raum oder allein zu Hause weinen. Der Herr wünscht sich einfach unsere Ehrlichkeit.

Und doch sind wir solche Lügner, wenn es um unsere wahre Natur geht. Die Bibel sagt: „Siehe, du hast Lust an der Wahrheit im Innern" (Ps 51,8). Kannst du dir vorstellen, wie unsere Welt wäre, wenn jeder von uns sein Rollenspiel aufgeben und wahrhaftig sein würde? Wenn wir zu unserem echten Zustand stehen und offen weinen würden, so wie Jesus weinte? Wir sind alle eine Schar von Schauspielern auf einer Bühne. Aber nehmen wir einmal das Skript weg, wischen wir das Make-up weg, werfen das Kostüm zur Seite, und plötzlich sind wir bloßgestellt.

Vor mehr als zweihundert Jahren schrieb Henry Scougal über dieses Thema. In einem Brief an einen Freund schrieb er:

> All unserer Bösartigkeit und unsere Unvollkommenheit, all unsere Torheiten und unsere Sünden sind vielleicht dabei hilfreich, die leise und kleine Täuschung hinwegzuziehen, mit der wir begabt sind, uns zu unterhalten. Das, was jeden dazu bringt, uns zu schätzen, ist das Wissen oder Schätzen von ein wenig Gutem,

und ihre Unkenntnis der großen Menge an Bösem, das in uns sein mag; würden sie uns durch und durch kennen, würden sie schnell ihre Meinung ändern.[2]

Er fuhr fort:

Würden die Gedanken, die an den besten und ernsthaftesten Tagen unseres Lebens in unser Herz hineinkommen, in der Öffentlichkeit zur Schau gestellt werden, wären wir entweder hassenswert oder lächerlich; und wie auch immer wir unser Versagen voreinander verheimlichen; sind wir uns dessen bewußt, und einige ernsthafte Überlegungen darüber würde vieles relativieren und die Eitelkeit unseres Geistes zerstreuen.[3]

Im Alter von 26 Jahren schrieb Henry Scougal diese Worte in Schottland.

Mehr als zweihundert Jahre haben sie Männer und Frauen Gottes zu einem Leben in Ehrlichkeit gerufen. Seine Worte sprechen noch heute Bände.

Mit der Wahrheit konfrontiert! Wenn das Wort Gottes gepredigt wird, geschieht etwas mit dem Zuhörer. Wer die Wahrheit ernstlich hört, findet sich an einer wichtigen Kreuzung wieder: Ich wurde bloßgestellt. Was nun?

Gottesfürchtige Reue führt zur gottesfürchtigen Buße. König David fiel an dieser Kreuzung. Du erinnerst dich an die Geschichte: David war am falschen Ort zur falschen Zeit und sah die falsche Frau. „Ein jeder aber wird versucht, wenn er von seiner eigenen Lust fortgezogen und gelockt wird. Danach, wenn die Lust empfangen hat, gebiert sie Sünde; die Sünde aber, wenn sie vollendet ist, gebiert den Tod“ (Jak 1,14-15).

David fiel in Unzucht mit Bathseba und bedeckte seine Sünde, indem er ihren Ehemann Uria tötete. Aber er wurde vom Schmerz geplagt; das Gewicht der Schuld konnte er nicht tragen. Dann trat der Prophet Nathanael auf. Er sah vorbei an der Krone des Königs, er sah einen Feigling und Kriminellen. Seine Worte durchdrangen das Herz von David: „Du bist der Mann!“ verkündete der Prophet.

O, wie ich Gott dankbar bin für kühne Männer und Frauen Gottes. Für die, die Gottesfurcht und nicht Menschenfurcht haben! Du kannst vielleicht deinen Uria töten, aber die tödliche Wahrheit bleibt dennoch. Wieder einmal wurdest du von der Wahrheit gefangen. Dein Vertuschen hat versagt. Nun bist du nackt, vor den Elementen bloßgestellt. Du hast es getan! Niemand außer Gott kennt die Wahrheit über dich. Aber das ist genug. Es ist vorbei. Nun wird jedes trügerische Detail mit eindringlicher Genauigkeit hervorgebracht. Das Verbrechen war so perfekt geplant und durchgeführt. Was für eine Verschwendung! Was für eine Dummheit!

Der Körper von Uria verrottete, während sein unschuldiges Blut himmelwärts schrie. Aber der Geruch war nicht von Fleisch und Blut. Es stank aus Davids Herz – „die Übelkeit deines Herzens!" weint Gott. „Es ist der faulige Geruch deiner Unreinheit!" Schuldig! Schuldig laut Anklage!

David tat Buße. Er war ein Mann, der weinte, und das Opfer, das er zum Altar brachte, war ein gebrochener Geist. „Ein zerbrochenes und zerschlagenes Herz wirst du, Gott, nicht verachten" (Ps 51,19).

David ging durch die Tiefen der Sünde zu den Höhen der Vergebung. Er wußte, wie es war, außerhalb der Gemeinschaft mit Gott zu leben. Er kannte die Agonie der Niederlage, die unausdrückliche Freude der Vergebung.

Seine Geschichte wiederholt sich jeden Tag unzählige Male auf der Welt. Ein Prediger predigt, und jemand mit einer Not hört zu. Das Wort Gottes dringt tief hindurch. „Denn das Wort Gottes ist lebendig und wirksam und schärfer als jedes zweischneidige Schwert und durchdringend bis zur Scheidung von Seele und Geist, sowohl der Gelenke als auch des Markes, und ein Richter der Gedanken und Gesinnungen des Herzens; und kein Geschöpf ist vor ihm unsichtbar, sondern alles bloß und aufgedeckt vor den Augen dessen, mit dem wir es zu tun haben" (Hebr 4,12-13).

Der Prediger stellt vor dem Zuhörer einen Standard auf: ein Beispiel ohne Sünde; einen perfekten Mann; den einen, der in jeglicher Weise versucht wurde und doch ohne Sünde befunden wurde; den einen, der sein Leben nicht liebte, als er sogar dem Tod ins Angesicht sah; den einen, dessen Ziel es war, daß niemand vergehen, sondern zur Buße kommen sollte; den einen, der in wenigen Stunden mehr Mißbrauch und Spott durchlitt als die meisten Menschen in ihrem ganzen Leben; den einen, der all dies für jemand anderen durchlitt.

Wenn einen diese Wahrheit trifft, wenn der Heilige Geist eine eigenwillige Person von diesem Dilemma überzeugt, wenn der ganz Himmel nach unten kommt und die ganze Hölle aufblickt, es zu sehen

– o, was für eine Ekstase und Freude! Der Kampf wütet auf der blutigen Erde des Herzens, und all die vergeblichen Argumente verbrennen durch das Wort des Herrn wie Spreu!

Jahrhunderte waren gottesfürchtige Männer und Frauen Zeugen von gottesfürchtiger Reue, die mit Tränen der Buße geschah. In seinem Buch über das Leben von David Brainerd, einem Missionar bei den amerikanischen Indianern des achtzehnten Jahrhunderts, schrieb Jonathan Edwards:

> Von der Sonne gewärmte Personen, die vorher kaum wach waren, waren nun tief verwundet mit einem Gespür von ihrer Sünde und ihrem Elend.
>
> „Besonders ein Mann", schreib Brainerd, „fühlte die Schärfe von Gottes zweischneidigem Schwert. Er schien im Herzen von Verzweiflung durchbohrt zu sein; all die Bösartigkeit seines alten Lebens kam mit lebendiger Frische wieder hoch; und er sah jede gemeine Tat, als ob er es gestern getan hätte."
>
> Auch eine Zahl älterer Männer sorgten sich um ihre Seelen – sie konnten nicht aufhören, laut zu weinen und zu schreien. „Ihr bitteres Stöhnen war das am meisten Überzeugendste sowie die rührenden Beweise der Realität und Tiefe ihres innerlichen Leids."[4]

Erinnerst du dich an Julia, Billy und die Gang? Zuerst machten sie sich alle über die Botschaft lustig und taten so, als ob sie den Geist nicht wahrnehmen würden. Sie machten schnodderige Witze, lärmten herum und lachten. Dann geschah es. Als ich Christus und ihn als den Gekreuzigten predigte – als er erhoben wurde –, kam der ganze Himmel nieder. Trockene Augen wurden feucht. Billy kämpfte gegen die Tränen. Er hoffte, es zu verstecken und wischte diskret die Berührung des Geistes weg, aber vergeblich. Gott hatte gewonnen. Die Wahrheit hatte gesiegt. Dann folgte das Gebet des Sünders, in ernsthafte Tränen der Buße getränkt. Ein neuer Name wurde in der Herrlichkeit geschrieben!

Aber was ist mit Julia? Sie war Billys Freundin. Wie ich vorher schon erwähnte, werden einige härter, während andere schmelzen. Einige fluchen, während andere weinen. Als der Geist Gottes an jenem Abend bei dieser besonderen Veranstaltung kam, war plötzlich jeder bloßgestellt.

Wie Adam und Eva, bei der Tat erwischt, floh Julia aus seiner Gegenwart. Aber man kann sich wirklich nirgendwo verstecken. Gott verlangt eine Antwort – ja oder nein, Annahme oder Ablehnung, rein oder raus, Liebe oder Haß, Himmel oder Hölle. Sie stand am Scheideweg.

Julia wand sich aus dem Griff der Überführung. An diesem Abend rang sie und gewann. Aber am Schluß wird sie verlieren. Vielleicht ging diese Runde an sie, aber das Spiel ist noch offen.

Mach weiter – benutze jeden Trick aus dem Buch. Trete und beiße. Hol deine Metallschlagringe heraus. Schleudere sie auf ihn. Es ist alles vergeblich – nur ein Schlagen in den Wind.

Lauf aus dem Gebäude. Brüll den Prediger an. Verleumde den Erlöser. Julia hielt mich in Schach, auf Armeslänge. „Nicht dichter!“ schrie sie. „Bleibe mir fern!“

Den Prediger kannst du auf Armeslänge halten, aber nicht den Herrn. „Siehe, die Hand des Herrn ist nicht zu kurz, um zu retten, und sein Ohr nicht zu schwer, um zu hören“ (Jes 59,1).

Eines Tages wird es vorbei sein. Kein Treten und Schreien – nur heulen und Zähneknirschen. Keine Prediger, die Hölle – Feuer – Schwefel verkündigen – nur ewige Verdammnis. Schmerz und Leid werden keine Erlösung finden. Schlag den Becher Wasser hier auf Erden aus – und dann sehne dich nach nur einem Tropfen davon in der Hölle.

Ein Wort an die Prediger: Danke dem Herrn, wenn du wahre Tränen der Buße erlebst. Erfreue dich an der Ehrlichkeit. Gott sei Dank hat jemand ja gesagt.

Ein Wort an die Abgefallenen und Sünder: Grabe tief. Durchforsche dein Herz. Sei dir und Gott gegenüber ehrlich. Lüge nicht. Mögest du eine tränenreiche Offenbarung erleben.

Ich schließe dieses Kapitel mit einem Zitat von Henry Ward Beecher: „Niemand kann in die Kerker seiner Erfahrung gehen, die Fackel Gottes in alle Kammern, alle versteckten Hohlräume und schleimigen Winkel halten und nicht erschauern und frieren und nicht einen ernsthaften Schrei zu Gott nach göttlicher Gnade und Reinigung ausstoßen.“[5]

Weine es heraus, mein Freund. Laß den Schmutz und die Korruption an die Oberfläche kommen und wasche sie auf einem Strom von Tränen hinweg.

11. Tränen in einer Flasche

Versteht Gott wirklich unseren Schmerz oder unser Leid, wenn wir weinen? Kann er ernsthaft mit unseren Gefühlen mitempfinden?

Es war zwei Uhr morgens, als Esther draußen vor dem Haus Geräusche hörte und ihren Mann anstupste, ihnen nachzugehen.

Er kehrte ein paar Minuten später zurück, nahm seine Pistole mit 32er Kaliber aus dem Nachttisch und beruhigte sie: „Es ist nur ein Waschbär, Liebling. Wahrscheinlich ist er hinter den Hühnern her. Ich werde ihn abschießen müssen. Ich bin gleich zurück."

Esther und Ralph genossen ihr Leben in vollen Zügen. Gleich nach ihrer Hochzeit waren sie von Michigan in die Nähe von Seattle gezogen, wo sie sich in einem hübschen länglichen Haus auf Vashon Island niederließen.

Esther mochte besonders Tiere und Musik gerne. Damit sie die Tortur des Schießens besser aushielt, entschloß sie sich, im beruhigenden Klang der Orgel Zuflucht zu finden. Während Ralph den Waschbären suchte, setzte Esther sich hin, um zu spielen. Sie hoffte, dadurch das Geräusch der Schüsse zu übertönen. Ihre Entscheidung bewies sich als todbringend.

Als Ralph die Außentür aufstieß, um nach draußen zu gehen, huschte das kleine Tier unter das Auto. Ralph gab zwei Schüsse ab, aber beide verfehlten ihr Ziel. Dann sprang der Waschbär auf das Autodach und zog dadurch den tödlichen Schuß auf sich.

Man nennt es eine Serie unglücklicher Umstände, etwas, das in einer Million Jahren nicht noch einmal passiert. Die Kugel aus Ralphs Pistole ging durch die Hauswand, prallte ab und traf Esther in die Brust, während sie an der Orgel saß. Sie fiel verwundet zu Boden. Ein paar Tage später wurde sie im Krankenhaus von Seattle für tot erklärt.

Es war einer dieser tragischen „Wenn doch nur"-Situationen. Wenn sie doch nur trotz des störenden Raschelns des Waschbären durchgeschlafen hätte. Wenn der Waschbär doch nur weggelaufen wäre, nachdem der erste Schuß in der Mitternachtsluft widerhallte. Wenn Esther doch nur im Bett geblieben wäre, während Ralph sich um das Tier kümmerte. Wenn die Orgel doch nur ein wenig weiter links oder rechts gestanden hätte. Wenn doch nur die erste Kugel ihr Ziel getroffen hätte. Wenn sie sich doch nur entschlossen hätten, statt der Handfeuerwaffe ein Gewehr zu kaufen. Die Liste geht immer weiter und endet nur in Sinnlosigkeit.

Wir alle wissen, daß guten Menschen schlechte Dinge widerfahren. Niemand trägt die Schuld. Wir können uns den Rest unserer Tage fragen, warum Esther so etwas passieren konnte, und werden doch niemals eine Antwort darauf finden. Die Kernaussage ist jedoch: Was geschehen ist, bleibt geschehen, und jetzt war es an der Zeit, es zu akzeptieren.

Als dieser verheerende Vorfall geschah, war ich drei Jahre alt. Esther war Moms ältere Schwester. Ich kann mich an die danach stattgefundene Szene erinnern, als ob es gestern wäre.

Ich spielte mit meinem Spielzeug im Wohnzimmer, als das Telefon läutete. Es war Onkel Ralph aus Seattle. Mom ging ans Telefon, und nach einigen Minuten weinte sie haltlos. Ich ließ mein Spielzeug fallen und ging zum Küchentisch, an dem sie saß. Als Mom von der Nachricht des Unfalls hörte, konnte sie ihren Ohren kaum trauen. „Sie war so jung – so voller Leben. So liebevoll", stieß sie hervor. Ich konnte hören, wie sich ihre Stimme wegen des tiefen emotionalen Traumas brach. „Warum Esther?" schluchzte sie. Ihre Schwester war tot. Mom wußte, daß sie nicht zur Beerdigung konnte, weil sie mit meiner jüngeren Schwester Suzie schwanger war. Die Erkenntnis, daß sie ihre Schwester nie wieder sehen würde, vergrößerte ihren Schmerz nur.

Diese herzzerreißende Situation geschah vor drei Jahrzehnten. Zu der Zeit konnte ich die Situation nicht vollständig begreifen. Aber eines verstand ich: Meine Mom litt, und ich wollte ihr helfen. Doch wie tröstet man jemanden, der solch einen plötzlichen Tod beklagt? Ich entschloß mich, ihr nahe zu sein und da zu sein, wenn sie mich brauchte.

Am meisten kann ich mich an ihre Tränen erinnern. Ein ständiger Strom lief auf den Tisch. Ich wußte nicht, daß ich – sinnbildlich gesprochen – ihre Tränen als lebendige Erinnerung an den tragischen Tod ihrer Schwester Esther sammelte. Als Erwachsener kann ich in der Zeit zurückgehen, die Regale in meinen Gedanken durchsuchen und die kleine Flasche mit dem Etikett „Moms Tränen über den Tod ihrer Schwester Esther“ herunternehmen. Tränen in einer Flasche.

Die meisten von uns haben im Laufe ihres Lebens ähnliche Situationen erlebt. Wenn wir nur für ein paar Minuten die Tretmühle des täglichen Lebens anhalten und ein paar Minuten innehalten könnten, würde uns unser Gedächtnis zu tränenreichen Erlebnissen zurückführen, die wir niemals vergessen haben.

Vor kurzem erzählte mir eine gute Freundin, Christine, von einer Begebenheit, die sie sich gemerkt hatte. Es war keine tragische Geschichte, aber weil es um Tränen ging, blieb sie in ihrer Erinnerung.

> Mein Vater ist in unserer Gemeinde Sonntagsschullehrer für Erwachsene. Vor ein paar Tagen sprach er mich an und bat mich, ob ich eine besonders unvergeßliche Geschichte, die sich während meiner Kindheit in bezug auf Elternschaft begab, erzählen könnte. Egal, ob gut oder schlecht, er wollte eine ehrliche Erfahrung elterlicher Autorität aus meiner Sicht als Kind. Sofort erinnerte ich mich an eine Begebenheit.
>
> „Papi, das mich am meisten schockierende Erlebnis meiner Kindheit ist etwas, an das du dich wahrscheinlich nicht einmal erinnerst“, sage ich. „Ich war Teenager und hatte mich in absichtlichem Ungehorsam aus dem Haus geschlichen, während du mit Mami Essen gegangen warst. Nachdem du es herausgefunden hattest, zeigtest du eine Emotion, die wir als Kinder noch nicht kannten.“
>
> Ich denke, er erwartete, daß ich von einer ernsthaften Strafe oder vielleicht von einem sagenhaften Familienausflug am Strand erzählen würde. Oder vielleicht vom Weihnachtsmorgen, als ich unter dem Weihnachtsbaum das neue Fahrrad glitzern sah. Oder vielleicht all die Zeiten, zu denen er mit mir Mathe-Gleichungen zu lösen versuchte. Aber ich hatte recht – an diese kleine Tortur konnte er sich nicht erinnern.
>
> „Papi, du beriefst den Familienrat ein. Die Küche war der Gerichtssaal, du warst Richter und Geschworener, und ich war der Angeklagte. Ich kann mich erinnern, daß du reumütig aussahst. Statt Zorn sah ich Leid. Du hast dich an den Tisch gesetzt

und uns von deinem Versagen gegenüber der Familie erzählt. Du sagtest, daß du als Vater versagt hättest und für mein Verhalten die Schuld auf dich nimmst. Du sahst so traurig und bestürzt aus. Und dann geschah es. Du begannst zu weinen."

„Papi, ich hatte dich niemals zuvor weinen sehen", fuhr ich fort. „Ich kannte Zorn, Lachen und eine Vielzahl anderer Gefühlsausbrüche. Aber ich hatte dich niemals weinen sehen. Es mußten keine Beweise aufgeführt werden. Es war schlimmer als eine Tracht Prügel, viel schlimmer als Stubenarrest. Du weintest über meinen Ungehorsam. Es hatte für die zukünftigen Jahre eine profunde Wirkung auf mich. Während du weintest, tropften ständig Tränen. Es war wie die chinesische Wasserfolter, die wir alle kennen, wo der Feind tagelang ständiges Tropfen auf seine Stirn aushalten muß. Deine Tränen taten mehr für mich als Jahre elterlicher Ratschläge. Papi, es war der Tag, an dem ich dein Herz sah. Deine Tränen bewegten mich dazu, mich ändern zu wollen."

Christine hatte an jenem Tag unbewußt dasselbe getan wie ich, als meine Mutter von dem tragischen Tod ihrer Schwester Esther erfuhr. Sie hatte die Tränen ihres Vaters als lebendige Erinnerung an den Tod ihres ungehorsamen Verhaltens aufbewahrt. Jahre später las sie das Etikett auf der kleinen Flasche: „Papis Tränen über meinen Ungehorsam."

Die meisten von uns könnten ähnliche Geschichten unvergessener Vorfälle erzählen, die sich aufgrund von Tränen in unser Gedächtnis gegraben haben. Wie ein sanfter Strom hat sich der Tränenfluß durch den harten Grund gegraben und hinterläßt in unserem Gedächtnis einen ewigen Eindruck. Viele von uns können den Spuren unserer Tränen zurück zur Quelle folgen. Unbewußt haben wir ein „geschichtliches Zeichen" gesetzt. Ja, wir alle sammeln Tränen.

Der Apostel Paulus bezog sich in seinem zweiten Brief an Timotheus darauf: „Ich danke Gott, dem ich von meinen Voreltern her mit reinem Gewissen diene, wie ich unablässig deiner gedenke in meinen Gebeten Nacht und Tag, voll Verlangen, dich zu sehen – eingedenk deiner Tränen –, um mit Freude erfüllt zu werden" (2 Tim 1,3-4).

Die Tränen von Timotheus hinterließen bei Paulus einen tiefen Eindruck. Der Apostel verwahrte diese Tränen und bezog sich in diesem kostbaren Brief darauf.

Den Gedanken, Tränen zur Erinnerung zu sammeln, gibt es schon seit Jahrhunderten. Einige Generationen haben tatsächlich das gemacht, was wir uns geistig vorgestellt haben, daß sie Tränen in kleinen Flaschen zum Gedächtnis an die Verstorbenen sammeln.

Diese kleinen Flaschen, Lachrymatories genannt, kann man immer noch in einer Vielzahl alter Gräber finden. Es war Sitte, die Tränen der Klagenden zu sammeln und in Flaschen aufzubewahren. Diese Flaschen waren aus dünnem Glas (oder oft auch aus einfachem Ton, der noch nicht einmal gebrannt oder glasiert war), mit einem schlanken Korpus, weitem Boden und tunnelförmigem Oberteil. Wenn von den Freunden des Verstorbenen erwartet wurde, ihren Anteil Tränen für diese Flaschen abzugeben, heuerten diese oftmals verschlagene Frauen an, die dafür sorgten, daß aus ihren Augenlidern Wasser hervorsprudelte.

Dieses Ritual, nicht ernstgemeinte Tränen zu sammeln, war für sensible Menschen eine große Beleidigung. Der lateinische Historiker Cornelius Tacitus (55–120 n. Chr.) offenbarte die Verachtung, die viele gegenüber diesem Brauch hatten: „Bei meiner Beerdigung sollen keine Zeichen des Leids zu sehen sein, keine pompöse Verspottung des Leids. Krönt mich mit Kränzen, streut Blumen auf mein Grab und laßt von meinen Freunden kein vergebliches Denkmal aufstellen um anzuzeigen, wo meine Überreste liegen."

Es war nicht nur bei den Römern üblich, Tränen zu sammeln, sondern auch zu früheren Zeiten bei östlichen Völkern. In einigen der klagenden persischen Versammlungen ging der Priester mit einem Tuch in der Hand zu einer Person, wenn sie am Höhepunkt ihrer Trauer angelangt war, und fing mit dem Tuch sorgfältig die fallenden Tränen auf. Dann wurden diese Tränen über einer Flasche ausgewrungen und mit größter Sorgfalt verwahrt.[1] Dies illustriert irgendwie den Psalm 56,9: „Meine Heimatlosigkeit hast du abgemessen. Gieße meine Tränen in deinen Schlauch! Stehen sie nicht in deinem Verzeichnis?"

In ihrem Buch *The Fountain and the Furnace* (Die Quelle und der Feuerofen) schreibt Maggie Ross: „Es ist möglich, daß die Frau, die Jesu Füße mit ihren Tränen gewaschen hat (Lukas 7,38), ihre Tränenflasche ausgoß. Man könnte das griechische Verb so übersetzen. Nachdem sie ihren Herrn fand, brauchte sie nicht länger all ihre Freude und ihr Leid darin aufbewahren, sondern konnte sie ausgießen und frei sein. Der Tränendamm war gebrochen und konnte mit dem Wasser des Lebens in den Fluß des Lebens fließen."[2]

Zur Zeit des Psalmisten gab es noch einen Brauch. War eine Person krank oder hatte großes Leid, kamen die Freunde mit einer Flasche. Liefen dann die Tränen über die Wangen des Leidenden, wurden sie in diesen Flaschen aufgefangen, versiegelt und zur Erinnerung an diese Begebenheit verwahrt.

An dieser Stelle ist es wichtig festzuhalten: Damit diese Tränen aufgefangen werden konnten, mußte ein Besuch stattfinden. Ich kann mir vorstellen, wie David zu Gott schrie: „Komm zu mir und sieh meine Tränen. O, besuche mich mit deiner Erlösung, denn ohne diesen Besuch gelangen keine Tränen in die Flaschen. Siehe mein Leid. Halte sie als Erinnerung vor Augen, und wenn du die Flaschen siehst, denke an den, des Tränen sie enthalten." In Psalm 42,4 schreibt David: „Meine Tränen sind mein Brot geworden Tag und Nacht."

Versteht Gott wirklich unseren Schmerz und unser Leid, wenn wir weinen? Kann er sich ernsthaft in uns hineinversetzten?

Beim Lesen des 1. Buches Mose fiel mir der wunderbare Vers auf: „Und Gott sprach: Laßt uns Menschen machen in unserem Bild, uns ähnlich" (1 Mo 1,26).

Es ist ziemlich deutlich, daß dieser Abschnitt ausdrückt, daß Gott uns nach seinem Ebenbild geschaffen hat. Joseph Parker schreibt: „Hier ist der Text, hier ist die klare Gewißheit, daß Gott den Menschen nach seinem eigenen Bildnis geschaffen hat; nach dem Ebenbild Gottes schuf er ihn. Das ist genug, um jede Bibel zu ruinieren. Es reicht aus, um Gott vom Thron zu holen. Innerhalb enger Grenzen wäre jede Person darin gerechtfertigt zu sagen: Wenn der Mensch nach dem Ebenbild Gottes geschaffen ist, will ich keinen Gott anbeten, der solch ein Ebenbild hat."[3]

Wir alle erkennen den Standpunkt von Reverend Joseph Parker. Aber denke daran, wir haben jetzt mit dem gefallenen Menschen zu tun. Vor dem Fall erstrahlte die Schönheit von Gottes menschlicher Schöpfung in seinen Charaktereigenschaften. Die Ähnlichkeit mit Gott bestand in der Unsterblichkeit der Seele, seiner Heiligkeit und Unschuld. Der Mensch verfügte über Mächte und Fähigkeiten und konnte Gott kennen, lieben und fürchten. Darüber hinaus wurde ihm die Macht und Vorherrschaft über die niedrigere Schöpfung gegeben, genau wie Gott die Macht über die geistliche Welt hatte.[4] Ja, die Liebe, das Sorgen, die Gemeinschaft mit Gott, die Weisheit gehörten alle zum Make-up des Menschen vor dem Sündenfall.

Heute müssen wir uns den Menschen Jesus Christus ansehen, um diesen Text völlig zu begreifen. Wenn wir ihm folgen und im Gehorsam zu seinem Wort wandeln, kommt die Güte Gottes an die Oberfläche. Begraben unter Tonnen von Fleischlichkeit finden wir einen Schatz, der nur darauf wartet, entdeckt zu werden. Seine Ähnlichkeit verbirgt sich wie Flüsse von Rohöl, die unter der Oberfläche blubbern, tief in unserem Innern. Wenn wir dem Herrn nachfolgen, wühlen wir durch eine Schicht harten Bodens, bettelnd, daß sein Schatz hervorkommt. „Ich will dich!" schreien wir. „Ich will genau wie du sein, Herr Jesus! Ich möchte reich in dir sein, Jesus." Wir graben tiefer und tiefer, und dann geschieht es: Wir stoßen auf Öl! Die Liebe von Christus sprudelt aus unserem Innersten hervor. Wir und die um uns herum werden durchnäßt. Wir sind von seiner Gegenwart durchtränkt.

Wenn du zu ihm siehst, wirst du in deinem Leben Frucht finden, die das Ebenbild und die Ähnlichkeit Gottes trägt. Sei wie er, und du wirst nach seinem Ebenbild sein.

Doch hier ist mein übergreifender Punkt: Genau wie wir Leid spüren und unsere „Nächte des Weinens" haben, spürt Gott es auch. Er grämt sich genau wie wir.

Zuerst schuf er uns, und dann ging er den letzten Schritt mit uns, indem er sich selbst in fleischliche Gewänder kleidete, um alles zu erleben, was wir auch durchmachen. Vergiß niemals diesen mächtigen Abschnitt in der Bibel, in dem es um das Leben unseres Herrn geht: „Der hat in den Tagen seines Fleisches sowohl Bitten als Flehen mit starkem Geschrei und Tränen dem dargebracht, der ihn aus dem Tod erretten kann, und ist um seiner Gottesfurcht willen erhöht worden" (Hebr 5,7). Niemand hat die Tränenflasche so angefüllt wie Jesus.

Erlebst du gerade ein persönliches Gethsemane? Bist du allein? Stehen dir deine Freunde bei oder schlafen sie in der Entfernung? Bist du an einer Stelle mit Gott angelangt, wo du sagst: „Nicht mein, sondern dein Wille geschehe."? Ist es schwer, aus dem Kelch, der vor dir steht, zu trinken?

Jesus war dort. Er hält seine Flasche und fängt jede Tränen auf. Hast du vom Rennen Tränen in den Augen? Wir alle haben erlebt, wie sich Tränen bilden, wenn man gegen den Wind rennt. Seine forsche Kraft, die durch die Augen schnitt und die Feuchtigkeit austrocknete. Unser Körper reagiert mit Weinen, indem er so die Trockenheit lindert. Begegnen dir die Winde der Not, während du rennst? Jesus war dort. Er hält die Flasche und fängt jede Träne auf.

Erlebst du Ablehnung? Haben deine Familie und Freunde dich verlassen? Klammerst du dich an Gottes Verheißung: „Sogar mein

Vater und meine Mutter haben mich verlassen, aber der Herr nimmt mich auf" (Ps 27,10)? Denke daran, Jesus war dort. Er hält die Flasche und fängt jede Träne auf.

Bist du vom Wandern müde? Fühlst du dich wie ein gejagter Flüchtling, so wie David, und der Druck kommt von allen Seiten? Kommst du von einer dunklen Höhle in die andere oder von Wildnis zur Wildnis? Hast du keinen Platz, an dem du dein Haupt niederlegen kannst? Jesus war dort. Er hält die Flasche und fängt jede Träne auf.

Bricht die Welt um dich herum zusammen? Stehst du auf einem Hügel und siehst die Agonie dieses Lebens, wie Jesus die Stadt Jerusalem sah? Hast du eine perfekte Situation gesehen, aber Sünde hat dich von Gottes Bestem für dich getrennt? Fühlst du die Auswirkungen der Rebellion? Fühlst du die Dunkelheit der Zerstörung? Jesus war dort. Er hält die Flasche und fängt jede Träne auf.

Ich frage dich: „Hast du den kostbaren Tränenbrunnen tief drinnen entdeckt?" Man sagt, daß das Wasser im Fernen Ostens so selten ist, daß ein Mann als reich angesehen wird, wenn er eine Quelle besitzt. Über den Besitz einer Quelle wurden Schlachten ausgetragen. Aber jeder Mensch besitzt eine eigene Quelle – eine tiefe Tränenquelle. Eine Träne ist aufgelöste Qual. Und durch göttliche Kraft kann sie in geistlichen Reichtum kristallisiert werden, und alle Lasten werden leicht.[5]

Wenn du dich in einer ernsten geistlichen Dürre befindest und dich nach einem Tropfen Feuchtigkeit verzehrst, dann kannst du vielleicht heute eine Quelle entdecken. Nicht außen, sondern vielmehr innen – dort findest du deine geistliche Oase. Laß die Tränen kommen und frei fließen. Gott wartet geduldig, um jeden Tropfen aufzufangen.

Vielleicht kannst du dem, was ich sage, folgen. Vielleicht brauchst du wie nie zuvor ein Erfrischung vom Herrn. Wie David in den alten Tagen, schreist du: „O Herr, du siehst mein Umherziehen." Mein Freund. Er ist mit dir. „Am Abend kehrt Weinen ein, und am Morgen ist Jubel da" (Ps 30,6).

Lies die folgenden Verse als seine Verheißung an dich in dieser dunklen Krise: „Steh auf, werde licht! Denn dein Licht ist gekommen, und die Herrlichkeit des Herrn ist über dir aufgegangen" (Jes 60,1). „Denn in der Wüste brechen Wasser hervor und Bäche in der Steppe. Und die Wüstenglut wird zum Teich und das dürre Land zu Wasserquellen" (Jes 35,6-7).

Laß Gott die Tränen in eine Flasche füllen. Eines Tages wirst du zurückblicken, die Regale durchstöbern und über diese kostbare Zeit mit dem Herrn staunen.

Jesus hat jede Freudenträne und jede Träne des Leids durchlebt. „Denn wir haben nicht einen Hohenpriester, der nicht Mitleid haben könnte mit unseren Schwachheiten, sondern der in allem in gleicher Weise wie wir versucht worden ist, doch ohne Sünde. Laßt uns nun mit Freimütigkeit hinzutreten zum Thron der Gnade, damit wir Barmherzigkeit empfangen und Gnade finden zur rechtzeitigen Hilfe“ (Hebr 4,15-16). Unser Hoherpriester bummelt durch die Flure in unserem Zuhause, wobei er die Flasche mit seinen eigenen Tränen gefüllt hat, lehnt sich dann herüber und hält sanft eine leere Flasche unter unsere Augen. „Mein(e) Geliebte(r), weine – ich fange jeden Tropfen auf“, versichert er dir. „Ich werde mich an dein Leiden erinnern. Ich verwahre deinen Schmerz.“

Der große Londoner Prediger Edward Irving, der unglaubliche Entbehrungen durchlebte, drückte es so wunderschön aus:

> „O, der ewige Wert göttlicher Tränen. Sie sind gute Tränen, die aus unserem Herz hervorbrechen, wenn wir ihn ansehen, den wir durchstochen haben, und weine, wie eine Mutter um ihren einzigen Sohn weint. Die Tränen, die Christus über Jerusalem vergoß, gefallen und ohne Reue, als er ihr erbarmungsloses Schicksal sah. Die Tränen des Erbarmens, die er über die Leiden im Hause Lazarus weinte. Die Tränen, die Paulus vergossen hat, als er Tag und Nacht durch die Stadt Ephesus ging, von Haus zu Haus, und die Menschen anflehte, sich mit Gott zu versöhnen.
>
> Nicht die bittere und enttäuschte Laune von Jona, als er in höchstem Maße unerfreut und sehr zornig war, weil der Herr seine Drohungen gegen Ninive nicht durchführte, und Gott anflehte, indem er sagte: „Und nun, Herr, nimm doch meine Seele von mir! Denn es ist besser, daß ich sterbe, als daß ich lebe“ (Jon 4,3); oder die Laune von Jeremia dem Propheten, als er ausrief: „Ist denn kein Balsam in Gilead oder kein Arzt dort? Ja, warum ist die Genesung der Tochter meines Volkes ausgeblieben? O daß mein Haupt Wasser wäre und mein Auge eine Tränenquelle, dann wollte ich Tag und Nacht die Erschlagenen der Tochter meines Volkes beweinen“ (Jer. 8,22-23).
>
> Nicht die Tränen des Stolzes, die zögernd aus dem widerwilligen Herzen kommen, die wie Wasser vom Felsen tropfen,

> sondern die Tränen des gedemütigten Stolzes und von der Macht Gottes überzeugt. Diese Tränen fließen reichlich wie der Strom, der aus dem Felsen hervorbrach, nachdem er von dem Stab Mose, dem Botschafter Gottes, geschlagen wurde.
>
> Nicht die Tränen eines Wunsches nach weltlichen Gütern, weder die Tränen eines natürlichen Leids, wenn weltliche Dinge fortgenommen werden, sondern die Tränen eines geistlichen Verlangens nach geistlichen Dingen. Oder vielleicht die Tränen des Leids, wenn Gott sein Angesicht versteckt hat oder unseren Leuchter von seinem vorherigen Platz entfernt hat."[6]

Gott interessiert sich sehr für unser Leid, und er vermerkt es mehr, als wir uns jemals vorstellen können. Er ist ein ernsthafter Sammler. Um seine Funde zu verwahren, benutzt er Bücher, Taschen und Flaschen.

In seinem Buch vermerkt er unsere Namen und Taten: „Ja, ich bitte auch dich, mein rechter Gefährte, stehe ihnen bei, die in dem Evangelium zusammen mit mir gekämpft haben, auch mit Klemens und meinen übrigen Mitarbeitern, deren Namen im Buch des Lebens sind" (Phil 4,3). „Und ich sah die Toten, die Großen und die Kleinen, vor dem Thron stehen, und Bücher wurden aufgeschlagen; und ein anderes Buch wurde aufgeschlagen, welches das des Lebens ist. Und die Toten wurden gerichtet nach dem, was in den Büchern geschrieben war, nach ihren Werken" (Off 20,12).

In seinen Taschen befinden sich unserer Sünden. „Mein Verbrechen wäre versiegelt in einem Bündel, und du würdest meine Schuld zudecken" (Hiob 14,17). Was für eine kostbare Wahrheit! Unsere Verfehlungen sind in seiner Tasche versiegelt, sie wurden ans Kreuz genagelt (Kol 2,13-14) und wurden dann in das tiefe Meer geworfen (Mi 7,19).

Und in seinen Flaschen finden wir unsere Tränen. „Gieße meine Tränen in deinen Schlauch (Flasche)! Stehen sie nicht in deinem Verzeichnis?" (Ps 56,9). Natürlich sind die Taschen und Flaschen Metaphern, aber sie sind ein gewaltiges Hilfsmittel, uns beim Verstehen der wunderbaren Werke des Herrn zu helfen.

Es ist interessant, festzustellen, daß nichts über die Qualität der Flasche berichtet wird. Ich bin sicher, wenn darauf Bezug genommen worden wäre, wie zum Beispiel „Fülle deine Tränen in deine kostbare Flasche", dann hätten die frommen, religiösen Leiter der alten Tage daraus eine Doktrin gemacht. Sofort hätten sie sich mehr Sorgen um die Größe, Qualität und das Material ihrer besonderen Tränenflasche gemacht.

Zweifellos gäbe es einen flott angezogenen Fernsehevangelisten, der dir für jede Fünfzig-Dollar-Spende eine Zinntränenflasche mit eingravierten Initialen schicken würde. Für jede Einhundert-Dollar-Spende würde er eine silberne Falsche mit eingraviertem Namen und für jede Fünfhundert-Dollar-Spende eine goldene Flasche mit aufwendigen engelsgleichen Figuren und eingravierten Namen zuschicken. Natürlich würde es für die großzügigeren Geber von zehntausend Dollar oder mehr eine Flasche aus Platin geben, mit eingelegten Diamanten und mit deinem Namen in kostbaren Juwelen darauf!

Da wir gerade über das Thema Flasche sprechen, möchte ich über Sammelflaschen sprechen. Für einige ist das Sammeln von alten Flaschen so ernsthaft wie für andere, die Börse zu beobachten. Viele Flaschen haben einen Nennwert von Tausenden von Dollars. Wenn du zum Beispiel eine ca. 18 cm hohe rechteckige rosafarbige Flasche mit den Worten Jacob's Cabin Tonic Bitters darauf besitzt, dann schlage ich vor, sie zum örtlichen Automobilhändler zu bringen und sie gegen ein neues Auto einzutauschen, oder die Kreditgeber anzurufen und sie zu informieren, daß der Scheck unterwegs ist. Diese Flasche ist beinahe zehntausend Dollar wert![7] Ernüchternd, oder? Ein ernsthafter Sammler sucht immer nach seltenen Schätzen.

Die meisten alten Flaschen haben Mängel, wie zum Beispiel Dellen im Glas, einen krummen Hals, Blasen usw. Jede Unvollkommenheit hat ihren Wert, und sie werden deshalb von Sammlern besonders gesucht.[8] Terminologien wie applied lip (aufgetragener Rand), kick-up bottom (aufgewirbelter Boden), blob seal (Tropfenversiegelung), whittle marks (Abnutzungsspuren) und sheared up (geschnitten) sind dem Neuling unbekannt. Aber für den passionierten Flaschenkenner sprichst du in gewohnter Sprache.

Gott ist auch ein ernsthafter Sammler, aber seine Interesse liegt nicht an dem Wert des Behälters, sondern mehr an der Reinheit des Inhalts. Die Menschen urteilen immer nach dem äußeren Erscheinungsbild, aber Gott richtet sich nach dem Inneren.

Von allen Dingen, die Gott sammeln könnte, fragst du dich, warum er Tränen aufbewahren würde? Könnte es sein, daß sie vor seinen Augen kostbar sind und daß sie für eine zukünftige Anwendung aufbewahrt werden? Die Tränen, die seine Kinder vergossen und ihm zur Verwahrung gegeben haben, können nicht Tränen der Rebellion oder nicht ernstgemeinten Weinens sein. Wahre gottesfürchtige Tränen werden eines Tages zurückgegeben werden an jene, die sie vergossen haben, und von der gleichen Kraft, die altes Wasser in Wein verwandelte, in eine Erfrischung verwandelt werden.

> Denke nicht, du kannst eine Träne weinen und dein Schöpfer ist nicht nahe.[9]

Als Kinder haben wir ein altes Tavernenlied gesungen: „Einhundert Flaschen Bier an der Wand." Laßt uns einige der Buchstaben verändern und es benutzen, um neu auf Gottes unglaubliche Tränensammlung zu sehen:

> Einhundert Flaschen mit Tränen an der Wand,
> einhundert Flaschen mit Tränen.
> Nimm eine herab, reiche sie herum,
> neunundneunzig Flaschen mit Tränen an der Wand.
>
> Neunundneunzig Flaschen mit Tränen an der Wand,
> neunundneunzig Flaschen mit Tränen.
> Nimm eine herab, reiche sie herum,
> achtundneunzig Flaschen mit Tränen an der Wand.

Wenn wir die unvorstellbare Sammlung von Flaschen, die in Gottes Tränenraum aufgestellt sind, überblicken, können wir leicht bei einer Million beginnen. Reihe über Reihe irdischer Gefäße, große und kleine, die die kostbaren Überreste der Heiligen enthalten. William S. Plumer (1802–1880) sagte einmal: „Die Straße zum Himmel ist mit den Tränen und dem Blut der Heiligen getränkt."

Ich weiß nicht, wie Gott seine Tränensammlung kategorisieren würde. Vielleicht nach dem Alphabet? Könnte man Abrahams Tränen ganz links finden, dann weitersuchen durch die Millionen von Flaschen, bis man zum großartigen Missionar Nicholas Zinzendorf rechts kommt? Oder sind sie alphabetisch nach Themen, die wir im Rest dieses Kapitels betrachten, sortiert?

Tränenflaschen menschlichen Leids und Elends

Laß uns ein Regal hinaufreichen und wahllos eine Flasche herunternehmen. Sieh dir das Etikett genau an. Vielleicht sind wir gerade dabei, die flüssigen Überreste eines blutigen Märtyrers zu betrachten. Oder vielleicht enthält die Flasche das Leid der hinterlassenen Familie.

Hier ist eine, die interessant aussieht. Der Name auf der Flasche ist Isabel Brown, Ehefrau von John Brown von Priesthill, im April 1685 als Märtyrer gestorben. Warum erinnert man sich ewiglich an ihre Tränen in diesem Lager des Leids?

Laßt uns etwas aus ihrer Tortur lesen:

> Es war zu einer Zeit intensiver Verfolgung in Schottland. Auf Geheiß des Königs führte ein Wirbelwind von Aktivitäten zu dem Tod von Scharen von Christen im ganzen Land. Jeder, der sich nicht vor dem König neigen wollte, wurde als Ketzer betrachtet und zum Tode verurteilt.
>
> John Brown wurde das Opfer eines Mannes mit Namen Claverhouse, der vom König gesandt war, um diese kaltblütigen Morde auszuführen. Man sagte über Claverhouse, daß er tatsächlich nach dem Blut der Reformierten dürstete. Er und seine Männer hatten von der Loyalität von John Brown gegenüber seinem Herrn Jesus Christus gehört und zogen aus, diesen Nachfolger Gottes zu finden.
>
> Früh an einem Aprilmorgen kamen sie an. Das Geständnis von John Brown war alles, was sie benötigten, und sie bekamen es. Das Urteil war gefällt: Todesstrafe.
>
> „Geh und bete, denn du wirst sofort sterben“, befahl Claverhouse. Sein Ton war so hart, daß sogar seine Truppen erstaunt waren. Auf die Familie von Brown wirkte es anders. Seine Frau – die mit ihren Kindern großartig umging, hielt eins von ihnen auf dem Arm und die sechsjährige Janet stand an ihrer Seite – stand dort, während ihr Mann betete, „daß jede Segnung des Bundes über sie und das ungeborene Kind ausgegossen werden möge, wie jemand durch den Heiligen Geist erfrischt wird, wenn er wie Regen auf das gemähte Gras fällt, so wie ein Schauer auf die Erde.“
>
> Als Claverhouse die Gebete von Brown nicht länger ertragen konnte, machte er weiter (nachdem er ihn zweimal mit

höchst blasphemischen Worten unterbrach), indem er ihn von den Knien erhob. John sagte zu seiner Frau: „Isabel, dies ist der Tag, von dem ich dir erzählte, bevor wir heirateten." Mit seiner gewohnten Güte fügte er hinzu: „In wenigen Minuten siehst du, wie ich vor das himmlische Gericht gerufen werde, als Zeuge für unseren Erlöser, gegen den Herrscher von Schottland. Bist du bereit, daß ich von dir gehe?"

„Von Herzen bereit", antwortete sie, mit einer Stimme, die ihre Achtung vor ihrem Mann und ihre Unterordnung dem Herrn ausdrückte, auch wenn Gott sie berief, sich vor seinem schrecklichen Urteil niederzubeugen.

Wieder einmal betete John Brown. Dies versetzte Claverhouse in Rage. Sofort befahl er sechs seiner Soldaten, auf Brown zu schießen, aber seine Gebete und seine Haltung hatten sie entwaffnet, solch eine grausame Tat zu begehen. Sie standen bewegungslos. Aus Angst vor Meuterei schnappte sich Claverhouse eine Pistole aus seinem eigenen Gürtel und schoß John Brown durch den Kopf.

Die Truppe von Claverhouse schlich sich von dieser schrecklichen Szene davon. Dann beleidigte der Kommandeur wie ein wildes Raubtier, das trampelt und über ein gefallenes Opfer jault, die sanftherzige Frau, während sie den zerschmetterten Kopf ihres Mannes hielt. Höhnisch spottete er: „Frau, was hältst du jetzt von deinem Mann?"

„Ich habe immer gut von ihm gedacht", entgegnete sie „und jetzt mehr denn je!"

„Ich sollte dich auch töten!" schrie er. Sie antwortete: „Ich zweifle, daß Ihr so grausam sein könnt; aber wie werdet Ihr für das Werk dieses Morgens Rede und Antwort stehen?"

Mit einem Gesichtsausdruck, der seinen Worten Glauben schenkte, antwortete er: „Menschen kann ich antworten, und was Gott betrifft, werde ich ihn in meine eigenen Hände nehmen." Indem er dies sagte, gab er seinem Pferd die Sporen und ließ sie mit dem leblosen Körper zurück.

Isabel verband den Kopf von John mit ihrem Taschentuch, hielt seinen Leib zusammen, bedeckte ihn mit einer Decke, und als es nichts weiter zu tun oder zu erledigen gab, setzte sie sich nieder und weinte um ihren übel zugerichteten Ehemann. Sie war schwanger und hatte als Witwe Janet und die kleine Isabel.

> Ihre Tränen fielen, aber nicht auf den Boden. Gott war dort und fing alle bis zum letzten Tropfen auf.[10]

Das sind Tränenflaschen des menschlichen Leids und Elends. Wir könnten Jahre damit verbringen, die Namen von denen zu lesen, die wirklich gelitten haben. Ich denke an die unzählige Zahl kleiner Kinder, die nur in diesem Jahrhundert ein Kriegstrauma durchlitten haben. Als ewige Erinnerung an ihren Schmerz wurden Tränenmeere gesammelt.

Bevor wir die Tränenflaschensammlung Gottes verlassen, laß uns noch ein paar Minuten die Regale nach einer anderen interessanten Kategorie durchsuchen.

Tränenflaschen der reumütigen Sünder

Vor mehr als dreihundert Jahren schrieb Adam Wright diese schönen Worte nieder:

> Während wir in diesem Schleier des Geheimnisses bleiben, behält Gott alle unsere Tränen in einer Flasche; so kostbar ist das Wasser aus reumütigen Augen: und weil er gewiß nicht versagen wird, merkt er sich, wieviel Tropfen es zu registrieren gibt. Es war eine kostbare Salbung, mit der die Frau im Hause des Pharisäers (es wird an Maria Magdalena gedacht) Jesu Füße salbte, aber ihre Tränen, mit denen sie sie wusch, waren mehr wert als ihr Salböl.[11]

Der britische Pastor Charles H. Spurgeon aus dem neunzehnten Jahrhundert, der als Fürst der Prediger bekannt war, schrieb: „Ich weiß nicht, wann ich mich glücklicher fühle, als wenn ich um der Sünde willen am Fuß des Kreuzes weine."

Das Wort Gottes ist reich an Geschichten über Buße – einige meinten es ernst, manche nicht. Plötzlich erinnere ich mich an einen Namen. Was ist mit Esau. Sicherlich sah Gott seine Tränen. Und doch werden unsere Augen vom Durchsuchen der ganzen E's auf den Regalen müde. Dort ist kein Esau! „Waren seine Tränen nicht echt?" fragen wir. Hat Gott nicht seine Reue darüber, daß er sein Erstgeburtsrecht an seinen Bruder Jakob verkauft hat, aufgezeichnet? Heißt es nicht im

1. Buch Mose, daß „er mit einem lauten und bitteren Schrei" seinen Vater Isaak anflehte? „Segne mich, auch mich, mein Vater!" (1 Mo 27,34). Was ist mit Esaus Tränenflasche?

Sieh noch einmal in das Wort Gottes:

> „Achtet darauf, daß nicht jemand an der Gnade Gottes Mangel leide, daß nicht irgendeine Wurzel der Bitterkeit aufsprosse und euch beunruhige und die vielen durch diese verunreinigt werden, daß nicht jemand ein Hurer oder ein Gottloser sei wie Esau, der für eine Speise sein Erstgeburtsrecht verkaufte, denn ihr wißt, daß er auch nachher, als er den Segen erben wollte, verworfen wurde, denn er fand keinen Raum zur Buße, obgleich er sie mit Tränen eifrig suchte" (Hebr 12,15-17).

Die Tränen fielen, aber nicht in die Flasche Gottes. Ist es heutzutage möglich, „unser Geburtsrecht zu tauschen" gegen die Freuden der Sünde? Wie ein einziges Mahl ist Sünde nur eine Freude für eine Zeit. Aber später vergießen wir möglicherweise eimerweise Tränen und finden keinen Raum zur Umkehr.

Während wir jetzt die Regale überfliegen, treffen wir auf einen sehr bekannten Namen. Es ist der Name eines großen Streiters für die Sache Christi. Sieh dir das Etikett genauer an: Simon Bar Jona, besser bekannt als Petrus.

Das ist der Mann, von dem Jesus sagt:

> „Glückselig bist du, Simon Bar Jona; denn Fleisch und Blut haben es dir nicht geoffenbart, sondern mein Vater, der in den Himmeln ist. Aber auch ich sage dir, daß du bist Petrus, und auf diesen Felsen werde ich meine Gemeinde bauen, und des Hades Pforten werden sie nicht überwältigen. Und ich werde dir die Schlüssel des Reiches der Himmel geben; und was immer du auf der Erde binden wirst, wird in den Himmeln gebunden sein, und was immer du auf der Erde lösen wirst, wird in den Himmeln gelöst sein" (Matt 16,17-19).

Aber Petrus hatte einen steinigen Weg vor sich. Denn eines Tages verfolgten ihn seine Worte: „Du bist der Christus" (Matt 16,16).

Wir staunen über die Größe der Flasche. Als wir sie vom Regal nehmen, stellen wir fest, daß sie bis zum Rand mit Tränen gefüllt ist.

Wann hat Petrus so viel geweint, um solch ein großes Gefäß anzufüllen?

Beim Durchsuchen der Schrift finden wir die Antwort. Später in seinem Leben befand Petrus sich in einer Krise. Er hatte mehr als drei Jahre mit seinem Meister verbracht. Mit seinen eigenen Augen war er Zeuge von Wunder über Wunder gewesen. Und nun, beim Gericht über Jesus finden wir den Apostel, wie er sich am Feuer der Gottlosen wärmt. Der falsche Ort zur falschen Zeit am falschen Feuer! Warum erinnerte er sich nicht der Worte des Psalmisten? „Glücklich der Mann, der nicht folgt dem Rat der Gottlosen, den Weg der Sünder nicht betritt und nicht im Kreis der Spötter sitzt“ (Ps 1,1).

Das Wort Gottes hat diese Begebenheit bis ins kleinste Detail festgehalten: „Wahrhaftig, auch du bist einer von ihnen, denn auch deine Sprache verrät dich. Da fing er an, sich zu verwünschen und zu schwören: Ich kenne den Menschen nicht! Und gleich darauf krähte der Hahn“ (Matt 26,73-74). „Und der Herr wandte sich um und blickte Petrus an; und Petrus gedachte an das Wort des Herrn, wie er zu ihm sagte: Ehe der Hahn kräht, wirst du mich dreimal verleugnen. Und Petrus ging hinaus und weinte bitterlich“ (Luk 22,61-62).

Wie konnte derselbe Mann, der gerade die Worte ausstieß: „Du bist der Christus, der Sohn des lebendigen Gottes!“ nur eine kurze Zeit später, wobei die Schlüssel des Königreichs in seinen Händen waren, fluchen und sagen: „Ich sage euch, ich kenne diesen Mann nicht.“?

Ich denke, wir alle verstehen das Dilemma von Petrus. Nur wenige Gläubige im Laufe der Jahrhunderte haben ihren Herrn nicht bei der einen oder anderen Gelegenheit verleugnet, entweder in Worten oder in Taten. Unter dem Druck haben wir dem Lärm der Menge nachgegeben.

Aber gesegnet sei der Name Jesu; seine Gnade ist jeden Morgen neu! Es gibt Vergebung! Bei der weiteren Entfaltung der Schrift finden wir sogar im Leben von Petrus Hoffnung. Ihm wurde vergeben und er wurde vollmächtig im Dienste seines Meisters eingesetzt.

In seiner Abhandlung *The Suffering Saviour* (der leidende Erlöser) nimmt Krummacher auf diese traumatische Begebenheit Bezug:

„Als sein Meister ihn ansah, wurde Petrus von diesem Blick vollständig aufgelöst in Schmerz und Demütigung. Er bedeckte sein Haupt mit seinem Gewand, als ob er unwürdig ist, vor Gott oder den Menschen zu erscheinen, und „weinte bitterlich“. Das sind die Tränen, von denen geschrieben steht: „Sammle sie in einer Flasche; sind sie nicht in deinem Buch?“ und von deren Saat eine Ernte der Freude verheißen wird. Wie die perlenden Tropfen, die im Frühjahr von den Weinzweigen rollen, bezeugen sie die Existenz von Leben; und im Auge eines Sünders verkünden sie Satan, daß er den Fall verloren hat sowie das Ende seines Triumphes. O, wie viel reflektiert sich in diesen Tränen!“[12]

Wahre Tränen der Buße. Bei Esau findest du sie nicht, aber bei Petrus. Wahre tränenreiche Buße wird für die Ewigkeit verwahrt.

Wir sehen kurz hinüber und erblicken eine andere Tränenkategorie auf den Regalen von Gottes Tränenkammer:

Tränen der Fürbitter für die Verlorenen

Warum sind dort nur so wenige Flaschen?

Daneben befindet sich eine andere Kategorie.

Hier sehen wir Abermillionen von kleinen Behältern. Einen Ozean des Leids von unschuldigen Augen.

Die Liste der Kategorieren geht immer weiter. An der Wand sind eine Million Flaschen mit Tränen. Die Tränensammlung Gottes. Jeder Tropfen spricht Bände.

Die Lachrymatorien, die heutzutage aus den alten Gräbern ausgegraben wurden, sind mit Staub gefüllt. Die Tränen verdampften in Jahrhunderten. Aber die Flaschen von Gott und deren Inhalt sind für die Ewigkeit verwahrt – immer in Reichweite des Herrn. Er schätzt seine Sammlung. Jedes Tröpfchen ist wie ein süßer Wohlgeruch; jede Flasche eine Erinnerung an die Ernsthaftigkeit seiner Kinder.

Vielleicht werden sie am Jüngsten Tag als Beweis für oder gegen uns verwendet.

Jetzt wenden wir uns ein letztes Mal seiner Tränenkammer zu, um uns eine letzte Auswahl anzusehen. Du überfliegst die Etiketten. Aber du scheinst sie nicht …

„Was sagst du?“ fragt der Aufseher.

„Ich kann meine Flasche nicht finden.“

„Ach, das muß ein Fehler sein. Such noch einmal. Dein Name ist doch dort irgendwo, oder nicht?“

12. Weinen auf den Erntefeldern

Vom Himmel herab drängt uns eine große Wolke von Zeugen und ein großes Tränenvermächtnis.

„Setze dich auf diesen Stuhl und zieh ihn an den Tisch heran“, sagte der alte Mann zum Besucher. „Nun lege beide Ellenbogen auf die Tischfläche und stütze deine Hände auf. Laß die Tränen fließen. So hat mein Pastor es getan.“

Das alte Gemeindeglied sprach von dem geschätzten Geistlichen Robert Murray McCheyne, der im Alter von 29 Jahren zum Herrn ging. Der junge McCheyne hatte sein Leben mit Tränen in den Augen und Weizengarben auf den Schultern gelebt. Er hatte auf den Feldern geweint und sich über die Belohnung der Ernte gefreut. Zusammen mit dem Patriarchen Hiob bekannte er offen: „Oder weinte ich nicht über den, der harte Tage hatte, hatte meine Seele mit dem Armen denn kein Mitgefühl?“ (Hiob 30,25).[1]

In den Psalmen finden wir einen Text, der all unsere Mühen belohnt. Der Vers ist der Schlüssel dafür, die Geheimnisse der geistlichen Ernte zu lüften: „Er geht weinend hin und trägt den Samen zum Säen. Er kommt heim mit Jubel und trägt seine Garben“ (Ps 126,6).

Der Beweis ist laut und deutlich: Hinausgeweinte Predigten produzieren eine üppige Ernte. Genau wie irdische Schauer den trokkenen Boden aufweichen, so weichen Tränen das Herz des Zuhörers auf. Und wenn wir die Saat der Wahrheit auf den frisch durchnäßten Boden werfen, geschieht etwas Bemerkenswertes: neues Leben beginnt zu sprießen!

Bei Open-air-Veranstaltungen und bei Freundschaftsevangelisation habe ich immer wieder erlebt, wie diese Wahrheit zum Tragen kam. Ich spreche nicht von Emotionen, die außer Kontrolle geraten sind, sondern davon, daß das Innerste einer Person nach einer Berührung des lebendigen Gottes schreit.

Bei einer Straßenveranstaltung in Spanien erlebte ich, wie ein junges Mädchen aus Finnland sich bekehrte und während des Gebets unkontrolliert weinte. Dann kamen zwei weitere Teenager nach vorn und wischten sich die Tränen fort. Sie fragten mich, ob Menschen immer weinen, wenn wir mit ihnen über Gott sprechen.

„Der Grund, weshalb ihr weint", erklärte ich ihr „liegt in der tiefen Not in eurem Herzen, den Schöpfer zu kennen. Ihr habt in allem außer bei Jesus nach Glück gesucht. Aber Gott liebt euch so sehr, daß er mich um die halbe Welt geschickt hat, um euch einzuladen, zu ihm nach Hause zu kommen. Ich kenne den Herrn, und er hat mich geschickt, damit ich mit euch rede – wir sind in der Gegenwart des Herrn. Wendet euch nicht ab."

Sie beteten und bekehrten sich. Die Liste mit den erstaunlichen Konfrontationen mit dem Herrn unter einem süßen Tränenregen geht immer weiter.

Der Psalmist spricht von überwältigender Freude, die solch einer Begegnung folgt. Hier ist ein Lied, das nicht nur davon spricht, im Herrn zu bleiben, sondern in ihm auch fruchtbringend zu sein:

> „Als der Herr die Gefangenen Zions zurückführte, waren wir wie Träumende. Da wurde unser Mund voll Lachens und unsere Zunge voll Jubel. Da sagte man unter den Nationen: ‚Der Herr hat Großes an ihnen getan!' Wir waren fröhlich! Bringe zurück, Herr, unsere Gefangenen, gleich den Bächen im Südland. Die mit Tränen säen, werden mit Jubel ernten. Er geht weinend hin und trägt den Samen zum Säen. Er kommt heim mit Jubel und trägt seine Garben" (Ps 126,1-6).

Ich frage dich, was könnte aufregender sein, als den Beweis einer fruchtbaren Ernte auf deinen Schultern zu haben?

Die natürlichen und geistlichen Parallelen des Säens und Erntens sind tiefsinnig und dennoch elementar. Wann immer die Kinder Gottes in Schwierigkeiten waren, erinnerten sie sich an die Zeiten ihrer Befreiung. Ein kleiner Gedanke, ein bißchen Nachdenken, eine kurzer Moment des Grübelns über die mächtige Hand des Herrn, und schnell änderte sich die Stimmung. „Das ist mein Schmerz, daß sich die Rechte des Höchsten geändert hat. Ich will gedenken der Taten des

Herrn, ja, deiner Wunder von alters her will ich gedenken. Ich will nachdenken über all dein Tun, und über deine Taten will ich sinnen" (Ps. 77,11-13).

Während wir in der Gegenwart für den Herrn arbeiten, ist es sehr wichtig, sich der Wunder des Herrn in der Vergangenheit zu erinnern. Praktisch gesprochen, wenn wir für die diesjährige Ernte säen, müssen wir uns an die Versorgung Gottes in der Vergangenheit erinnern. Wir müssen unser Gedächtnis aktivieren und über seine wunderwirkende Kraft nachdenken. „Sieh, was er getan hat", sagt der Psalmist „Er hat mich aus der schlammigen Grube heraufgebracht!"

Die meisten von uns können von solchen großartigen Befreiungen berichten, doch wie schnell vergessen wir seine Wunder aus der Vergangenheit! Wie eine rauchige Wand vernebelt die Zeit unser Gedächtnis, und wieder einmal in der Grube der Verzweiflung steckend, fragen wir uns, wohin er gegangen ist. Aber wenn du dich an die Siege in der Vergangenheit erinnerst, dann wird dich eine Flut geistlicher Stärke für deine jetzige Schlacht vorbereiten.

Bedenke doch einmal Charles Finney, den amerikanischen Erweckungsprediger des neunzehnten Jahrhunderts. Während seiner Fürbitte für Sünder sah er im natürlichen einen sehr schwierigen, felsigen Boden. Doch im Geist sah er eine unwahrscheinliche Ernte. Er begann seine Fürbitte, indem er über die Siege der Vergangenheit nachdachte und Gott erinnerte: „Nun, Herr, was die Erlösung dieser Menschen angeht, da weißt du, daß ich es nicht gewohnt bin, abgelehnt zu werden. „Was für eine mutige Glaubensaussage! Weil Finney sich an Gottes Treue erinnerte, brachte ihn dies in ein himmlisches Vertrauensstadium. „Mach es noch einmal, lieber Gott! Laß uns eine weitere volle Ernte einbringen!"

In den letzten beiden Jahrzehnten habe ich diesen Sichzurückerinnern-Modus bei unzähligen Veranstaltungen eingesetzt. Wenn ich vor einer Menschenmenge stehe, schaue ich zum Himmel, schließe meine Augen und erinnere mich an die Wunder des Herrn. Ich denke über die Wunder jener „unmöglich eingestuften" Menschen nach, die in den Armen des Herrn geschmolzen sind.

Während meine Gedanken die geistliche Straße der Vergangenheit entlangwandern, sehe ich zu beiden Seiten verstreut geistliche Straßenmarkierungen, Wegweiser, die verkünden, auf wie vielfältige Weise der Herr mir in den schwierigen Zeiten begegnet ist. Es gab eine Zeit, in der ich mich in einer unmöglichen finanziellen Situation befand. Die Zeit, als er ein Mitglied meiner Familie vor der Selbstzerstörung bewahrte; die Zeit, zu der er meinen Leib von einer schlimmen Krankheit heilte. Während ich entlang der Straße nachsinne, bildet sich bald ein neuer Glaube in mir. Stärke, die sich aus schierer Freude heraus entwickelt, gibt mir den Mut, mich der gegenwärtigen Schlacht zu stellen. Die Menschen vor mir spüren meinen Glauben an Gott, hören von seinen Wundern aus der Vergangenheit und werden angezogen, ihm zu glauben.

Wenn der Herr in unserem Leben Befreiung schenkt, gebraucht er beinahe immer Menschen. Aber wir dürfen niemals vergessen, wer die Befreiung durchführte. Als Diener des Evangeliums müssen wir daran denken, woher unsere Botschaft der Befreiung kommt. Grundsätzlich bedeutet es, daß der Herr „die Hüften der Könige entgürtete – um Türen vor ihm zu öffnen, und Tore bleiben nicht verschlossen: Ich, ich werde vor dir herziehen und werde die Ringmauern einebnen. Eherne Türen werde ich zerbrechen und eiserne Riegel zerschlagen" (Jes 45,12).

Trotzdem sollten wir betrachten, was ich den „weinenden Sämann" nenne. Du fragst vielleicht: „Warum sollte ein Sämann oder Farmer weinen? Sollte das Säen nicht eine Zeit der großen Erwartung sein? Warum sollte er über seine Saat weinen?" Wenn wir das Leben von denen studieren, die ihren Lebensunterhalt dem harten, felsigen Boden der Erde abgerungen haben, erhalten wir eine Antwort.

Oftmals mußte der Farmer in Palästina seine Saat mit einem bewaffneten Mann an seiner Seite auswerfen, der ihn schützte, daß seine Saat nicht geraubt wurde. In seinem Buch *Land of Israel* (Land Israel) sagt Tristan:

> Als wir den Hügel von Bethanien hinunterstiegen, sahen wir eine Illustration der elenden Unsicherheit des Landes, bei einer Herde von Eseln, die mit Brennholz für Jerusalem beladen waren. Jeder Esel wurde von einem bis an die Zähne mit Pistolen, Schwertern und einem langen Gewehr bewaffneten Mann begleitet; und in einem kleinen Tal – dem einzigen zwischen Bethanien, in dem es irgendeinen Anbau gab – hielt jeder Mann am Pflug ein Gewehr in der einen Hand, während er mit der anderen Hand den Pflug führte.[2]

In seinem Buch *The Land and the Book* (das Land und das Buch) folgert Thomson, daß die armen Bauern in Zeiten großer Knappheit leidvoll von jeder Handvoll kostbarer Saat, die sie auf den Boden warfen, Abschied nahmen. Es war, als ob man aus dem Munde der Kinder Brot nahm, und zu solchen Zeiten wurden tatsächlich viele bittere Tränen darüber vergossen. Häufig war die Not so groß, daß die Regierung verpflichtet war, Saatgut zu liefern, sonst wäre nichts gesät worden.[3]

Matthew Henry geht mit der Analogie des Säens noch einen Schritt weiter: „Es gibt Tränen, die in sich selbst die Saat sind, die wir aussäen müssen; Tränen des Leids über Sünde, unsere eigene und die anderer; Tränen der Sympathie mit der geplagten Gemeinde; und Tränen der Zartheit im Gebet und unter dem Wort."

Tatsächlich ist die Arbeit eines Evangelisten harte, staubige Arbeit. Mein Freund Carlos Anacondia, ein vollmächtiger argentinischer Evangelist, sagt, daß es keine Zufriedenstellung gibt, die dem Zerstören von Felsen auf dem Feld und dem Schmutzigwerden gleichkommt. Seine Definition von Evangelisation bedeutet richtig harte Arbeit auf dem Schlachtfeld, weil er weiß, daß so vieles vom Zustand des Ungläubigen abhängt.

Als Sämann von der kostbaren Saat betrachte ich zuerst einmal den Boden genauer. Ich gehe um das Herzensland herum, inspiziere es, und der Herr ist immer treu, mir den Charakter zu offenbaren. Später, wenn ich predige, zeigen die Reaktionen auf den Gesichtern oftmals den Zustand ihres Herzens. Ich bin auf Land gelaufen, das felsig und ausgemergelt war. Auf manchem Herzensland wuchs zu lange etwas. Aber innerhalb weniger Minuten einer tränenreichen Predigt beginnt viel von der Erde feucht zu werden. Vom Himmel gesandte Nährstoffe fallen und geben dem unfruchtbaren Land neue Hoffnung.

Oftmals kommt das Wort Gottes wie ein Erdbeben und schüttelt die geistliche Erde des zuhörenden Herzens. Durch ein wenig Schütteln werden die Felsen und Steine freigelegt, und jetzt beginnt das Werk des Abräumens. Vielleicht kann ich einen Felsblock des Zweifels wegräumen, indem ich Geschichten von wunderbarer Heilung berichte. Ein Felsbrocken des Unglaubens schmilzt in der Gegenwart des Herrn. Jetzt kommt die Zeit, den Boden zu bearbeiten, die sündengehärtete Kruste des Herzens muß umgegraben werden. Meine Tränen fallen und bewässern das öde Land. Bald kommt der Evangeliumspflug. Es werden Furchen gezogen und die kostbare Saat wird hineingeworfen.

Mein Weinen geht weiter. Das Wort Gottes mitzuteilen, überwältigt mich oft. Wie der Farmer zu alten Zeiten über sein kostbares Saatgut weinte, so fühle ich oftmals einen gewaltigen Verlust. Wird es Frucht geben? Werfe ich meine Perlen vor Schweine? Gott hat versprochen: „Mein Wort kehrt nicht leer zurück.“ Werde ich die Ernte sehen, oder wird der nach mir von all meiner Arbeit profitieren? Lieber Gott, alles, worum ich bitte, ist, daß deine Frucht bleibt.

Das Saatgut des Sämanns liegt jetzt in den Händen des Erlösers.

Außer ein Weizenkorn fällt in den Boden und stirbt, kann es keine Frucht hervorbringen.

Helen Spurrell hat in ihrer Übersetzung des Alten Testaments den sechsten Vers des Psalms 126 wunderschön illustriert: „Wer vorangeht, ständig weint und den Saatbeutel trägt, der wird zweifellos mit Singen zurückkehren und seine Garben tragen.“[4]

George Horne führt uns in seinem Kommentar zu den Psalmen durch diesen Prozeß:

> Im Schweiße seines Angesichts bestellt der Landwirt sein Land und wirft die Saat auf den Boden, wo es eine Zeitlang tot und begraben liegt. Dann folgt ein dunkler und trostloser Winter, und alles scheint verloren; aber mit der Rückkehr des Frühlings belebt die allgemeine Natur den Boden wieder. Das einst brach liegende Feld ist mit Korn bedeckt, welches der fröhliche Erntearbeiter niederschneidet, nachdem es durch die Sonnenhitze reif geworden ist, und er bringt es mit fröhlichem Triumphgeschrei der Freude nach Hause. Hier, du Jünger Jesu, siehst du ein Emblem deiner gegenwärtigen Arbeit und deiner zukünftigen Belohnung! Du „säst“ vielleicht mit „Tränen“. Du führst deine Pflichten inmitten von Verfolgung und Bedrängnis, Krankheit, Schmerz und Leid aus. Du arbeitest in der Gemeinde, und niemand würdigt es, es scheint, daß es davon keinen Profit gibt. Dann mußt du selbst in den Staub des Todes niederfallen und alle die Stürme des Winters über dich ergehen lassen, bis dein Körper vergangen ist und du Verdorbenheit erlebst. Doch es wird der Tag kommen, an dem du „mit Freuden ernten wirst“, und deine Ernte wird reichlich sein.
>
> Denn obwohl dein gesegneter Meister „mit Weinen voranging“, ein Mann mit Schmerz und Leid bekannt, „der kostbares Saatgut“ trug und es um ihn her säte, bis sein eigener Leib wie

> ein Weizenkorn in der Furche des Grabs bestattet wurde, stand er auf und ist nun im Himmel, wo er steht „und zweifellos mit Freude wiederkommen wird“, mit der Stimme des Erzengels und dem Triumph Gottes, „und wird seine Garben mit sich bringen“. Dann wird jeder Mensch die Frucht seiner Arbeit empfangen und Gott preisen.[5]

Jedesmal, wenn ich zum Predigen in einen Park gehe, fühle ich die Mühe der Ernte. Die Arbeit begann in der Gebetskammer; nun wütet der Krieg an irgendeiner Straßenecke oder einem Platz, und die Schlacht ist in vollem Gange. Die Sünde der Welt brennt wie die heiße Mittagssonne nieder. Der Wind der Feindschaft weht über das Feld. Wir kämpfen mit den Elementen der fleischlichen Natur des Menschen; die Welt, das Fleisch und der Teufel sind selbstsicher, die ersten Zeichen neuen Lebens zu töten. „Denn unser Kampf ist nicht gegen Fleisch und Blut, sondern gegen die Gewalten, gegen die Mächte, gegen die Weltbeherrscher dieser Finsternis, gegen die Geister der Bosheit in der Himmelswelt“ (Eph 6,12).

Während einige Leser tiefer in Niedergeschlagenheit verfallen, erinnere ich mich an einen bekannten Abschnitt aus 1. Mose: „Da sprach der Herr: Mein Geist soll nicht ewig im Menschen bleiben“ (1 Mo 6,3). Dennoch frage ich mich: Wie lange können wir noch erwarten, daß der Herr weitermacht? Was muß er noch tun? Uns noch ein bißchen mehr umwerben? Ein bißchen mehr Sanftmut?

Und doch kommt die Stimme Gottes in solchen Momenten zu mir und sagt: „Steve, sei vorsichtig. Wer so unerbittlich gegen mich scheint, ist tatsächlich sehr nahe an mir dran.“

Meine Erinnerung geht zurück zu dem harten Boden meines eigenen Herzens. Mein Herz war hart wie Stein; die Ackerkrume war zerstört. Es erinnert mich an das Buch Joel: „Verwüstet ist das Feld, verdorrt der Erdboden; denn verwüstet ist das Korn, vertrocknet der Most, dahingewelkt das Öl … Auch die Tiere des Feldes schreien lechzend zu dir; denn vertrocknet sind die Wasserbäche, und ein Feuer hat die Weideplätze der Steppe verzehrt“ (Joel 1,10.20).

Mein Leben wurde durch das verheerende Wüten der sündigen Heuschrecken zerstört. Dann kam ein zerbrochener Mann, angefüllt mit dem Geist Gottes, wie ein Engel des Herrn in mein Leben. Er kam nicht, um mich zu verurteilen, sondern um mir Mitleid zu zeigen. Wenige Minuten nachdem ich ihn traf, kniete ich am Kreuz. Dann kam die gesegnete Verheißung, die durch Joel ausgesprochen wurde: „Und ich werde euch die Jahre erstatten, die die Heuschrecken … gefressen haben" (Joel 2,25).

Er rettete mich nicht nur, sondern war auch dabei, mein Herzensland zu heilen. Mein Leben wurde von einem göttlichen Regenguß durchtränkt. Frucht begann zu wachsen; auf der einst unfruchtbaren, steinharten Erde begann Frucht zu wachsen. Während ich mich an mein Dilemma erinnere, kommt eine neue Woge der Liebe des Erlösers für den hartherzigen Sünder aus meinem Herzen hervor. Es gibt vielleicht Hoffnung; es gab sie für mich. Tränen fließen.

Vor vielen Jahren haben ich gelernt, daß das Wort Mitleid bedeutet: „gemeinsam leiden". Jemand hat gesagt, daß Empathie dein Schmerz in meinem Herzen ist. Wir kennen ihre Namen nicht, aber wir können ihren Schmerz empfinden. Und das Pflügen und Säen geht weiter. Während die Menschen jemandem zuhören, der sich um sie sorgt, durchnässen Tränen ihre verhärteten Herzen. Was für einige wie ein hartes Wort wirkt, kann für die Knochen anderer Heilung bringen. Während sie sich auf ihren Erlöser zubewegen, können wir sehen, wie die Wiederherstellung beginnt.

„Als Christ brauchst auch du die Gnade" (Kol 3,12), schreibt Philip Doddridge.

> Die Gnade Gottes und die des gesegneten Erlösers werden an deinem Herzen wirken, um darin Gefühle des Mitgefühls und der Großzügigkeit zu formen. Du wirst die Nöte und das Leid anderer empfinden. Es wird ein Verlangen, ihren Nöten zu begegnen; und wenn du die Gelegenheit hast, wirst du für Leib und Seele ein gutes Werk tun; indem du deine gütige Zuneigung in geeignete Taten umwandelst, die ein Beweis ihrer Ernsthaftigkeit sind, und sie effektiv werden lassen.[6]

Von unserer Seite muß es also auch Kühnheit und Leidenschaft geben. Auf den Feldern zu weinen ist für Männer und Frauen Gottes, nicht für geistliche Quallen. Gott ist nichts für Feiglinge. „Denn wer sich meiner und meiner Worte schämt unter diesem ehebrecherischen und sündigen Geschlecht, dessen wird sich auch der Sohn des Menschen schämen, wenn er kommen wird in der Herrlichkeit seines Vaters mit den heiligen Engeln" (Mark 8,38).

Wenn ich an Kühnheit denke, erinnere ich mich an die Tausenden von Missionaren der Sekten überall auf der Welt. Wir treffen sie auf den Straßen in jeder Nation. Die traurige Wahrheit ist, daß die meisten von uns über das rapide Wachstum von Sekten innerhalb unserer Gesellschaft verblüfft sind. „Ich begreife es nicht", sagen wir. „Wie kann jemand nur so blind sein und solch einer Person folgen? Sehen sie denn nicht die falsche Lehre? Sie haben alles verkauft, um diesem Menschen zu folgen, der offensichtlich ein falscher Prophet ist. Wie können Sie nur so naiv sein und wie Schafe zur Schlachtbank geführt werden?"

Kann es sein, daß viele mitmachen, weil Mitleid gezeigt wurde? In seiner Studie über Religionen mit dem Titel *The People's Religion: American Faith in the Nineties* (Die Religion des Volkes: amerikanischer Glaube in den neunzigern) gibt George Gallup, Jr. zwei Gründe dafür an, warum Menschen sich zu Sekten hingezogen fühlen. Diese sollten als Weckruf für die Gemeinde von Jesus Christus gehört werden:

1. Das Bedürfnis nach Leiterschaft und nach einer Vaterfigur
2. Unglückliches Leben und ein Gefühl der Hoffnungslosigkeit[7]

Wieder andere gaben an, daß sie einen tieferen Sinn in ihrem Leben brauchen sowie das Versagen der Kirche, geistlichen Nöten zu begegnen.[8]

Es sollte uns nicht überraschen, daß die zwei Hauptgründe, weshalb Menschen zu Sekten gehen, nichts mit einer Lehre, sondern nur mit dem Verlangen nach Gemeinschaft und Geborgenheit zu tun haben. Das ist ein weiterer Grund dafür, daß Christen sich das Mitleid des Herrn zu eigen machen sollten. Menschen sind bereit, jemand zu folgen, der sich sorgt. Die verlorene Menschheit ist bereit, jemandem alles zu geben, der wirklich alles von sich gibt. Der alte Spruch ist wahr: „Den Menschen ist es egal, wieviel du weißt, bis sie wissen, wie sehr du dich um sie sorgst."

Wenn wir auf den Feldern weinen, müssen wir auch lernen, hinter die Fassaden zu blicken. Wir müssen uns daran erinnern, daß die Ackerkrume vom Leben der Menschen vielleicht Schichten von sündeverhärtetem Boden bedeckt. Einige mögen vor dem Hammer des Herrn stehen und vor Selbstsicherheit strotzen, aber ersticken innerlich. Es ist nicht schwierig, die Spuren des Durstes in den Gesichtern der Menschen, die wir im normalen Leben treffen, zu erkennen. Wenn wir uns an eine Straßenecke stellen und die Gesichter der vorüberziehenden Menge studieren, sehen wir nur hin und wieder ein Angesicht, das Frieden ausstrahlt. Wie selten sehen wir Freude, Gelassenheit, eine gesunde Zufriedenheit. „Wir werden mit einer überall herrschenden Unstetigkeit konfrontiert! Die Mehrheit der Menschen leidet offenbar darunter, daß ein Bedürfnis nicht befriedigt ist. Diese Gesichter spiegeln einen ungelöschten Durst wider.[9]

G. D. Watson (ein großer Prediger der Heiligung, der 1845 in Virginia geboren wurde) bietet uns folgendes tiefe Verständnis:

> Durch eine bloße, kalte und formelle Betrachtung seiner Sünden wird kein Sünder zum Weinen gebracht. Die Juden zitterten vor dem Berg Sinai, aber es brachte sie nicht zum Weinen. So wird die Verurteilung der Sünde, oder deren Darstellung, niemals von sich aus reumütige Tränen hervorbringen. Nur wenn die Sünden in dem weichen, schmelzenden Licht unendlichen Mitgefühls und Liebe gesehen werden, wird das Herz gebrochen und die Tränen fließen. Das Gesetz muß die Sünde offenbaren, aber nichts im Universum mit Ausnahme der Liebe bringt den Menschen dazu, seine Sünde zu hassen. Man kann Wasser in Eis verschließen, und man braucht die Wärme der sanftesten Liebe, um das Wasser der Buße hervorzubringen.

Seine wenigen Worte zu dem Thema sprechen Bände der Wahrheit.

Ich habe viele junge Menschen gesehen, die nach dem Spüren der Vergebung des Herrn sofort aufs Erntefeld gegangen sind. Ihr von Sünde verdorrtes Herz wurde von einem Tränenguß des Predigers durchnäßt. Nachdem sie solch einen Guß erlebt haben, wollten sie sofort auf dem Erntefeld arbeiten. Nur mit der Bibel in der Hand und Jesus im Herzen gehen sie an die vorderste Front, bereit, dem Feind mit unauslöschlichem Eifer zu begegnen.

Ich werde niemals eine jungen Mann namens Milton vergessen, der während unserer Evangelisation in Kolumbien gerettet wurde. Gott hat ihn auf wunderbare Weise von Drogen und Alkohol befreit, und er hatte eine echte Begegnung mit dem Herrn. Er weinte Tränen der Buße und vergoß dann Freudentränen. Eine Stunde nach seiner Bekehrung sagte er zu mir: „Kann ich mit dir auf den Straßen arbeiten?“ Was für eine Frage! Und was für eine Freude war es, mit solch einem frischen enthusiastischen Mitarbeiter zu arbeiten. Ich kann die Weisheit von D. L. Moody bestätigen, der sagte: „Sobald ein junger Mann gerettet ist, gebe ich ihm Arbeit. Ich laß ihn Tag und Nacht arbeiten. Ich glaube, für einen Mann, der an Überarbeitung um Christi willen starb, sterben Zehntausende an Faulheit." Seite an Seite lernen die Neubekehrten die Wichtigkeit, auf den Feldern für die Verlorenen zu weinen.

Nachdem ich an einer Bibelschule in Buenos Aires gepredigt hatte, erhielt ich folgenden Brief. Der Brief war ein Resultat einer hinausgeweinten Botschaft über das Mitleid des Herrn:

> Der heutige Tag hatte eine unglaubliche Auswirkung auf das Leben der Studenten. Jeder von uns ging auf die Knie und weinte vor dem Herrn. Nach dem Gottesdienst gingen wir zu den geplanten Klassen. Meine Schulkameraden weinten weiter. Wir konnten die Tränen nicht kontrollieren. Der Lehrer mußte mit dem Unterricht aufhören. Die Last war zu schwer zu tragen. Zerbrochen und mit sanftem Herzen begannen wir zu beten. Eine andere Studentin hatte während des Gebets gerade bezeugt, wie das Feuer Gottes auf sie fiel. Sie zitterte unkontrolliert und sprach von einem erneuerten Ruf Gottes für ihr Leben. Jemand anders schluchzte und war überzeugt, Zeit zu vergeuden, während die Welt der ewigen Verdammnis entgegenraste.

So etwas hätte nie stattgefunden, wenn die Botschaft nicht in Tränen getränkt gewesen wäre. Zu Zeiten der großen irischen Erweckung 1859 schrieb S. J. Moore:

> Ich habe oftmals beobachtet, daß sie sofort nachdem sie sich geborgen fühlen, in der Sicherheit des Erlösers ihm in tiefer und glühender Dankbarkeit die Herrlichkeit ihrer Befreiung zugeschrieben haben und damit beginnen, mit überfließendem Mitleid und ernsthafter Dringlichkeit bei Jesus für die armen Sünder zu beten, daß auch sie kommen mögen und die Erlösung erfahren und Christus verherrlichen. Mehr als einmal mußte ich dafür sorgen, daß junge Personen aus den öffentlichen Veranstaltungen herausgebracht werden, um völlige Verwirrung zu verhindern. Vom stillen Gebet auf ihren Knien in den Reihen erheben sie sich, stehen tränenüberströmt in all der Sorge des Kampfes zwischen Leben und Tod auf den Stühlen und rufen die Sünder auf,

> zu Jesus zu kommen, und rufen Gottes Heiligen Geist an, sie zu Jesus zu bringen. Dieses Mitleid mit Sündern, oder für die Herrlichkeit Christi in ihrer Erlösung, kann nicht kontrolliert werden. Während der Impuls bleibt, muß man sich ihm beugen, jedoch scheu und unauffällig.[10]

Wir müssen bei unserer Arbeit an einen Punkt kommen, daß wir betrübt sind, wenn wir nicht erleben, daß andere zum Herrn kommen. Wir sollten über ihre geistliche Blindheit und ihren geistlichen Tod trauern und klagen. So wie ein Farmer über eine unfruchtbare Ernte weint, sollten wir genauso wegen leerer Silos die Tränen vergießen.

> Über John Bunyan wurde geschrieben, daß er dieses Gewicht auf seinen Schultern trug. Er kannte den Wert, an Christus Interesse zu haben, durch seine eigenen Erfahrungen mit der Güte Gottes, die ihm einerseits seine natürliche Verschmutzung, Schuld, Feindschaft und den feurigen Zorn, der ihn treffen würde, zeigte; und andererseits die Tugend des Blutes Jesu Christi, ihn von all dem zu befreien. Aus dieser eigenen Erfahrung kamen das herzliche Verlangen und die eifrigen Gebete, daß das Werk Gottes effektiv bei Sündern getan wird, besonders auf jene, unter denen er durch Wort und Lehre arbeitete; und es war eine Sache der Trauer für ihn, wenn er keine Bekehrung erlebte.[11]
>
> Von John Welch wird gesagt, daß er viele Stunden neben dem Bett auf Knien verbringen würde, auch in Winternächten, betend und in der Dunkelheit weinend, wobei er nur eine Decke über die Schultern hatte, um sich vor der Kälte zu schützen, und daß seine Frau, die arme Kreatur, mit ihm schimpfte und ihn bat, sich auszuruhen, nur um folgende Antwort zu erhalten: „O Frau, ich benötige noch eine Antwort für dreitausend Seelen, und ich weiß nicht, wie es um viele von ihnen steht."

Die Last um Seelen ruhte ständig auf Welch's Schultern. Er war ein geistiger Farmer, der mit Tränen gesät und mit Freuden geerntet hat.

Ich frage dich, gibst du als sterbende Person sterbenden Menschen ein Zeugnis? Trägst du die Last der Welt auf deinem Rücken? Hörst du die Schreie der in der Zukunft Verdammten?

Einer von Englands größten Evangelisten trug die Last des Herrn nach Amerika:

> Als er die Schätze von Gottes unendlicher Gnade und den Reichtum seiner erlösenden Liebe ihren Blicken öffnete, weinte er über den Gedanken, wie lange sie von vielen nicht gekannt oder verachtet wurden und mit was für einer Undankbarkeit sich Tausende wahrscheinlich noch immer abwenden würden. Als jemand, der ihr unsterbliches Wesen in Gefahr sah, und ihre Seelen, die am Rande des unwiederbringlichen Ruins standen, beeilte er sich, ihnen mit Freude im Gesicht und Sanftheit im Herzen von dem einen, der „mächtig zur Erlösung ist" und der guten Zeit, die gekommen ist, zu berichten.
>
> Er trug das Gewicht der großen Aussendung und kannte den Wert von unsterblichen Seelen. In seinen eigenen Gedanken konnte er das Böse der Sünde, die Gefahr der Reuelosigkeit, die Mächte der kommenden Welt, die Herrlichkeiten des Himmels und den unaussprechlichen Kummer der Regionen der Hölle sehen; und von diesen sprach er „aus dem Überfluß seines Herzens" zu anderen. Er konnte bei solchen Themen nicht ruhig oder teilnahmslos bleiben. Mit einer ähnlichen dahinschmelzenden Sanftheit wie der, der über Jerusalem weinte, sprach er zu all jenen, die kamen, von allen diesen Dingen. Seine lebendigen Augen leuchteten mit einem Glanz der Sanftheit, und seine Tränen befeuchteten während er sprach oftmals seine kleine Bibel oder näßten den Boden. Der Ort, auf dem er stand, war ein Bochim – ein Ort des Weinens.[13]

Wie Whitefiled, Welch und Bunyan müssen wir mit unseren Augen mitleidigen Kontakt aufnehmen. Die Menschen dürfen nicht nur unsere Predigt hören, sondern müssen sie von unserem Gesicht tropfen sehen. Man sagt von D. L. Moody, daß er niemals ohne Tränen in den Augen von der Hölle sprach. Er verstand die Sprache der Tränen. Unsere Schreie in den geheimen Gebetskammern müssen uns auf einem Strom von Tränen zu den Schreien der Verlorenen bringen.

Um auf den Feldern zu weinen, müssen wir uns zuerst auf das Feld bewegen. Doch traurigerweise schaffen es die meisten von uns noch nicht einmal hinter das erste Tor. Watchman Nee, Autor des Buches *The Normal Christian Life* (Das normale christliche Leben), schrieb einmal: „In einem Weltsystem, das von dem Rauch aus der Grube verdunkelt ist, wie freuen wir uns da, Heilige zu treffen, die vom sauberen Wind des Himmels rein sind."[14] Ich kann ihm nur beipflichten, bin aber auch zutiefst beunruhigt. Verstehst du, um seine Aussage vollständig zu begreifen, müssen wir die Quelle in Betracht ziehen.

Watchman Nee war ein verfolgter, gottesfürchtiger, seelengewinnender Heiliger des Herrn. Sein Herz war tief in der Wahrheit der Dienerschaft verwurzelt. Er trug auf seinen Schultern die Last des Herrn. Und er sah alles durch die Augen der Ewigkeit. Folglich war Leiden um der Gerechtigkeit willen nur zeitlich; nur was man für Christus tat, hatte Wert.

So verstand er die verbale Verfolgung, die auf unseren Herrn gelegt und wie sie in Lukas 15,1-2 beschrieben wurde. Die religiösen Führer lärmten und beklagten sich über Jesu Lebensstil und stießen ständig Beschuldigungen gegen ihn aus. „Dieser nimmt Sünder auf und ißt mit ihnen“ (Vers 2), protestierten sie. Und tatsächlich war Jesus wie vorgeworfen schuldig.

Das ist die Grundaussage von Herrn Nee: Nur nachdem man engsten Kontakt mit dem Gestank dieser Welt hatte, kann man die frische Luft vom Himmel genießen. Er wäre von dem modernen christlichen Übergenuß an Nahrung, Spaß und Gemeinschaft und unserem heuchlerischen Gehabe gegenüber den Gottlosen angeekelt.

Verstehst du, Jesus lebte in der Raucher-Sektion. Seine Kleidung wurde ständig von dem Rauch der Grube verdunkelt, während sein Herz mit der frischen Luft des Himmels rein blieb. Genauso hat Watchman Nee viel Zeit mit Sündern verbracht; auch er lebte in der Raucher-Sektion. Und er wußte, wie erfrischend nach einem langen, harten Tag der Plage auf den staubigen Erntefeldern auf der Erde eine saubere Dusche vom Himmel war. Er kannte die Zufriedenheit, das Wort auszukosten, nachdem er den ganzen Nachmittag in der heißen Sonne für den Herrn gearbeitet hatte. Er kannte den lieblichen Geschmack des lebendigen Wassers aus der ewigen Quelle, nachdem er hinter dem Evangeliumspflug geschwitzt hatte. Und er schätzte das Licht der Welt viel mehr, nachdem er in der Dunkelheit der Nacht gearbeitet hatte.

Wirst du von dem Leid der Menschheit verzehrt? Nimmst du dein Mahl mit den Täuschern ein? Kannst du mit den Verdammten reden? Bist du ein Freund der Sünder? Kennst du sie? Fühlen sie es? Riechst du oft nach ihrem Rauch?

„Wir sollten weinen, weil wir keine Tränen für die Verlorenen haben“, verkündet Leonard Ravenhill. „Wir sollten erröten, daß wir uns nicht schämen. Wir sollten vor Gott niederfallen und Buße tun, weil wir kein zerbrochenes Herz haben. Ein Prediger mit verweinten Augen kann niemals eine trockene Predigt halten."

Vielleicht erinnerst du dich an das letzte Mal, als du mit deiner Familie in einem Restaurant warst und ein Mahl genossen hast. Dann kam eine Gruppe randalierender vulgärer junger Leute und setzen sich an den Nachbartisch. Während sie in ihrer Ungerechtigkeit herumschimpften und Gott buchstäblich fluchten, kam jedes Gefühl – von Angst bis Zorn – in dir auf.

Ihr Rauch erfüllte den Raum und vergiftete deine Privatsphäre; nicht der Tabakrauch, sondern der Dunstschleier der Hölle. Ihre Wolke hing über deinem Tisch, und jeder fühlte sich unwohl. Ungöttlicher Unrat und der Gestank aus der Grube verwandelte deinen Miniurlaub in ein Zusammentreffen mit der Hölle. Während sie mit dem Teufel tanzten und mit Dämonen speisten, hast du den letzten Krümel von deinem Teller gekratzt, nach der Rechnung verlangt, bezahlt und bist zur Tür geeilt. Und draußen warst du, aber wohin?

Man kann den Sündern nicht entkommen. Wir teilen diesen Planeten mit den Gottlosen. Und wir müssen daran denken, daß viele von uns ganz genauso wie diese Menschen waren (und vielleicht ist es noch nicht so lange her). Wie konnten wir so selbstgerecht, so unberührbar werden?

Was wäre gewesen, wenn die Menschen mit der Guten Nachricht aus unserer Gegenwart geflohen wären, nachdem sie unseren schlechten Atem gerochen hatten? Was, wenn sie uns die Tür vor der Nase zugeschlagen hätten, nachdem sie unsere üblen Ausdrücke gehört hatten? Was, wenn sie gesagt hätten: „Hoffnungsloser Heide, blinder Narr, Gotteshasser. Los, laß uns fort von hier!"

Könnte es sein, daß die Sünder den Gestank unserer frommen Geistlichkeit riechen können?

Könnte es sein, daß sie sich von jedem, der ihnen Jesus anbietet, wegen der Dinge, die wir ihnen durch unser Leben und unsere Haltung präsentiert haben, abwenden?

Jonathan Edwards war von der Heuchelei von vielen christlichen Arbeitern entsetzt:

> Einige machen ein große Show aus der Liebe zu Gott und Christus, aber sie haben keine Liebe und Wohlwollen gegenüber den Menschen, sondern geben sich mit Streitigkeiten, Neid und Rache zufrieden. In vielen sitzt seit Jahren ein alter Groll in der

> Brust, wodurch sie gegenüber ihrem Nächsten in Bitterkeit des Geistes leben. Dann jedoch gibt es andere, von denen es scheint, als ob sie gegenüber den Menschen ein großes Wohlwollen haben, aber sie haben keine Liebe für Gott.[15]

Robert Murray McCheyne reagierte durch Ermahnung auf eine fromme Haltung:

> Gehe mit deinen unbekehrten Freunden behutsam und zart um. Denke daran … du warst einst so blind wie sie.[16]

Susan Huntington, die liebe Freundin von John Wesley, George Whitefiled und Philip Doddridge, sagte, es gibt drei Elemente der erneuerten Seele:

1. vollständiger Haß gegenüber der Sünde
2. hingegebene Liebe gegenüber dem Erlöser
3. Liebe und Wohlwollen gegenüber den Menschen

„Bin ich wirklich ein Kind Gottes?" fragt sie sich bei einer Selbstüberprüfung.

> Wünsche ich es ehrlich und von ganzem Herzen, von der Korruption, die in meiner Natur ist und die mich gegenüber meines Vaters Haus zu einer Fremden macht, frei zu sein? Geht mein Herz in Sanftmut und Liebe zu ihm, der meine Greueltaten getragen hat und durch dessen Wunden ich geheilt bin? Und mit dieser Liebe in meiner Seele, ist es da mein Herzenswunsch und Gebet zu Gott, meinen Teil beizutragen, wie wenig es auch sein mag, um andere zu diesem Erlöser der Verlorenen zu bringen? Denn das ist die Frucht des Glaubens.[17]

Ich möchte dich herausfordern, dir selbst diese Fragen zu stellen:

- Möchte Gott mich als weinenden Arbeiter auf seinen Feldern?
- Bin ich bereit, den Preis für die Ernte zu zahlen?
- Werde ich meine „kostbarste Saat" abgeben und geduldig warten, bis der Winter vorüber ist?
- Werde ich für den Herrn der Ernte arbeiten?

Hier ist noch einmal unser Text – der Schlüssel, um die Geheimnisse der geistlichen Ernte aufzuschließen: „Er geht weinend hin und trägt den Samen zum Säen. Er kommt heim mit Jubel und trägt seine Garben“ (Ps 126,6).

„Lieber Bruder, sprich jedesmal, als ob es das letzte Mal wäre“, sagte George Whitefield. „Wenn möglich, dann weine jedes Argument heraus und bringe sie dazu, auszurufen: „Siehe, wie er uns liebt.“

Ich möchte einen Gedanken von Richard Baxter, der in einem vorherigen Kapitel erwähnt wurde, noch einmal betonen: „Gehe zu den armen Sündern mit Tränen in den Augen, so daß sie sehen, daß du ihnen glaubst, das es ihnen elendig geht und daß du ihre Situation aufrichtig bemitleidest. Laß sie spüren, daß es dein Herzenswunsch ist, ihnen Gutes zu tun.“

Die große Wolke von Zeugen jammert uns vom Himmel herab zu: „Weine über deine Herde!“ schreit die Botschaft aus dem Herzen von McCheyne. „Weine für die Welt!“ lernen wir von Whitefiled. „Weine um deinen Nächsten!“ fleht der leidenschaftliche Ruf von Baxter.

„Weine auf den Feldern!“ spricht der Herr der Ernte. Amen!

ANMERKUNGEN

Kapitel 1 – Persönlicher Hunger

1. Ch. H. Spurgeon, Treasury of David, vol. 3 (Grand Rapids, Mich.: Baker Book House, 1983), 53.
2. Andrew Bonar, Memoirs and Remains of the Reverend Robert Murray McCheyne (Edinburgh: Oliphant, Anderson & Ferrier, 1881).
3. ebda.
4. John Flavel, A Treatise on Keeping the Heart (New York: The American Tract Society, 1835), 85.
5. J. B. Stoney, Ministry, vol. 1 (Lancing, Sussex: Kingston Bible Trust, 1985), 14.
6. Herman Venema (1700s), quoted by C. H. Spurgeon, Treasury of David (London: Passmore and Alabaster, 1878), 74.
7. Edna Dean Proctor and A. Moore, Life Thoughts, Gathered from the Extemporaneous Discourses of Henry Ward Beecher (New York: Ford, Howard & Hulbert, n. d.), 20.
8. Letter of George Whitefield (n. d.; reprint, Edinburgh: Banner of Truth Trust, 1978).

Kapitel 3 – Das Leid des Herrn

1. Thomas à Kempis, The Imitation of Christ, Übers. William C. Creasy (Macon, Ga.: Mercer University Press, 1989), 23
2. Francis Parkman, An Offering of Sympathy to the Afflicted (Lon don: James Monroe and Company, 1842), 133.
3. ebda.

4. John McClintock and James Strong, Encyclopedia of Biblical, Theological, and Ecclesiastical Literature, vol.. 3 (New York: Harper Brothers, 1894), 1008.
5. ebda.
6. Phineas Fletcher, untitled poem form Hail, Gladdening Light, Music of the English Church, The Cambridge Singers (Great Britain: Collegium Records, 1991), 113.
7. C. H. Spurgeon, Treasury of David, vol. 2 (n. d.; reprint, Grand Rapids, Mich.: Baker Book House, 1983), 462.
8. D. A. Harsh, "Savior's Agony by Joseph Hall," Devotional Thoughts of Eminent Divines (American Tract Society, 1866), 61.
9. Richard J. Foster, Prayer: Finding the Heart's True Home (San Francisco, Calif.: Harper, 1992), 44.
10. Stephen Charnock, The Existence and Attributes of God, vol. 1 (Grand Rapids, Mich.: Baker Book House Co., 1979), 96-397.
11. Spurgeon, Treasury of David, vol. 2.
12. Thomas, I.D.E., The Golden Treasury of Puritan Quotations (Edinburgh: Banner of Truth Trust, 1977), 41.
13. Charnock, The Existence and Attributes of God, 397.
14. C. H. Spurgeon, Treasury of David, vol. 1 (n. d.; reprint, Grand Rapids, Mich.: Baker Book House, 1983), 188.
15. Bonar, Memoirs and Remains of the Reverend Robert Murray McCheyne, 153.
16. C. H. Spurgeon, Treasury of David, vol. 1, 83.
17. Horatius Bonar, The Night of Weeping or Words for the Suffering Family of God (Robert Carter & Brothers, 1856), 151-153.

Kapitel 4 – Große Jungen weinen nicht

1. William H. Frey II and Muriel Langseth, Crying, The Mystery of tears (Minneapolis, Minn.: Winston Press, Inc., 1985), 4.
2. ebda.
3. Stuart Cosgrove, "Men Who Cry," Statesmen and Society 3 (November 1990): 32.
4. Essence 21 (November 1990): 38.
5. "Cry! It's Human"! Glamour Magazine, August 1991, 212.
6. William J. Hart, Hymn Stories of the Twentieth Century (Boston, Bass.: W. A. Wilde Co., 1948), 98-99.

7. From the song, "Onward Christian Soldiers," text by Sabine Baring-Gould.
8. From the song, "Battle Hymn of the Republic," text by Julia Ward Howe.
9. F. W. Boreham, A Temple of Topaz (Philadelphia, Pa.: Judson Press, 1928; reprint, New York: Abingdon Press, 1951), 30-31.
10. Frey and Langseth, Crying, The Mystery of Tears, 99.
11. Memoirs of Reverend Charles G. Finney (New York: A. S. Banres & Co., 1876), 19.
12. Rob Warner, Prepare for Revival (Great Britain: Hodder & Stoughton, 1995), 84-85.
13. Frey and Langseth, Crying, The Mystery of Tears, 96.
14. Roberta Israeloff, "Are You a Crybaby? Here's Why, Baby!" Cosmopolitan 214 (April 1993): 123.
15. Thomas Scott, The Force of Truth (Edinburgh: Banner of Truth Trust, 1841), 93.
16. Frey and Langseth, Crying, The Mystery of Tears, 102.
17. Richard Foster, Prayer: Finding the Heart's True Home (San Francisco, Calif.: Harper Collins Publishers, 1992), 45.

Kapitel 5 – Das Trockene-Augen-Syndrom

1. s. Notizen in Kapitel 4.
2. Charles B. Clayman, M. D., The American Medical Association Encyclopedia of Medicine (New York: Random House, 1989), 966.
3. ebda.
4. S. Norman Sherry, M. D., "How to Calm a Crying Baby," Ladies Home Journal, September 1991, 80.
5. Frey and Langseth, Crying, The Mystery of Tears, 17.
6. Ronald M. Doctor and Ada P. Kahn, The Encyclopedia of Phobias, Fears, and Anxieties (New York: Facts on File, 1989), 120.
7. Frey and Langseth, Crying, The Mystery of Tears, 71.
8. Gini Kopechy, "Have a Good Cry," Redbook, May 1992, 106.
9. Frey and Langseth, Crying, The Mystery of Tears, 108.
10. Kopechy, "Have a Good Cry," Redbook.
11. ebda.

12. Frederick S. Perls, M. D., Ralph F. Hefferline and Paul Goodman, Gestalt Therapy: Excitement and Growth in the Human Personality (New York: Bantam Books, 1951), 141.
13. Paul Le Tan, Encyclopedia of 7.700 Illustrations (Rockwell, Md.: Assurance Publishers, Ministers' Research Service, 1984), 1431.
14. Doland's Illustrated Medical Dictionary (Philadelphia, Pa.: W. B. Saunders Company: Harcourt Brace Jovanovich, Inc., 1994), 874.
15. "Current Medical Diagnosis and Treatment," Lange Medical Books (Stanford, Conn.: Appleton & Lange Publishers, 1992), 129.
16. ebda.
17. Frey and Langseth, Crying, The Mystery of Tears, 108.
18.. ebda.
19. Editors of Prevention Magazine, Prevention's New Encyclopedia of Common Diseases (Emmaus, Pa.: Rodale Press, 1984), 916.
20. Frey and Langseth, Crying, The Mystery of Tears, 108.
21. Thomas Fuller, Good Thoughts in Bad Times and Other Papers (Boston, Mass.: Ticknor and Fields, 1863), 336.

Kapitel 6 – Etwas zum Weinen

1. David Foster of Associated Press, 15 November 1993.
2. J. H. Jowett, The Passion for Souls (New York: Fleming H. Revell Company, 1905), 35.
3. Minnie Lindsay Carpenter, William Booth: The founder of The Salvation Army (London: Wyvern Books, The Epworth Press, 1944).

Kapitel 7 – Weinen im Wort

1. Frank S. Mead, 12.000 Religious Quotations (Baker Book House, 1989), 34.
2. George Gilfillan, The Bards of the Bible (New York: D. Appleton & Co., 1851), 219-220.
3. Gedicht von Benjamin Beddome.
4. James Strong, Strong's Exhaustive Concordance of the Bible (Nashville, Tenn.: Thomas Nelson Publishers, 1984), s.v. "klaio".

5. John P. Gulliiver, "Serious Meditations Upon the Four Last Things of Hell and the Estate of Those that Perish," The Complete Works of John Bunyan: D.D., LL.D. (Brantford, Ontario: Bradley, Garretson & Co., 1881), 994-995.
6. Gedicht von Benjamin Beddome.

Kapitel 8 – Tränen der Mühsal

1. Der Brief wurde von fünf jungen Mädchen geschrieben, die sich bei der Evangelisationsveranstaltung bekehrt hatten und jetzt in einer neuen Gemeinde mitwirken.
2. E. Denny, "To Calvary," Redemption Hymnal Committee, Kingsway Publications LTD, 1951, 179.
3. Sharon Begley, "One Pill Makes Your Larger, One Pill Makes You Small," Newsweek, 7 February 1994, 40.
4. J. H. Jowett, The Passion for Souls (New York: Fleming H. RevellCompany, 1905), 34.
5. Leonard Ravenhill, Why Revival Tarries (Minneapolis, Minn.: Bethany Fellowship, 1959), 132.
6. ebda., 134.
7. Charles G. Finney, Lectures on Revivals of Religion (Oberlin, Ohio: E. J. Goodrich, 1868), 15.
8. ebda.
9. W. E. Vine, An Expository Dictionary of New Testament Words (Fleming H. Revell Company), 151.
10. John e. Smith, ed. Jonathan Edwards' Works, vol. 4 (New Haven, Conn.: Yale University Press, 1957), 94.
11. J. William Jones, Christ in the Camp, or Religion in Lee's Army (Richmond, Va.: B. F. Jonson Company, 1887), 202-203.
12. Ravenhill, Why Revival Tarries, 137.

Kapitel 10 – Tränen der Buße

1. Richard Foster, Prayer (San Francisco, Calif.: Harper & Row, 1992), 41.
2. Henry Scougal, The Life of God in the Soul of Man (Harrisonburg, Va.: Sprinkle Publications, 1986), 129.

3. ebda.
4. Jonathan Edwards, The Life of David Brainerd (New York: American Tract Society, c. 1833), 154.
5. Edna Dean Proctor an A. Moore, Life Thoughts, Gathered form the Extemporaneous Discourses of Henry Ward Beecher (n. p., 1858), 25.

Kapitel 11 – Tränen in einer Flasche

1. "The Biblical Treasury of Expositions and Illustrations," London Sunday School Union, vol. 5 (London: William Rider and Sons Printers, n.d.), 180-181.
2. Maggie Ross, The Fountain and the Furnace, The Ways of Tears and Fire (New York: Mahwah Paulist Press, 1987), 159.
3. Joseph Parker, The Peoples' Bible Discourses Upon Holy Scripture (London and New York: Funk & Wagnalls, n. d.), 112.
4. ebda.
5. DeWitt Talmage, von R. M. Offord, ed. zitiert "Life's Golden Lamp," New York Observer, 1888.
6. Edward Irving, von Elon Foster zitiert, 6.000 Sermons Illustrations; previously published as New Cyclopedia of Prose Illustrations (Grand Rapids, Mich.: Baker Book House, 1952), 617.
7. Hugh Cleveland, Bottle Pricing Guide (Paducah, Ky.: Collector Books; a Division of Schroeder Publishing Company, Inc. 1980), 4.
8. ebda.
9. W. Robertson Nicoll, ed., "the Psalms by Reverend Alexander MacLaren," The Expositor's Bible, vol. 3 (Chicago, III.: W. P. Blessings Co., n. d.), 149.
10. Jon Howie, The Scots Worthies: Their Lives and Testimonies (London, Glasgow and Edinburgh: Blackie and Son, 1879), 580-582.
11. C. H. Spurgeon, The Treasury of David, vol. 3, 44.
12. Fred W. Krummacher, The Suffering Saviour or Meditation on the Last Days of Christ, trans. Samuel Jackson (Boston, Mass.: Gould and Lincoln Publishers, 1859), 193.

Kapitel 12 – Weinen auf den Erntefeldern

1. Bonar, Memoirs and Remains.
2. The Biblical Treasury: An Illustrative Companion to the Bible, vol. 5 (London: Sunday School Union, William Rider & Sons), 247.
3. W. M. Thompson, The Land and the Book (n. p., n. d.), 21.
4. Helen Spurrell, A Translation of the Old Testament Scriptures (London: James Nisbet & Company), 546.
5. George Horne, "A Commentary on the Psalms," quoted in Spurgeon, Treasury of David, 22.
6. Philip Doddrige, Rise and Progress of Religion in the Sour (New York: American Tract Society, 1840), 206.
7. George Gallup, Jr. and Jim Castelli, The Peoples' religion: American Faith in the Nineties (New York: Macmillan Publishing Company, 1989), 14.
8. ebda.
9. J. H. Jowett, Thirsting for the Springs (New York: George H. Doran Company, n. d.), 165.
10. Dr. Ian R. K. Paisley, The "Fifty-Nine" Revival (Belfast, N. Ireland: Martyrs Memorial Free Presbyterian Church, 1959), 185.
11. John Gillies, Historical Collections of Accounts of Revival (Edinburgh: Banner of Truth Trust; first published in 1754 by John Gillies and later reprinted in 1845 by Horatius Bonar), 144.
12. Ian Macpherson, The Burdon of the Lord (Nashville, Tenn.: Abingdon Press, 1955), 12.
13. Joseph Belcher, George Whitefield, A Biography (New York: The American Tract Society, 1857), 482-483.
14. Watchman Nee, The Normal Christian Life (Wheaton, Ill.: Tyndale House Publishers, 1983).
15. Jonathan Edwards, abridged by John Wesley, The Work of the Holy Spirit in the Human Heart (New York: Carlton and Philips, 1853), 176-177.
16. Bonar, Memoirs and Remains.
17. Helen C. Knight, comp., Lady Huntington and Her Friends (New York: American Tract Society, 1853), 7.